Alexander Hartung

Die Rache des Inquisitors

Historischer Kriminalroman

Brendow
VERLAG + MEDIEN

Bibliografische Information der Deutschen Nationalbibliothek
Die Deutsche Nationalbibliothek verzeichnet diese Publikation in der Deutschen Nationalbibliografie; detaillierte bibliografische Daten sind im Internet über http://dnb.d-nb.de abrufbar.

ISBN 978-3-86506-295-6

Einbandgestaltung: Brendow Verlag, Moers
Der Autor wurde uns von der Literaturagentur Schmidt & Abrahams vermittelt.
Titelfoto: Getty Images
Satz: Satzstudio Hans Winkens, Wegberg
Druck und Bindung: CPI – Clausen & Bosse, Leck
Printed in Germany

www.brendow-verlag.de

Für meine Eltern Angelika und Roland.
Weil sie mir alles ermöglicht haben.

Prolog

Das Licht des brennenden Scheiterhaufens spiegelte sich im Gesicht von Pater Baselius. Seine trüben, grauen Augen blickten ausdruckslos in die Flammen. Er trug ein weißes Habit und hielt eine abgegriffene, in dunkles Leder gebundene Bibel in der rechten Hand.

Das Knistern des Feuers war das einzige Geräusch, das die Stille der Nacht durchbrach. Die Schmerzensschreie der Verurteilten waren ebenso verstummt wie die flehenden Rufe der Angehörigen um Gnade. Als er vor sechs Tagen hier angekommen war, hatte er nur Verderbtheit und Verkommenheit vorgefunden. Das Wort des Herrn war nicht mehr gehört worden, und die Menschen hatten sich gotteslästerlichen Handlungen hingegeben. Es hatte nicht lange gedauert, bis die ersten Ketzer gefasst worden waren, sie gestanden hatten und ihre Körper im Feuer gereinigt worden waren. Ihre Seelen waren nun endlich frei von allem dämonischen Einfluss und konnten in das Paradies einkehren.

Die Flammen schlugen höher, und die Wärme des Feuers ließ ein wohliges Gefühl durch Baselius' Körper fließen. Er roch den öligen Gestank des Rauches, und die Anspannung der letzten Tage wich von ihm. Er wollte diesen kurzen Moment der Ruhe genießen, bevor ihn sein Weg weiterführte.

Hinter ihm erklangen Schritte. Er erkannte den leisen, fast schleichenden Gang von Thomas, seinem Skriptor, der ihm in den letzten Monaten ein unersetzlicher Beistand geworden war. Mit nur 22 Jahren war der junge Pater auf dem Weg, selbst ein guter Inquisitor zu werden.

Baselius drehte dem jungen Mann den Kopf zu.

»Pater, wir haben Kunde von einem neuen Verdacht bekommen«, erklärte Thomas. »Wenn wir noch heute Nacht losfahren, erreichen wir das Dorf zum Mittag.«

Baselius nickte, bekreuzigte sich vor dem Feuer und hielt Thomas den Arm hin. Der junge Mann legte seine Hand darunter und führte den Inquisitor vom Feuer weg. Mit jedem Schritt wurde das Knistern der Flammen leiser und der Geruch des Rauches schwächer. Baselius hörte das unruhige Trappeln der Pferdehufe und das Knarren der ledernen Rüstungen seiner Soldaten. Als er ein metallisches Quietschen vernahm, blieb er stehen. Die Tür seiner Kutsche war geöffnet worden. Er streckte seinen rechten Fuß vor, bis seine Zehen den Ansatz der kleinen Treppe fanden. Vorsichtig zog er den Kopf ein, stützte sich auf Thomas' Arm und ging die beiden Stufen nach oben. In der Kutsche angekommen, tastete er sich zur Sitzbank und ließ sich auf dem großen Polster nieder. Baselius lehnte sich an ein Kissen, während Thomas ihm eine wärmende Decke über den Schoß legte. Die Tür wurde geschlossen, und mit einem Ruck nahm die Kutsche Fahrt auf.

Baselius rieb sich müde über die Augen. Er hatte in den letzten Nächten kaum geschlafen und war schon seit zwölf Wochen ununterbrochen unterwegs, um die Ausbreitung der Ketzerei einzudämmen. An Tagen wie diesen zweifelte er an dem Erfolg seiner Arbeit. Für jeden erlösten Ketzer schienen sich zwei neue Gotteslästerer zu erheben. Seine

Eminenz, Papst Julius II., hatte den Dominikanerorden ausgewählt, um in dieser Region für Ordnung zu sorgen. Die vielen Dörfer des Taunus waren schwer zu erreichen, aber als Prior des Klosters St. Bonifaz in Mainz musste er ein leuchtendes Beispiel der Pflichterfüllung sein. Die Zeiten des geregelten Ordenslebens waren für ihn vorbei. Die Welt wurde von Verderbtheit überschwemmt, und nur er und seine Brüder konnten dieser Flut Einhalt gebieten.

Baselius versuchte für einen Moment, seine Müdigkeit zu ignorieren, und richtete das Wort an seinen Begleiter, der mit ihm im Wagen saß.

»Wo fahren wir hin, Thomas?«

»In ein kleines Dorf südlich von hier«, antwortete der junge Pater mit ruhiger Stimme.

»Wie ernst sind die Anschuldigungen?«

»Schwerwiegend.«

»Gibt es eine Person, deren Glaube wahrhaftig ist?«

»Unwahrscheinlich. Es könnte sein, dass das ganze Dorf sich der Irrlehre schuldig gemacht hat. Wir können niemandem vertrauen.«

Baselius schüttelte bekümmert den Kopf. Der letzte Fall dieser Art hatte zu wochenlangen Verhören geführt. Viele Ketzer hatten die Erlösung erst im Feuer gefunden.

Es waren dunkle Zeiten, doch er würde nicht zögern, auch den letzten Funken an Gotteslästerung auszulöschen.

1
Dunkle Zeiten

Ich grüße Euch, holde Schönheit«, sagte Peter und machte eine tiefe Verbeugung. Dabei schwenkte er elegant den Hut, bevor er für einen Moment in ehrfürchtiger Haltung verharrte. »Wohin des Weges?«, fragte er grinsend und setzte seine Kopfbedeckung wieder auf.

»Es hätte so ein schöner Tag werden können«, erwiderte Klara und ließ den jungen Mann stehen. »Nicht einmal auf den Wegen ist man vor Sittenstrolchen wie dir sicher.«

»Ihr tut mir unrecht«, antwortete Peter mit einem verletzten Gesichtsausdruck. »Wie könnt Ihr mich so schmähen?«, fuhr er fort. »Ich, der auf nichts anderes als die Bewahrung Eurer Reinheit bedacht ist.«

Klara blieb einen Moment stehen und blickte Peter ungehalten an. »Du meinst dieselbe Reinheit, die du Maria Kolrater bewahrt hast.«

»Das war etwas anderes«, sagte Peter abwehrend. »Die junge Maria hat mich in einem schwachen Moment verführt. Bevor ich wieder Herr meiner Sinne wurde, war es schon geschehen.«

»Du hast mein volles Mitleid.«

»Das habe ich auch verdient. Marias Vater hätte mich beinahe totgeschlagen.«

»Marias Vater ist altersschwach und kann kaum noch laufen, seit er sich beim Holzen das Bein gebrochen hat«, antwortete Klara ungnädig.

»Ja, aber wenn er mich erwischt hätte, dann hätte er mich sicher dennoch verprügelt«, verteidigte sich Peter.

»Das hätte dir nicht geschadet«, murmelte die junge Frau leise und ging weiter. Peter lief einen Schritt neben ihr.

»Hast du nichts Besseres zu tun, als mir nachzustellen?«

»Nein«, antwortete Peter nach kurzem Zögern. »Ich sah dich allein durch den Wald laufen und dachte, du könntest gewiss einen Beschützer gebrauchen.«

»Ja, ein starker Beschützer wäre wirklich gut«, sagte Klara. Wie immer entging Peter die Ironie hinter ihren Worten. Ermutigt von dieser scheinbaren Aufforderung richtete er sich ein wenig mehr auf, straffte die Schultern und suchte den Waldrand mit wachsamen Augen ab.

Klara musste lächeln. Sie und Peter kannten sich schon seit der Kindheit. Sie konnte sich stundenlang über seine schlechten Eigenschaften und seine Faulheit aufregen. Es gab keinen Tag, an dem sie sich nicht über sein Verhalten ärgerte, trotzdem fühlte sie sich in seiner Nähe wohl. Er brachte sie zum Lachen, und in Reheim gab es ansonsten zu wenig, was sie in fröhliche Stimmung versetzte.

Peter blickte weiter angestrengt in den Wald hinein, fast als erwartete er jeden Augenblick eine Räuberbande, die schreiend aus dem Wald gerannt kam.

Wie immer war sein braunes Haar viel zu lang. Seine Kleidung war ein buntes Sammelsurium, und sein alter Hut hatte wahrscheinlich schon den Kopf seines Großvaters geziert. Peter war ein Taugenichts, der den ganzen Tag nur durch die Gegend streifte und Unsinn ausheckte.

Manchmal fragte sich Klara, ob Peters Vater auch wirklich sein leiblicher Vater war. Friedrich Birsch war Stadtrat in

Reheim. Er war höflich, gebildet und verantwortungsvoll. Seine Klugheit wurde von vielen geschätzt, und sein Urteil wurde geachtet. Vielleicht war er etwas zu ernsthaft, aber er kümmerte sich stets um die Probleme der Bürger.

Die Birschs waren wohlhabend, obwohl sie weder Felder noch Viehherden besaßen. Peter hatte nie viel über ihren Reichtum erzählt. Immer wenn sie mit diesem Thema begonnen hatte, hatte er nur zögerlich geantwortet. Anscheinend war Peters Großvater ein wichtiger Händler in Mainz, der es dort zu großem Wohlstand gebracht hatte. Selbst König Maximilian sollte schon seine Dienste in Anspruch genommen haben. Ein Streit hatte dazu geführt, dass Friedrich Mainz verlassen hatte und in dieses kleine Dorf im Taunus gezogen war. Dies war noch vor Peters Geburt geschehen, daher kannte er seinen Großvater nicht. Auch den Grund für diesen Streit hatte er nie erfahren. Peters Vater redete nicht darüber.

Das Geld, das Friedrich aus Mainz mitgenommen hatte, hatte aber ausgereicht, um ein kleines Landhaus zu bauen und einen unmanierlichen Sohn zu versorgen, der sich beharrlich weigerte, einer anständigen Arbeit nachzugehen.

»Gehst du zur alten Kräuterhexe?«, fragte Peter beiläufig.

»Du sollst sie nicht Hexe nennen«, fuhr Klara ihn an. »Ihr Name ist Agnes, und ihr Wissen über Kräuter hat auch dir schon geholfen, als du vom großen Felsen gestürzt bist und dir den Kopf aufgeschlagen hattest.«

Peter verzog in gespielten Schmerzen das Gesicht.

»Keine schöne Erinnerung«, sagte er. »Aber da war ich sieben Jahre alt. Das ist wirklich schon lange her.«

»Trotzdem verdient sie es nicht, Hexe genannt zu werden.«

Peter brummelte etwas Unverständliches und blickte missmutig zu Boden.

Eine Weile liefen sie schweigend nebeneinander her, bis die Hütte von Agnes auf einer kleinen Anhöhe sichtbar wurde. Die Unterkunft war in den Wald gebaut, und hätte der Rauch des Kamins sie nicht verraten, hätte man sie leicht übersehen können. Vor der Hütte befand sich ein kleiner Garten mit Gemüse und Kräutern, in dem eine ältere Frau mit einem Korb und einem Messer auf dem Boden kniete und kleine Zweige eines Strauches abschnitt.

Klaras Gesicht hellte sich sofort auf, und ihre Schritte beschleunigten sich.

»Warum besuchst du Agnes so oft?«, fragte Peter.

»Weil es bei ihr so viel zu lernen gibt.«

»Wie man Gemüse anpflanzt?«

»Sie lehrt mich die Heilkraft der Pflanzen«, antwortete Klara.

Bevor Peter weitersprechen konnte, sprang Klara auf einen kleinen Felsen und lief dann die letzten Meter zur Hütte. Peter musste sich anstrengen, um ihr zu folgen, und kam wenige Schritte hinter ihr beim Gatter des Gartens an. Klara rannte zu der alten Frau und umarmte sie überschwänglich.

Das ernste Gesicht der Frau hellte sich für einen Moment auf. Agnes löste sich von Klara und blickte sie lächelnd an. Dann schob sie eine Strähne ihres weißen Haares zur Seite und wandte sich ihrem zweiten Besucher zu.

»Hallo Peter. Was bietest du mir heute an, damit ich dir einen Liebestrank für Anna Bernheimer braue?«, fragte Agnes unschuldig.

Klara drehte sich ruckartig zu Peter herum und funkelte ihn böse an. Peter lächelte verlegen und machte einen Schritt vom Gatter weg.

»Ich habe heute noch wirklich viel zu tun, daher muss ich euch leider allein lassen.«

Bevor Klara etwas erwidern konnte, war er schon in Richtung Dorf losgelaufen. Seine Schritte waren so schnell, dass er seinen Hut festhalten musste.

»Was für ein Heuchler«, sagte Klara erbost. »Man hat ihn wohl noch nicht oft genug verprügelt.«

»Er ist ein guter Junge, Klara«, antwortete Agnes mit ruhiger Stimme, nahm den Korb auf und ging zur Hütte.

»Er ist ein Weiberheld, ein Nichtsnutz und ein Tagträumer. Den ganzen Tag stellt er den Röcken im Dorf nach und ärgert andere mit seinen dummen Streichen.«

»Er hat ein ehrliches Herz, und er mag dich, Klara.«

»Er mag jede junge Frau.«

»Bei dir ist es etwas Besonderes.«

»Das kann nicht dein Ernst sein«, antwortete Klara erstaunt.

»Warum nicht?«

»Weil er Spaß daran hat, mich zu ärgern. Wäre er nicht längst aus dem Alter heraus, würde er mir wohl wie früher einen großen Frosch in mein Bett legen und andere Streiche spielen.«

»Ich sagte doch, er mag dich«, sagte Agnes, öffnete die Tür und ging lächelnd hinein.

Klara blieb verwundert stehen und versuchte, die Worte der alten Frau zu verstehen. Nach einem Moment des Überlegens gab sie es auf und folgte Agnes in die Hütte.

Peter drehte sich um. Er wollte sicher sein, dass Klara ihn nicht mehr beobachtete. Warum musste die alte Kräuterhexe ihn immer wieder vor Klara bloßstellen? Anna Bernheimer war ein hartnäckiger Fall. Sie hatte bisher alle seine Annäherungsversuche zurückgewiesen. Erst hatte er es mit Schmeicheleien und Liebesschwüren versucht. Oft genügte das, um das Herz einer Frau weich werden zu lassen. Dann hatte er Blumen gepflückt und ihr eine Kette gekauft. Die Blumen hatte er am nächsten Morgen auf dem Misthaufen gefunden. Wo die Kette abgeblieben war, wollte er sich nicht ausmalen.

Im Dorf sagte man sich, dass die alte Kräuterfrau über besondere, beinahe magische Fertigkeiten verfügte. Ihre Tränke konnten Schmerz lindern, Wunden verheilen lassen und Fieber senken. Was war also schon groß dabei, wenn er einen Trank wollte, der das harte Herz von Anna Bernheimer erweichen würde?

Verdrossen trat Peter einen Stein von dem festgetretenen Weg hinunter, als er lautes Pferdegetrappel vernahm. Gewandt sprang er von der Straße, nahm seinen Hut ab und verbarg sich unter einem kleinen Gebüsch. Diese Gewohnheit hatte er schon von Kindesbeinen an. Oft hatten ihn seine schnellen Reaktionen und ein gutes Versteck vor dem Zorn eines wütenden Vaters oder einer enttäuschten Magd geschützt. Außerdem bereitete es ihm Vergnügen, die Leute heimlich zu belauschen.

Die Geräusche wurden lauter, und Peter entdeckte einen Trupp von acht Soldaten, die den Weg zum Dorf entlanggaloppierten. Sie eskortierten eine Kutsche, die ein schwarzweiß geständertes Lilienkreuz auf einem ebenso geständerten Schild an der Seite trug.

Peter begann zu zittern. Er versuchte, sich zur Ruhe zu zwingen, doch die Gedanken in seinem Kopf rasten.

Die Kutsche barg einen Inquisitor. Er hatte schon Schreckensgeschichten von diesen Geistlichen gehört, doch diese waren ihm stets weit entfernt und unwirklich vorgekommen. Tagelange Folter, demütigende Prozesse und ganze Familien, die auf dem Scheiterhaufen den Tod fanden, davon sprach man hinter vorgehaltener Hand. Jetzt war der Schrecken aus den Geschichten zu ihnen gekommen. Peters Zittern verstärkte sich. Das Gebüsch raschelte leise. Er schloss die Augen und krümmte sich zusammen, in der Hoffnung, dass der Reitertross an ihm vorbeiziehen würde. Die Augenblicke schienen sich zu Stunden zu dehnen, bis die Geräusche endlich verstummt waren. Peter öffnete die Augen. Die Reiter waren fort. Die Kutsche hatte eine tiefe Furche im Boden hinterlassen.

Die Starre fiel von ihm ab, und er begann zu laufen. Er kannte eine Abkürzung nach Reheim und hoffte, dass er noch vor den Männern das Dorf erreichen würde. Er musste die Bürger warnen, dass die Inquisitoren auf dem Weg waren. Der Pfad war steil, aber Peter rannte, als hinge sein Leben davon ab. Schon bald kam sein Atem keuchend, und Schweiß bildete sich auf seiner Stirn.

Bestimmt wollten die Männer nur Rast in Reheim machen, versuchte er sich einzureden. Sie waren auf der Durchreise und suchten in einem anderen Dorf nach Ketzern.

Peter war auf der Hügelkuppe angekommen, aber er gönnte sich keinen Moment des Verschnaufens. Der Weg nach unten war steil und führte ihn durch dichtes Unterholz. Dornen rissen an seinen Hosen, und Wurzeln ließen ihn stolpern, doch die Angst trieb ihn weiter.

Mit einem Satz über einen kleinen Bach erreichte er die Dorfstraße und rannte zum Marktplatz. Er hörte kein Hufgetrappel, und für einen Augenblick glaubte er, dass er die Männer überholt hatte. Doch als er den Platz betrat, erblickte er die dunkle Kutsche, die dort wie ein Vorbote des Schreckens stand.

Mit einer vorsichtigen Kreisbewegung fuhr Agnes der kleinen Ziege über den Bauch.

»Es ist wichtig, dass du die entsprechende Stelle sanft reibst«, sagte Agnes und schmierte sich etwas von der gelblichen Paste auf die Finger. »Die Salbe entfaltet ihre Wirkung, wenn sie warm ist. Achte darauf, dass die Masse nicht zu dünn wird. Sie sollte zäh und fest sein.«

Klara beobachtete jede Bewegung von Agnes. Die Ziege stand ruhig in der Hütte und ließ die Behandlung ohne Angst über sich ergehen. In den letzten Tagen hatte das Tier kaum noch etwas gefressen, daher vermutete Agnes, dass die Ziege Probleme mit ihrer Verdauung haben musste. Die Kamille würde die Schmerzen lindern.

»Heute Morgen habe ich ihr noch etwas gelben Enzian in das Wasser gemischt. Das müsste ihren Appetit anregen. Wenn die Schmerzen weg sind, wird sie bald wieder ganz die Alte sein.«

Agnes lächelte bei ihren Worten und strich der Ziege sanft über den Kopf.

Klara beobachtete die Alte gebannt. Zwischen Agnes und den Tieren schien ein unsichtbares Band zu bestehen. Es dauerte nie lange, bis sie wusste, warum eine Kuh keine Milch mehr gab, die Hühner keine Eier mehr legten oder die Schweine nicht mehr fressen wollten. Ähnlich leicht fiel es ihr, die Krankheiten von Menschen zu erkennen, doch diese Arbeit verrichtete sie weniger gern. Wurde sie zu einem Dorfbewohner gerufen, verschaffte sie sich meist nur einen kurzen Eindruck von dem Kranken. Oft händigte sie ihm ein paar ihrer Kräuter aus und verließ die Behausung wieder, so schnell sie konnte. In den meisten Fällen wirkten ihre Tinkturen und Salben, doch manchmal konnte auch sie nicht mehr helfen. Dann ging sie mit den Angehörigen des Kranken hinaus und sagte: »Holt Vater Liborius.«

Klara hatte Agnes einmal darauf angesprochen, warum

sie allein lebte, abseits des Dorfes, nie verheiratet gewesen war und jedem Dorffest fernblieb. Die alte Frau hatte mürrisch auf diese Frage reagiert. Für einen winzigen Moment war in ihren Augen Bedauern aufgeblitzt, und ihr Gesicht hatte großen Schmerz gezeigt. Agnes schien in ihrem langen Leben schon harte Zeiten überstanden zu haben.

»Hörst du mir überhaupt zu?«, fragte die Alte nun und riss Klara damit aus ihren Gedanken.

»Entschuldigung«, murmelte sie und richtete sich auf ihrem Stuhl auf.

»Reibe die Paste weiter ein, bis sie ganz eingezogen ist«, fuhr Agnes fort. »Ich füttere solange meine Hühner und versuche, die schadhafte Stelle im Zaun auszubessern, die mir der Besuch eines Keilers eingebracht hat.«

Klara stand auf und nahm die Schüssel mit der gekochten Kamille entgegen. Sie lächelte, als sie das aufgeregte Gackern der Hühner aus dem Stall hörte.

Friedrich Birsch war auf dem Weg zum Rathaus, als die Kutsche der Inquisitoren in die Straße zum Marktplatz einbog. Das Klappern der Räder hallte laut durch die Gassen und ließ jeden Bürger in seiner Arbeit innehalten. Für einen Augenblick sah er dem großen Tross fasziniert nach. Dann riss er sich von dem Anblick los und lief der Kutsche, so schnell es sich gerade noch geziemte, hinterher. Am Marktplatz angekommen, hielt das große Gefährt an.

Ein Soldat saß von seinem Pferd ab und öffnete die Tür. Ein junger Mann stieg aus. Sein Gesicht war rosig und sein braunes Haar kurz geschoren. Er trug ein helles Habit, das mit einer dunklen Kordel geschnürt war. Der Priester wandte sich der offenen Tür zu und half einem älteren Mann hinaus, dessen Gesicht von einem langen Leben gezeichnet war. Sein

Körper war hager, und nur noch wenige graue Haare zierten seinen Hinterkopf. Über seine helle Tunika hatte er einen schwarzen Überwurf gelegt, der ihm fast bis zu den Füßen reichte. Er streckte seine Hände nach vorne und ließ sich von dem Soldaten und dem jungen Priester aus der Kutsche helfen. Dann blieb der Alte stehen und hob seinen Kopf, fast als wollte er die Witterung des Dorfes aufnehmen.

Friedrich drängte sich durch die Zuschauer, die unsicher in der Nähe standen. Er stellte sich vor den älteren Geistlichen und verneigte sich, während er mit nervösen Fingern die Strähnen seines grauweißen Haares über die hohe Stirn kämmte.

»Willkommen in Reheim, Eminenz. Mein Name ist Friedrich Birsch, und ich gehöre zum Stadtrat. Wie kann ich Euch helfen?«

»Gottes Segen, Herr Birsch«, grüßte ihn der jüngere Inquisitor. »Mein Name ist Pater Thomas. Ich bin der Gehilfe von Prior Baselius vom Kloster St. Bonifaz. Wir haben eine lange Reise hinter uns und benötigen ein Mahl ebenso wie eine Unterkunft.«

»Sehr wohl«, entgegnete Friedrich und wandte sich dem jungen Priester zu. »Bitte geht in unser Wirtshaus auf der anderen Seite des Marktplatzes. Dort werden wir uns um alles kümmern.«

Der Geistliche verneigte sich höflich und wollte schon weitergehen, als Friedrich erneut das Wort erhob.

»Wie lange gedenkt Ihr zu bleiben?«

»Solange es notwendig ist.«

»Ich verstehe nicht«, antwortete Friedrich unsicher.

»Es wurden Anschuldigungen gegen Bürger dieses Dorfes erhoben«, erklärte der Priester scheinbar ungerührt. »Wir sind hier, um deren Wahrheitsgehalt zu überprüfen.«

»Es muss sich um einen Irrtum handeln. Wer hat diese Anschuldigungen geäußert?«

»Dazu kann ich nichts sagen.«

»Wir sind ein ehrbares und gottesfürchtiges Dorf. Wir haben uns keiner Ketzerei schuldig gemacht.«

»Das haben wir schon oft gehört.«

»Ich verbürge mich mit meinem Leben für die Einwohner von Reheim.«

»Das werdet Ihr in der Tat«, sagte daraufhin der ältere Mann. Der Prior erhob zum ersten Mal die Stimme und richtete seine trüben, grauen Augen auf den Stadtrat. »Schickt sofort Euren Pfarrer zu mir«, sprach er weiter. »Wenn wir Eure Hilfe brauchen, rufen wir nach Euch. Ansonsten möchten wir nicht weiter gestört werden.«

Friedrich verneigte sich ein wenig unsicher und ging in Richtung Kirche davon.

Thomas führte Baselius zum Wirtshaus. Anscheinend war Markttag, denn der kleine Platz war voller Stände. Er erblickte Fleisch, Wurst, Käse, eine Auslage mit Töpfen und einen Messerschleifer. Die Händler trugen alte Schürzen und zerschlissene Hosen. Wären sie nicht in das Habit der Dominikaner gekleidet gewesen, hätten die Männer und Frauen lautstark ihre Waren angepriesen, aber angesichts der Kirchenmänner waren ihre Gespräche verstummt. Alle Augen waren unsicher auf die beiden Inquisitoren gerichtet. Thomas ging unbeirrt weiter und richtete seine Aufmerksamkeit auf das Wirtshaus. Ein verwittertes Schild mit einem Krug hing über der Tür. Es roch nach verbranntem Fett und altem Bier. Der Boden war mit Sägespänen ausgelegt, und der Rauch eines großen Kaminfeuers machte den Raum stickig.

»Das Gebäude sieht nicht aus, als würde es über geräumige oder auch nur saubere Zimmer verfügen«, flüsterte der junge Priester Baselius zu. »Seid ihr sicher, dass ihr hier absteigen möchtet?«

»Es wird meinen Ansprüchen genügen«, antwortete der ältere Mann und tätschelte die Hand von Thomas.

Sie hatten den Marktplatz noch nicht ganz überquert, als ein dicker, älterer Mann mit einer schmutzigen Schürze aus dem Wirtshaus gelaufen kam. Seine Haare standen in fettigen Strähnen ab, und er trug einen ungepflegten Vollbart. Er hielt die Tür auf und verbeugte sich unterwürfig.

»Willkommen im *Schäumenden Krug,* meine Herren, willkommen!«, sagte er und deutete in den Schankraum. »Darf ich Euch etwas zu essen reichen?«

»Etwas Fleisch und Gemüse«, antwortete Thomas, ohne den Wirt eines Grußes zu würdigen. »Richtet bitte ein Zimmer für mich und den Prior her, und sorgt dafür, dass unsere Männer gut untergebracht sind. Über alles Weitere werden wir Euch unterrichten, wenn wir die Zeit für gekommen erachten.«

Der Wirt verneigte sich wieder und ging in die Küche. Thomas führte den älteren Inquisitor zu einem Tisch in der Mitte und brachte ihm einen Stuhl. Dann setzte auch er sich und wartete auf das Essen.

Der Wirt lief durch die Gaststube, so schnell es seine kurzen Beine erlaubten. Er herrschte eine ältere Frau an, sich mit dem Schneiden des Fleischs zu beeilen, während er einen Krug mit Wein abfüllte. Eilig polierte er noch zwei Tonbecher, bevor er diese zum Tisch trug und vor den beiden Inquisitoren abstellte.

»Keinen Wein, Rainald«, sagte Thomas ungehalten und scheuchte den Mann mit einer schroffen Handbewegung weg. »Wir wollen nur etwas essen.«

Der Wirt zog sich, eine Entschuldigung stammelnd, zurück. Dann hastete er in die Küche und half der Frau mit dem Essen.

Baselius richtete seine Augen auf den jungen Pater. »Wart Ihr schon einmal in Reheim?«, fragte er interessiert.

»Nein«, antwortete Thomas. »Wie kommt Ihr darauf?«

»Ihr habt den Wirt mit seinem Namen angesprochen.«

»Ich habe ihn aufgeschnappt, als wir hereingekommen sind«, antwortete Thomas.

Baselius wollte darauf etwas erwidern, aber die Frau kam zum Tisch geeilt und stellte zwei große Teller mit Fleisch und einem großen Stück warmen Brotes ab. Als der Wirt noch eine Schüssel mit Gemüse brachte, unterbrachen die beiden Inquisitoren ihre Unterhaltung endgültig und begannen zu essen.

Friedrich spürte noch immer die Angst, die ihn nach dem Gespräch mit den Dominikanern erfasst hatte. Eilig ging er die Straße zur Kirche entlang. Er brauchte den Rat von Vater Liborius. Der Pfarrer war schon viele Jahre sein geistlicher Beistand und ihm immer ein guter Freund gewesen.

An der Kirche angekommen, hätte Friedrich vor Freude beinahe gejubelt, als er Vater Liborius auf dem kleinen Vorplatz erblickte. Er hatte eine alte braune Kutte übergezogen und fegte die Treppen vor dem Eingang. Als er Friedrich gewahr wurde, hielt er in seiner Arbeit inne und blickte den Stadtrat lächelnd an.

»Vater Liborius«, sagte Friedrich außer Atem.

»Was ist los?«, fragte Liborius besorgt. Sein Lächeln war einem ernsten Ausdruck gewichen. »Warum seid Ihr so in Eile?«

»Die Inquisition ist in Reheim«, antwortete Friedrich, »und die Männer wollen Euch sofort sehen.«

Vater Liborius hielt die Luft an. In seinem sonst so sanften und sicheren Blick zeigte sich Überraschung.

»Habt Ihr eine Ahnung, was die Männer hier wollen?«, hakte Friedrich nach.

»Nein«, sagte Liborius abwehrend. »Ich habe damit nichts zu tun«, stammelte er weiter. »Ich bin ebenso verwundert wie Ihr.«

Für einen Moment hingen beide Männer schweigend ihren Gedanken nach.

»Wir sollten die Inquisitoren nicht warten lassen«, drängte Friedrich. »Vielleicht erfahrt Ihr mehr über den Grund ihrer Anwesenheit.«

»Wartet einen Moment«, sagte Liborius und ließ den Besen fallen. »Ich ziehe eine andere Kutte an. Dann können wir gehen.«

Friedrich kam wieder zu Atem. Es hatte keinen Sinn, sich über die Anwesenheit der Dominikaner Sorgen zu machen. Sicher war alles nur ein Missverständnis, aber die Furcht, die ihn seit der Ankunft der Inquisitoren erfasst hatte, ließ ihn noch immer zittern.

Nachdem sie von Agnes zurückgekommen war, hatte Klara ihre langen, blonden Haare aufgesteckt und ihren Korb genommen, um noch etwas Gemüse bei einem Bauern zu holen. Es dämmerte schon, als sie das Dorf erreichte. Auf dem Marktplatz hatten die Menschen kleine Gruppen gebildet und unterhielten sich leise flüsternd. Es war voller als an einem Markttag, doch die Stimmung war gedrückt und düster. Klara konnte kaum etwas verstehen, daher ging sie näher heran. Sie wollte gerade den Krämer des Dorfes ansprechen, als jemand ihren Arm ergriff und sie unsanft zur nächsten Ecke zog.

»Lieber Himmel, was soll das denn jetzt?«, rief Klara erbost, während sie versuchte, sich aus dem Griff zu lösen. Im Zwielicht der Dämmerung erkannte sie Peter. Sie ließ sich noch ein paar Schritte mitziehen, bevor sie ungehalten stehen blieb.

»Sei leise«, flüsterte Peter.

»Was ist hier los?«, murmelte Klara. »Warum ziehst du mich in die Gasse wie einen gemeinen Räuber? Warum haben sich alle auf dem Marktplatz versammelt und zittern wie Schafe vor dem Wolf?«

»Sprich nicht so laut und beruhige dich«, antwortete Peter. »Dann erzähle ich dir alles.«

Ihre Neugier siegte, also atmete sie tief durch und strahlte Peter mit einem gezwungenen Lächeln erwartungsvoll an.

»Schon besser. Setz dich hin«, sagte Peter und ließ sich auf einer Stufe nieder. Klara nahm neben ihm Platz.

»Heute Mittag ist die Inquisition in Reheim angekommen.«

»Die Inquisition?«, rief Klara und sprang wieder auf.

»Zum letzten Mal, sei endlich leise«, sagte Peter mit zorniger Stimme. Er zog Klara am Arm, die sich daraufhin wieder hinsetzte.

»Heute Mittag kam eine Kutsche in Begleitung von acht Soldaten hierher. Aus der Kutsche stiegen zwei Priester des Dominikanerordens. Sie haben kurz mit meinem Vater geredet. Scheinbar wird jemand im Dorf der Ketzerei bezichtigt.«

Klaras Hände krallten sich nervös in ihren Rock, während sie weiter den Worten Peters lauschte.

»Sie haben Vater Liborius zu sich kommen lassen. Er ist noch immer bei den Dominikanern.«

»Was wollen sie von ihm?«

»Ich habe keine Ahnung. Wahrscheinlich suchen sie jemanden, der ihnen den Namen eines Ketzers verrät.«

»Das kann nicht sein«, fuhr Klara auf. »Vater Liborius ist ein freundlicher, ehrlicher Mann. Er würde niemals einen von uns verraten, selbst wenn er sich der Ketzerei schuldig gemacht hätte.«

»Wach auf, Klara«, sagte Peter und winkte mit der Hand vor ihrem Gesicht. »Die Inquisition ist im Dorf. Die Dominikaner sind nicht ohne Grund hier. Einer von uns ist ein Verräter.«

»Das glaube ich nicht.«

Peter richtete seine Augen gen Himmel.

»Deine Unschuld in allen Ehren, Klara, aber du bist einfältig.«

Klara wollte eben eine bissige Bemerkung machen, als sich Stimmen in der Menschenmenge vor dem Wirtshaus erhoben. Sie stand auf. Peter kletterte auf einen Heuwagen und zog Klara mit sich. Von dort konnten sie über die Köpfe der Leute hinwegsehen.

Die Tür des Wirtshauses hatte sich geöffnet. Von einem Soldaten begleitet, trat Vater Liborius hinaus. Sein Kopf war nach unten gebeugt, als schämte er sich, den Bürgern von Reheim in die Augen zu blicken.

»Was wollen die Inquisitoren von uns?«, rief ein Mann aus der Menge.

»Sag uns, was passiert ist«, verlangte eine ältere Frau.

»Warum warst du so lange bei ihnen?«

»Was habt ihr besprochen?«

Vater Liborius wich vor den Fragen zurück. Er wollte schon wieder in das Wirtshaus hineingehen, als Thomas aus dem Haus trat. Er hob seine Hände, und die Menge wurde ruhig.

»Wir werden alle eure Fragen beantworten. Morgen, bei der Versammlung.«

»Was für eine Versammlung?«, rief der ältere Mann dazwischen.

»Morgen, zur Nona, gebieten wir, dass sich alle Bürger von Reheim im Festsaal zu versammeln haben. Ein Fernbleiben müssen wir als Missachtung der Kirche ansehen und somit als Ungehorsam gegenüber Gott.«

Für einen Moment hatten seine Augen einen harten Ausdruck angenommen. Dann sprach er mit ruhiger Stimme weiter: »Geht nach Hause. Morgen werdet ihr alles erfahren. Wir wünschen keine weiteren Störungen.«

Dann drehte sich Thomas um und ging in das Wirtshaus zurück.

Vater Liborius blieb allein vor dem Haus zurück. Als er die Blicke der Bürger auf sich spürte, lief er zu seiner Kirche am Dorfrand zurück.

Viele Bürger blickten ihrem geistlichen Beistand überrascht oder erschreckt nach, doch dann zerstreuten sich die Menschen auf dem Marktplatz langsam und gingen nach Hause. Klara blieb bis zuletzt auf dem Wagen stehen. Dann nahm sie Peters Hand und drückte sie fest, als suchte sie Halt, bevor sie ohne ein weiteres Wort zu verlieren vom Wagen hinunterkletterte und nach Hause ging.

Peter sah ihr noch lange nach. Als er sie nicht mehr ausmachen konnte, verbarg er sein Gesicht in den Händen und schüttelte den Kopf. Zum ersten Mal in seinem Leben verspürte er echte Angst. Nicht die Furcht vor dem prügelnden Vater, dessen Tochter er verführt hatte. Diese Angst ging tiefer. Es war die Furcht vor Folter, vor Demütigung und dem qualvollen Tod auf dem Scheiterhaufen. Peter war nie ein besonders gläubiger Mensch gewesen, doch in dieser Nacht würde er zu Gott beten und seine Gnade erflehen.

Die Dunkelheit hatte die letzten Strahlen der Sonne vertrieben. Wolken bedeckten den Himmel und ließen kaum das Licht des Mondes hindurch. Pater Thomas zog den Saum seiner Kutte über seinen Kopf und trat vor das Wirtshaus. Er nickte einer Wache zu, ihm zu folgen, und lief über den Marktplatz. Sein Weg führte ihn durch die Gassen des Dorfes, vorbei an stinkenden Hühnerställen, dampfenden Misthaufen und heruntergekommenen Fuhrwerken. Die Straßen waren eng, die Häuser schief, und der Dreck an seinen Stiefeln ließ ihn würgen.

Thomas versuchte, die trüben Pfützen zu meiden, bis er an einem kleinen Haus angekommen war. Er gab dem Soldaten ein Zeichen, der daraufhin nach vorne trat und zweimal fest an die Tür klopfte. Einen Augenblick später waren aufgeregte Schritte zu vernehmen. Ein wenig Licht drang durch den Türschlitz, als sich jemand dem Eingang näherte. Ein Riegel wurde hochgeschoben, und die Tür öffnete sich einen Spaltbreit.

Thomas erblickte eine alte, ergraute Frau, deren Haare ihr in einem wilden Durcheinander über den Rücken fielen. Sie trug ein zerschlissenes Nachtgewand, das an vielen Stellen geflickt war. Der Geruch von Knoblauch, Dung und Exkrementen drang durch die Tür. Thomas musste sich beherrschen, um nicht den Kopf vor Ekel abzuwenden.

»Maria Höfner?«, fragte Thomas.

»Jawohl«, antwortete die Frau leise und zog sich ängstlich einen Schritt zurück.

»Prior Baselius vom heiligen Orden der Dominikaner möchte mit Euch reden. Kleidet Euch an und kommt mit uns.«

»Was möchte der Prior denn von mir?«, fragte Maria mit leiser Stimme.

»Das wird er Euch selbst sagen«, antwortete Thomas und rang sich ein Lächeln ab.

Die Frau nickte kurz und lief dann, so schnell es ihre alten Beine erlaubten, in das Haus hinein. Thomas musste nicht lange warten. Als sie zurückkam, hatte sie ein langes, ergrautes Kleid an, das ein wenig nach Kamille duftete. Ihre Haare fielen noch immer strähnig über ihre Schultern, doch während sie zurück zum Wirtshaus liefen, schaffte sie es, sie zu bändigen und zu einem Knoten auf dem Kopf zusammenzustecken.

Thomas wunderte sich über die schweigsame Frau. Meist schworen die Leute schon bei seinem Anblick, dass sie sich keiner Ketzerei schuldig gemacht hatten. Sie erklärten, dass alle Vorwürfe gegen sie falsch waren, noch bevor er ein Wort der Anklage geäußert hatte. Maria schien sich keiner Schuld bewusst zu sein. Schweigsam gingen sie zum Wirtshaus. Thomas lief voraus. Maria folgte mit dem Soldaten einen Schritt dahinter.

Am Wirtshaus angekommen, führte Thomas die alte Frau ohne ein weiteres Wort nach oben. Er klopfte an die Tür von Pater Baselius und öffnete diese nach einem Augenblick. Dann winkte er Maria hinein. Die Frau lächelte den jungen Inquisitor freundlich an. Thomas blickte ihr verwundert nach. Anscheinend wusste sie wirklich nicht, was hier passieren würde.

Vater Liborius nahm eine Lampe zur Hand und schlich aus der Kirche. Das letzte Licht versank hinter dem Horizont, aber die Ankunft der Inquisitoren ließ ihn nicht schlafen. Seine Kirche war ihm noch nie so beengt vorgekommen. Er musste mit jemandem reden, denn selbst die Einkehr im Gebet hatte ihm nicht den Frieden gebracht, den er sonst aus der Anrufung Gottes erhielt.

Liborius ließ die Lampe noch verdeckt, bis er die Häuser Reheims hinter sich gelassen und den Wald betreten hatte. Er war den Weg noch nie in der Nacht gelaufen, aber er kannte sich gut genug aus, dass er sein Ziel auch im Dunkeln erreichen würde.

Der alte Mann war das Laufen nicht mehr gewohnt. Er war noch nicht lange unterwegs, als sein Knie zu schmerzen begann. Schweiß bildete sich auf seiner Stirn, und er atmete keuchend. Trotzdem weigerte sich Liborius, auf seinen Körper zu hören und stehen zu bleiben. Die Lampe vor sich, hielt er den Kopf gesenkt und den Blick auf den Boden vor sich gerichtet. Sehen konnte er nur noch ein kleines Stück Weg. Beinahe hatte er das Gefühl, seine Welt ende hinter dem Ausschnitt, den er überblicken konnte. Aber er marschierte Schritt um Schritt voran. Seine Kutte war schweißdurchnässt, als er auf einer kleinen Erhebung anhielt und den Kopf hob. Er drehte sich in alle Richtungen und hielt die Lampe hoch über seinen Kopf. Die Bäume verschluckten das wenige Licht des Mondes. Unsicher ging er umher, bis er einer alten Eiche gewahr wurde, deren knorrigen Äste wie Krallen in den Himmel strebten. Der Baum hatte schon alle Blätter verloren, und sein Stamm war eigenartig verdreht.

Liborius seufzte zufrieden. Jetzt wusste er wieder, wo er war. Bald darauf kam er an einen mit Efeu überwucherten Zaun. Einzig ein kleines Gatter war von den Pflanzen befreit und führte in einen gepflegten Vorgarten, in dem Gemüse und Kräuter wuchsen. Ohne zu zögern, betrat Liborius das kleine Anwesen und blieb vor einer Hütte stehen. Er stellte seine Lampe ab und begann, an die Tür zu klopfen. Das Geräusch hallte laut durch den stillen Wald, aber der alte Mann hämmerte weiter an das Holz, bis er innen Schritte hören konnte.

Kurz darauf öffnete sich die Tür, und die Lampe beschien das Gesicht einer alten Frau, die den Mann vor ihrer Tür verwirrt und müde anblinzelte. Als sie Vater Liborius erkannte, machte sie ein verärgertes Gesicht.

»Liborius, ich hoffe, du raubst mir nicht nur wegen deiner Schmerzen im Knie den Schlaf, ansonsten …«

»Ich muss mit dir reden, Agnes«, unterbrach der Priester die Frau und drängte sich an ihr vorbei in die kleine Hütte. Drinnen angekommen, setzte er die Lampe auf einen Tisch und begann, unruhig auf und ab zu gehen.

Noch bevor Agnes die Tür ganz geschlossen hatte, sprach er weiter. »Die Inquisition ist in Reheim angekommen«, sagte er und rieb sich nervös die Hände. Ganz offensichtlich hatte er die Frau mit dieser Ankündigung überrascht, denn ihr Blick wurde ernst. Sie schien viele Fragen zu haben, aber sie ließ den alten Mann weitererzählen.

»Sie waren kaum eingetroffen, als sie mich schon zu ihnen gerufen haben«, fuhr Liborius fort. Der Priester sprach sehr schnell, was er nur tat, wenn er aufgeregt war. Agnes setzte sich auf einen Stuhl und lauschte den Worten im Schein der Lampe.

»Sie haben sich im Wirtshaus beim alten Rainald niedergelassen. Ich war kaum eingetreten, als sie mich über die Bürger Reheims ausfragten. Zuerst sehr allgemein. Ob es Vorfälle von Hexerei oder Ketzerei gegeben hat. Ob es Einwohner gibt, die schlecht über die Kirche reden, den Namen Gottes beschmutzen oder den Gottesdiensten fernbleiben. Ich habe alles verneint und gesagt, dass hier nur ehrenwerte Bürger wohnen, die sich keine Freidenkerei zuschulden haben kommen lassen. Trotzdem fragten sie weiter. Sie wollten alles über den Stadtrat wissen und über die alleinstehenden, unverheirateten Frauen in Reheim.«

»Hast du ihnen denn Namen genannt?«, fuhr Agnes dazwischen.

»Nein«, antwortete Liborius. »Das musste ich gar nicht. Sie kannten unseren Stadtrat und wussten, welche Frauen in Reheim allein leben.«

Agnes rieb sich müde über die Augen. »Das sind beunruhigende Nachrichten, Liborius, aber warum kommst du damit mitten in der Nacht zu mir?«

»Sie haben mich auch nach dir gefragt«, antwortete Liborius ernst.

Wenn Agnes überrascht war, ließ sie es sich nicht anmerken. »Nun, das ist nicht verwunderlich, denn wie du weißt, bin ich alleinstehend und war auch nie verheiratet. Also, warum wunderst du dich, dass sie auch nach mir fragen?«

»Dein Name fiel als erster, und ich musste ihnen alles sagen, was ich über dich weiß.«

Agnes wollte zu einer Frage ansetzen, aber Liborius sprach schnell weiter.

»Du brauchst dir keine Sorgen zu machen. Ich habe ihnen erzählt, dass du eine ehrbare Frau bist, deren Heilkünste schon viele Leben gerettet haben.«

Agnes grunzte nur mürrisch, enthielt sich aber eines Kommentars.

»Natürlich habe ich von deiner Arbeit im Mainzer Hospiz berichtet und von der Unterweisung, die du in dieser Zeit von den Schwestern erhalten hast.«

»Und du denkst, das hat die Inquisition von meiner Reinheit überzeugt?«, fragte Agnes scharfzüngig.

»Es gibt keinen Grund, an meinem Wort zu zweifeln«, sagte Liborius etwas beleidigt.

Agnes richtete kurz die Augen zum Himmel und schüttelte den Kopf.

»Du glaubst also, dass sich die Inquisitoren ausschließlich auf deine Aussagen verlassen, wenn es um die Beurteilung des Gottesglaubens der Bürger Reheims geht?«

»Wem sonst sollten sie vertrauen? Auch wenn sie noch andere befragen, sie werden kaum zu einem anderen Urteil kommen.«

»Du redest von den gleichen Bürgern, die mich als verrückte Einsiedlerin und alte Hexe bezeichnen?«

»Du kennst doch die Leute. Das ist nicht ernst gemeint. Auch wissen längst nicht alle so gut wie ich um deine Fähigkeiten und dass du nicht schlecht über Gott und die Kirche sprichst.«

Agnes lächelte verschmitzt und schien sich eine bissige Bemerkung nur mit Mühe verkneifen zu können.

»Und wenn du dir so sicher bist, dass deine Meinung wesentlich für die Inquisitoren ist, dann frage ich dich, woher sie so viel über die Bürger Reheims wissen?«

»Sie werden vorher Erkundigungen eingezogen haben …«

»Erkundigungen bei wem?«, fuhr Agnes dazwischen. »Ich habe in den letzten Wochen keinen Inquisitor hier herumlaufen und Leute befragen sehen. Dich haben sie nicht aufgesucht und sicher auch niemanden vom Stadtrat, daher frage ich dich, wer hat die Inquisition auf uns hingewiesen? Woher wissen sie, was sie wissen?«

»Ich habe keine Ahnung«, antwortete Liborius unsicher.

»Wer immer die Inquisition aufgesucht hat, hatte nichts Gutes im Sinn. Es geht doch niemand einfach so zu diesen Männern und erzählt ihnen, wie sehr oder nicht so sehr ehrfürchtig und gottesgläubig die Menschen in Reheim sind.«

Liborius schwieg einen Moment, doch dann straffte er die Schultern und fuhr fort.

»Hier leben nur anständige Leute«, sagte er selbstsicher. »Selbst wenn die Inquisitoren böswillig ausgesprochenen Beschuldigungen nachgehen, so werden sie nichts finden, was ihren Unmut erregen wird.«

Agnes seufzte. Dann stand sie auf und fachte das Feuer in dem kleinen Ofen an.

»Ich habe deine Meinung schon immer geschätzt«, sagte Agnes und stocherte mit einem Stock in der Glut herum, »aber ich bin überrascht, wie groß dein Vertrauen in die Redlichkeit der Inquisition ist.«

»Es sind Männer Gottes«, versuchte Liborius, sich zu rechtfertigen.

»Aber sie wären nicht gekommen, wenn sie nicht schon jemanden der Ketzerei verdächtigen würden. Deine Befragung diente bestenfalls zur Bestätigung ihrer Vermutungen. Wahrscheinlich haben sie dich nur gerufen, um den Schein zu wahren.«

»Aber es gab hier keine Fälle von Ketzerei, Unzucht oder Hexentum …«

»Ich fürchte, es ist im Grunde nicht wichtig, ob es diese Fälle wirklich gibt. Die Beschuldigungen, die der Inquisition zugetragen wurden, waren schwerwiegend genug, dass sie hierhergekommen sind. Glaubst du denn tatsächlich, dass sie einfach unverrichteter Dinge wieder wegfahren, nur weil sie auf den ersten Blick keine ketzerischen Umtriebe entdecken?«

»Aber hier gibt es keine Häresie«, fuhr Liborius auf.

»Schon gut«, unterbrach Agnes den Priester kopfschüttelnd. Sie rieb sich müde über die Augen. Dann wurde ihr Gesichtsausdruck wieder milder. »Wenn du schon den langen Weg auf dich genommen hast, um mitten in der Nacht zu einer allein lebenden Frau in den Wald zu schleichen, dann kann ich uns auch gleich einen Kräuteraufguss machen.«

Liborius stand noch immer sichtlich angespannt vor dem Tisch.

»Jetzt setz dich endlich, Liborius, und werde wieder ruhiger«, sagte sie milde. »Wir alten Leute brauchen sowieso wenig Schlaf, und wenn du mich jetzt schon aus dem Bett geholt hast, dann können wir uns auch weiter unterhalten.«

Liborius lächelte die Frau an und setzte sich an den Tisch. Seine Aufregung legte sich, als er Agnes zusah, wie sie Kräuter in ein kleines Gefäß gab und mit dem Stößel zerrieb. Er wollte bald wieder zurückgehen, aber für einen Schluck von Agnes' wohlschmeckendem Kräuteraufguss würde er sich noch Zeit nehmen.

Rainald rannte mit seiner Frau und dem Stallburschen hektisch im Stall umher. Sie hatten sich schon zu Bett begeben, als die Soldaten an seine Tür gehämmert hatten. Er hatte den Stall öffnen und den Soldaten beim Satteln ihrer Pferde helfen müssen. Der Wirt konnte sich vor Müdigkeit kaum auf den Beinen halten, aber die Angst vor einer möglichen Bestrafung ließ ihn jeden Wunsch der Soldaten mit größter Eile befolgen.

Rainald hatte keine Ahnung, wohin die Männer mitten in der Nacht aufbrachen. Einer von ihnen hatte eine grob gezeichnete Karte dabei, die er aufmerksam im Licht einer Lampe studierte, während die anderen Soldaten ihre Pferde sattelten. Der Wirt unterdrückte den Drang, einen Blick auf die Karte zu werfen, und hielt die Augen gesenkt. Er wollte sich nicht in die Arbeit der Inquisition einmischen, aber er ahnte schon, dass der eilige Aufbruch in der Nacht kein gutes Zeichen war.

Klara blieb lange auf. Ihr Onkel hatte den Kamin befeuert, während sie einen Kräuteraufguss gekocht hatte. Seit Sonnenuntergang saßen sie schon auf den alten Holzstühlen und sprachen über die Ereignisse des Tages.

»Aber es sind doch Priester«, rief Klara erregt. »Sie haben sich doch dem Wort Gottes und seiner Gnade verpflichtet.«

»Kaum ein Mensch ist weiter von Gott entfernt als ein Inquisitor«, antwortete Markus mit seiner ruhigen Stimme und trank noch einen Schluck des Gebräus. Dann blickte er Klara in die Augen, wie immer, wenn sie ein ernstes Gespräch führten. »Sie kennen keine Gnade, keine Liebe und keine Vergebung. Sie predigen Gottes Wort, doch nichts ist ihnen ferner.«

»Ich habe viele Geschichten über die Inquisition gehört«, murmelte Klara, »und kann nicht glauben, dass Menschen so grausam sein können.«

Markus erhob sich von seinem Stuhl, ging zum Kamin und legte noch ein Scheit Holz nach. Das Scheit verschwand fast in seinen großen, kräftigen Händen. Sein langsamer Gang zeigte Klara, dass er wieder Schmerzen hatte. Eine Verletzung am Rücken, die noch von seiner Zeit als Soldat herrührte, quälte ihn ab und an. Mehr wusste Klara nicht, da Markus nicht gerne über diese Zeit sprach. Er blickte einen Moment ins Feuer, dann seufzte er.

»Als deine Eltern starben, habe ich dich bei mir aufgenommen und geschworen, dich vor allem Leid zu bewahren. Deine Mutter und ich, wir liebten uns, wie es nur Bruder und Schwester können. Ich habe getan, was ich konnte, damit du eine junge Frau wirst, auf die deine Mutter einmal stolz sein kann.« Markus drehte sich um und schaute Klara wieder ins Gesicht. »Die Welt ist unvorstellbar grausam, Klara. Ich habe Menschen Taten von solchem Gräuel begehen sehen, dass sie mir heute noch den Schlaf rauben. Vielleicht war meine Verletzung ein Geschenk Gottes, auch wenn sie mich fast zum Krüppel gemacht hat, denn sie hat mich weggebracht von den Schlachtfeldern dieser Welt, hierher, wo Krieg und Mord nur Geschichten sind.«

Markus biss sich auf die Lippen, als überlegte er genau seine nächsten Worte, und lächelte dann. »Du bist eine schöne junge Frau geworden, ebenso bezaubernd, wie deine Mutter es war. Vielleicht noch etwas klüger, als sie in deinem Alter war, daher ist es an der Zeit, dich nicht mehr wie ein kleines Mädchen zu behandeln.« Er schlurfte zu seinem Stuhl zurück und setzte sich. »Ich war der Diener vieler Herren. Ich zog als Soldat durchs Land und verkaufte mich dem Heerführer, der am meisten zahlte. Dann tötete ich in seinem Namen, bis die Schlacht geschlagen war, nahm mein Bündel und suchte mir den nächsten Ort, an dem mein Schwert gebraucht wurde. Ich weiß nicht, wie viele Leben ich genommen habe. Es machte mir nichts aus, denn das ganze Land war dem Krieg verfallen, und der Tod war stets nur eine Armlänge entfernt. So zog ich umher, bis unser Hauptmann mich und meine Kameraden zur Seite nahm und zur Bewachung eines Priesters abstellte.

Ich war ein guter Soldat und gehorchte allen Befehlen. Zu dieser Zeit hatte ich noch nicht viel über die Inquisition gehört. Ich hielt sie lediglich für eine eigene Bruderschaft unter den zahllosen Orden der Kirche, nicht stärker oder gefährlicher als die anderen auch.«

Markus griff nach seiner Tasse und trank einen Schluck Tee. Seine Hand zitterte, als er das Gefäß aufnahm und sich an der Wärme erfreute. »Es war ein Dorf wie dieses. Die Menschen waren Bauern, arbeitsam und ehrlich. Der Priester führte uns zu einem Haus, etwas abseits der Dorfstraße, vor dem eine kleine Menschenmenge wartete. Sie sahen elend aus. Ihre Kleider waren zerrissen. Die Frauen hatten zerzaustes Haar und schmutzige Gesichter. Sie versuchten, ihre weinenden Kinder zu beruhigen, die ihre Angst mit aller Kraft herausschrien.

›Treibt sie ins Haus und vernagelt die Türen‹, befahl uns der Priester,

Natürlich befolgte ich diesen Befehl. Es kam oft vor, dass Familien unter Hausarrest gestellt wurden, wenn sie sich eines Vergehens schuldig gemacht hatten. Damals war ich noch blind«, sprach Markus weiter und schüttelte den Kopf. »Ich sah nicht, dass die Frauen missbraucht worden waren, dass die Männer unter den Schmerzen überstandener Folter kaum laufen konnten und ihre Kinder in Todesangst zitterten. Und so trieben wir sie in das Haus hinein. Die Männer flehten uns um Gnade an, die Frauen weinten und baten uns, wenigstens die Kinder zu verschonen.

Noch immer verstand ich nicht, also führte ich weiter meine Befehle aus und verschloss die Türen. Kaum war die Arbeit erledigt, sah ich den Priester, mit einer großen Lampe in seinen Händen. Ich blickte in seine Augen, und die Freude darin ließ mich verstehen, was ich getan hatte.

Er warf die Lampe mit einem Lächeln auf das Dach. In diesem Moment schien alles um mich herum stillzustehen. Ich sah, wie das Feuer das Dach erfasste und sich die Flammen ausbreiteten. Ich hörte die flehenden Schreie der Eingeschlossenen wie aus weiter Ferne und spürte die Wärme auf meinem Gesicht, aber ich konnte mich nicht mehr bewegen. Ich stand vor dem Haus, hörte die Menschen in den brüllenden Flammen sterben und begriff, dass ich an ihrem Tod die Schuld trug.«

Klara sah Tränen in Markus' Augen schimmern. Nach

einem Moment straffte der Mann seine kräftigen Schultern und erzählte weiter. »Seit diesem Tag sollte ich nie mehr eine Nacht durchschlafen. In jener Nacht schlief ich gar nicht, bis zum Morgen wälzte ich mich auf meinem Lager und flehte Gott um Vergebung für meine Sünden an, doch die Last wurde nicht leichter. Am nächsten Tag stürzte ich mich in die Schlacht, mit dem festen Vorhaben, nicht lebend daraus zurückzukehren.

Selbst drei Treffer einer Axt hielten mich nicht. Blutüberströmt rannte ich weiter, hoffend, dass der Feind endlich Erbarmen zeigen und mir einen schnellen Tod gewähren würde. Ein Pfeil traf mich in den Rücken und ließ mich in gnädige Bewusstlosigkeit sinken.

Ich erwachte drei Tage später im Krankenlager und verstand, dass Gott mir noch immer nicht vergeben hatte.«

Markus leerte die Tasse und stellte sie auf den Tisch. »Es dauerte Wochen, bis ich wieder laufen konnte, also gab ich meine Arbeit als Soldat auf und kehrte hierher zurück. Während ich mit deinem Vater dieses Haus baute, gab mir deine Mutter die Kraft, mich dem Leben wieder zu stellen. Die Erinnerungen suchten mich noch immer heim, aber sie waren nicht mehr so stark.«

Markus blickte Klara in die Augen. »Sei vorsichtig und wachsam, Klara, wenn wir morgen zur Versammlung gehen. Vertraue auf dein Herz und deinen Verstand. Lass dich nicht von falschen Anschuldigungen blenden.« Dann lächelte Markus und vertrieb damit die Trauer aus seinem Gesicht. »Es wird Zeit, sich schlafen zu legen.«

Klara räumte die Tassen zur Seite, während ihr Onkel noch ein Scheit Holz in den Kamin legte. Tausend Fragen bewegten sie, doch sah sie die Müdigkeit in Markus' Augen. Aufgewühlt ging sie zu Bett.

Doch sie fand keinen Schlaf. Ihr Onkel war ein verschlossener Mann, der nicht gerne von seiner Vergangenheit sprach. Klara hatte ihn auch nie dazu gedrängt. Sie wusste, dass er früher einmal Soldat gewesen war. Nach seiner Verletzung war er nach Reheim zurückgekehrt und hatte im Haus ihrer Mutter und ihres Vaters gelebt. Sie konnte sich kaum an eine Zeit ohne Markus erinnern. Klara hatte ihren Onkel als großzügigen und ruhigen Menschen kennengelernt. Umso erstaunter war sie, dass er getötet haben sollte. Diese Vorstellung passte nicht zu dem Bild, das sie von ihm hatte.

Klara wälzte sich in ihrem Bett. Am liebsten wäre sie zu Agnes gelaufen, um mit ihr über Markus' Beichte zu reden. Die Weisheit der alten Frau fehlte ihr in dieser Nacht. Sobald die Versammlung vorbei war, würde sie zu ihr gehen. Sie zog die Decke über ihre Schultern, schloss die Augen und versuchte, zur Ruhe zu kommen.

Auf den ersten Blick war es eine Nacht wie jede andere. Die Läden der Häuser waren zugezogen, die Tiere von der Weide geholt und die Felder verlassen. Die Gerste war ausgesät, und der bevorstehende Herbst färbte bereits die ersten Bäume rot. Der Wind ließ die Blätter rascheln, und die Straßen des Dorfes waren leer. Doch hinter den verschlossenen Türen herrschte Angst.

Ruhelos wälzten sich die Bürger in ihren Betten. Sie fürchteten sich vor dem, was kommen würde und was sie nicht verhindern konnten. Es war wie das Warten auf einen nahenden Sturm. Man sah schon von Weitem, wie er den Himmel vereinnahmte, spürte, wie die Luft abkühlte und der Wind zunahm. Man konnte sich nur in Sicherheit bringen und warten, bis alles vorbei war.

Doch dieser Sturm war anders. Er konnte jeden erfassen,

und es gab keinen Schutz vor ihm. Kein Dach bewahrte einen vor dem prasselnden Regen, und keine Mauer konnte den Wind abhalten. Die Menschen waren gefangen in ihrer Hilflosigkeit, dazu verdammt, abzuwarten, während andere über ihr Leben entschieden. Selbst der Klügste unter ihnen konnte sie aus dieser Lage nicht herausreden und selbst der Stärkste den Feind nicht niederknüppeln.

So warteten die Bürger von Reheim darauf, dass die Nacht verging. Ihre Gedanken kreisten um die Schrecken, die man ihnen antun würde, um die Fehler, derer sie sich schuldig gemacht hatten, und die Sünden, welche sie begangen hatten. Sie lagen in ihren Betten und flehten zum Herrn um Vergebung. Ihre Versprechungen wurden mit jeder Stunde größer. Sie beteten, dass das Auge der Inquisition sie nicht beachten und dieser Albtraum ein Ende nehmen würde.

Es war eine Nacht, in der jeder Bürger von Reheim insgeheim Verrat beging. An den Freunden, die er für seine Unversehrtheit opfern würde, und an den Nachbarn, deren Blut er vergießen würde, nur um nicht selbst in die Fänge der Inquisition zu geraten. Es dauerte nur wenige dunkle Stunden, bis die Bewohner von Reheim ihre Gemeinschaft aufgaben.

Pater Baselius hatte sich zum kleinen Gefängnis des Dorfes bringen lassen. Die Zellen rochen vermodert. Er hörte Ratten umherhuschen. Seine Schritte hallten laut. Als ihm die Tür geöffnet wurde, quietschten die Angeln. Dann drehte er sich zu Thomas um, der ihn hierher geführt hatte.

»Ich gehe davon aus, dass diese Räume hergerichtet werden. Die Zellen müssen sicher sein. Alle Schlüssel müssen uns übergeben werden. Einzig unsere Soldaten dürfen das

Gebäude bewachen. Niemand darf sich ohne unsere ausdrückliche Erlaubnis dem Gefängnis nähern. Es ist jedem verboten, mit den Gefangenen zu reden.«

»Sehr wohl«, sagte Thomas und führte Baselius weiter.

Der ältere Mann ging langsam. Der Boden war uneben und glitschig von der Feuchtigkeit, die sich in langen Jahren hier gesammelt hatte. Eine Tür knarrte, und Thomas sagte: »Wir sind da.«

Pater Baselius hätte auch ohne seinen Helfer gewusst, wo sie waren. Er roch die Angst, die Menschen unter der Folter ausdünsteten. Es stank nach Schweiß und Exkrementen. Das Klirren von Ketten zeigte ihm, dass die Frau schon aufgehängt war. Normalerweise begannen die Ketzer schon bei seinem Anblick, um Gnade zu flehen, aber die Gefangene schwieg. Baselius nickte ein wenig mit dem Kopf. Dieser Fall schien etwas hartnäckiger zu sein.

»Schließt die Tür«, sagte er und trat in den Raum hinein. »Wir haben eine lange Nacht vor uns.«

2
Agnes

Die Glocken der Kirchen läuteten die Zusammenkunft ein. Alle Bürger waren gekommen und strömten in den großen Versammlungssaal. Der Saal war oft Ort hitziger Diskussionen gewesen, als über die Verteilung von Weiderechten und Wegzöllen diskutiert worden war, aber jetzt feierte man hier ausgelassene Feste, beging Hochzeiten oder hob das Glas auf die Geburt eines neuen Stammhalters.

Klara hatte nur gute Erinnerungen an diesen Saal, doch als sie mit ihrem Onkel in den düsteren Raum hineinging, schien jede Freude aus ihm gewichen zu sein. Die beiden Dominikanerpriester saßen auf ihren Stühlen und musterten die einströmende Menge. Auch wenn der alte Priester blind war, so war sein trüber Blick starr auf den Gang gerichtet, als könnte er die Menschen sehen.

Die Kamine im Raum waren aus, nur spärliches Kerzenlicht erhellte den Saal. Die Angst der Bewohner war fast mit Händen zu greifen. Niemand sprach ein Wort. Alle blickten zu Boden, und selbst die Kinder schienen sich des Ernstes dieser Versammlung bewusst zu sein. Sie redeten nicht, tollten nicht umher und ließen sich zu keinerlei Streichen anstiften.

Die Bänke waren voll besetzt, als Pater Baselius aufstand. Klara biss sich nervös auf die Lippe. Sie redete nicht schlecht über Gott, ging jeden Sonntag in die Kirche und betete morgens und vor dem Schlafengehen.

Noch vor ein paar Tagen hatte sie mit Agnes über Recht und Unrecht gesprochen. Es war um die Bestrafung eines Viehhirten gegangen, der seine Tiere auf einer ungenutzten Wiese seines Nachbarn hatte grasen lassen. Wie immer hatte Agnes zu keiner Zeit gesagt, »das war richtig« oder »das war falsch«. Sie hatte von Klara verlangt, selbst zu beurteilen, was in einem solchen Fall zu tun war. Als Klara dann die Entscheidung getroffen hatte, dass es nicht anstößig war, seine Tiere auf eine brachliegende Wiese zu treiben, auch wenn sie einem nicht gehörte, hatte Agnes nur zufrieden genickt. Ihre Meinung dazu hatte sie wie immer für sich behalten.

Es gab keinen Grund für Klara, ein schlechtes Gewissen zu haben, das war ihr bewusst, und doch konnte sie den Dominikanern nicht in die Augen sehen, sondern senkte eingeschüchtert den Blick. Vielleicht lag es an der Macht über Leben und Tod, die die Männer innehatten. Möglicherweise war es auch die Angst, die durch die unzähligen grausigen Geschichten von der Inquisition geschürt worden war.

Ihre Hand umfasste das silberne Kreuz, eines der wenigen Schmuckstücke, die ihr noch von ihrer Mutter geblieben waren. Sie schloss die Augen und dachte an ihr sanftes Lächeln. Immer wenn sie sich fürchtete, war ihre Mutter in ihr Zimmer gekommen, hatte sie in die Arme geschlossen und ihr sanft über den Rücken gestrichen. Dann waren die Schreckgespenster aus den Albträumen verschwunden, das Gewitter nicht mehr so bedrohlich erschienen und die bösen Kreaturen vor ihrem Fenster geflohen.

Die kratzige Stimme des älteren Priesters riss sie aus ihren Erinnerungen. »Da wir, Pater Baselius und Pater Thomas vom heiligen Orden der Dominikaner, mit all unserer Kraft dafür kämpfen, dass das christliche Volk und der katholische Glaube geschützt und von allem ketzerischen Ungemach ferngehalten werde, haben wir diesen Prozess einberufen. Dies geschehe zum Ruhm und zur Ehre des verehrungswürdigen Namens Jesu Christi und zur Vernichtung der Häresie und des Hexentums hier in Reheim.«

Pater Baselius machte eine kurze Pause. »Man hat uns von ketzerischen Handlungen berichtet, von Schaden an Mensch und Tier, von Hexerei und dem Verkehr mit Dämonen. Jeder, der die heilige Inquisition in ihrer Arbeit behindert, soll vom Stab der Exkommunikation niedergestreckt werden. Jede Enthüllung, die einen Ketzer überführt, wird mit Absolution der Sünden vergolten.«

Der Dominikaner setzte sich wieder und winkte einem seiner Soldaten. »Man bringe die Gefangene.«

Die Menge im Versammlungssaal wurde unruhig. Klara blickte sich um und versuchte festzustellen, ob alle Bürger gekommen waren, wer fehlte. Von ihrer Bank aus hatte sie schlechte Sicht, daher wollte sie sich erheben, aber ihr Onkel fasste sie am Arm und zog sie auf ihren Platz. Sein ernster, warnender Blick ließ keinen Widerspruch zu, und so setzte sie sich.

Aus dem hinteren Teil des Saals hörte man das Klirren von Ketten. Die Soldaten führten eine kleine Gestalt hinein. Sie zog ihr rechtes Bein ein wenig nach. Ihr Kopf wurde von einem Sack verborgen, und ihr hagerer Körper war von einer alten, zerrissenen Kutte bedeckt. Klara versuchte zu erkennen, wer es war.

Die Frau wurde nach vorne gebracht, sodass sie von jedem Besucher gesehen werden konnte. Auf einen Wink von Pater Baselius zogen die Soldaten der Gefangenen den Sack vom Kopf und rissen ihr das Gewand vom Leib.

Klara erblickte Agnes. Die Haare waren ihr vom Kopf geschoren worden. Ihr linkes Auge war geschwollen und ihre Nase offenbar gebrochen. Ihr Körper war von Peitschenhieben verunziert, und ihr linker Arm hing in einem grotesken Winkel schräg von ihrer Schulter weg. Der kleine Finger ihrer linken Hand war nur noch ein Stumpf, und auf ihrer Brust waren mehrere Brandwunden.

Klara übergab sich auf den Boden. Der Saal war in Aufruhr. Mütter bedeckten ihren Kindern die Augen, Frauen fingen an zu weinen, und selbst die stärksten Männer wandten sich von diesem Anblick ab.

Agnes stand zitternd in der Mitte des Saals und konnte sich vor Schwäche kaum auf den Beinen halten. Ihr Blick war starr zu Boden gerichtet.

»Bedeckt sie«, sagte Pater Thomas. Die Soldaten warfen ihr das Gewand über die Schulter, das ihre Blöße nur unzureichend verhüllte.

Der junge Inquisitor erhob sich von seinem Platz, entrollte ein Schriftstück und begann, laut vorzulesen. »Agnes Barand. Ihr habt Euch der Ketzerei schuldig gemacht. Ihr habt Christus entsagt, die Sakramente geschändet und dem Teufel Opfer dargebracht. Man wirft Euch die Schuld am Tod dreier Kinder vor, weiter sollt Ihr ein Viehsterben verursacht und die Felder eines Bauern verhext haben. Ihr wurdet gesehen, wie ihr zum Hexensabbat geflogen seid. Dort habt Ihr Unzucht mit dem Teufel in Gestalt eines großen Ziegenbocks getrieben. Bei der anschließenden Zusammenkunft mit anderen Hexen habt ihr ihm kniend gehuldigt, ihn angebetet und einen Pakt mit ihm geschlossen.«

Thomas rollte das Schriftstück zusammen und wandte sich direkt an die Gefangene. »Im Angesicht dieser rechtschaffenen Bürger bitte ich Euch, gesteht Eure Häresie. Widerruft den Pakt mit dem Teufel und kehrt zurück in die Gemeinschaft der Gläubigen.«

Agnes blickte noch immer zu Boden. Sie schüttelte leicht den Kopf.

Thomas flüsterte Baselius etwas zu. Die beiden Männer besprachen sich einen Moment, dann erhob der Prior die Stimme.

»Ruft den ersten Zeugen.«

Thomas erhob sich und rief in die Menge der Zuschauer. »Maria Höfner. Tretet vor.«

Die alte Frau stand auf und trat zögernd nach vorne. Ihr Blick war auf ihre Füße gerichtet, als schämte sie sich, hier zu sein. Für einen Moment sah sie zu Agnes, doch ihr Anblick schien ihr Qualen zu bereiten, und so wandte sie sich schnell wieder ab. Tränen stiegen ihr in die Augen, als sie vor den Tisch trat.

»Maria Höfner«, sagte Thomas mit ruhiger Stimme. »Entspricht es der Wahrheit, dass Euer Mann die der Ketzerei angeklagte Agnes Barand kannte?«

Maria nickte nur ein wenig, hielt den Kopf aber gesenkt.

»Sprecht laut«, fuhr Pater Baselius dazwischen und schlug mit der Hand auf den Tisch.

Maria zuckte wie von einem Peitschenschlag getroffen zusammen. »Ja«, sagte sie laut.

»Und entspricht es der Wahrheit«, fuhr Thomas fort, »dass Euer Mann die der Ketzerei angeklagte Agnes mehrfach eine Hexe nannte?«

»Ja.«

»Entspricht es der Wahrheit, dass Agnes Barand Euren Mann, als dieser schwer erkrankte, mit Tränken und Salben behandelt hat?«

»Nun, Agnes ist nicht nachtragend, daher kam sie sofort, als ich …«

»Ein einfaches ›Ja‹ genügt«, unterbrach sie Thomas. Der strenge Blick von Pater Baselius war auf sie gerichtet. Maria begann zu zittern.

»Ja«, antwortete sie leise.

»Und entspricht es der Wahrheit, dass Euer Mann kurz darauf starb?«

»Er war schwer krank, und Agnes war gekommen, um seine Schmerzen zu lindern.«

»Ja oder nein?«, fragte Thomas ungeduldig.

»Ja.«

»Und entspricht es der Wahrheit, dass Euer Mann nur wenige Tage nach der Walpurgisnacht, der Nacht, in der die Hexen ihre größte Macht erlangen, erkrankt ist?«

»Ich verstehe nicht …«

»Ihr sollt die Fragen nur mit ›Ja‹ oder ›Nein‹ beantworten«, befahl Baselius mit drohendem Unterton. »Jedes weitere Wort sehen wir als Missachtung der heiligen Inquisition und somit als Ketzerei an.«

Maria nickte ängstlich mit dem Kopf.

»Entspricht es also der Wahrheit, dass Euer Mann nur wenige Tage nach der Walpurgisnacht, der Nacht, in der die Hexen ihre größte Macht erlangen, erkrankt ist?«

»Ja.«

»Und kam die Krankheit für Euch überraschend?«

»Ja«, antwortete Maria. Tränen schossen ihr in die Augen.

»Und wäre es denkbar, dass jemand, der mit den dunklen Mächten im Bündnis steht, Eurem Mann diese Krankheit angehext haben könnte?«

»Ja.«

»Und entspricht es der Wahrheit, dass das Grab Eures

Mannes nur wenige Tage danach zerwühlt vorgefunden wurde?«

Maria fiel auf die Knie und schluchzte hemmungslos.

Klara beobachtete dieses Schauspiel mit regungsloser Miene. Alles war ein einziger Albtraum. Die gefolterte Agnes, das Gebaren der Inquisitoren und die bedauernswerte Maria, die zum Verrat an ihrer Jugendfreundin getrieben wurde. Jeder wusste, dass der Friedhof von einer Rotte Eber zerstört worden war. Das Grab von Marias Mann war nicht das einzige gewesen, und doch konnte sie nichts gegen diese heimtückische Befragung tun, ohne sich selbst der Ketzerei schuldig zu machen.

»Antwortet auf die Frage«, herrschte Thomas sie an.

»Ja«, schluchzte Maria.

Thomas schüttelte den Kopf und blickte Maria voller Verachtung an.

»Bringt sie weg«, sagte er. Ein Soldat ging zu ihr und hob die alte Frau auf. Die tränenüberströmten Augen von Maria trafen sich mit denen von Agnes. Ihr geschundenes Gesicht war kaum zu einer Regung fähig, doch sie nickte leicht und schien für einen winzigen Augenblick zu lächeln, als wollte sie ihrer alten Freundin bedeuten, sich nicht zu grämen. Dann wurde Maria hinausgeführt.

Thomas wartete, bis die Frau den Raum verlassen hatte, bevor er sich wieder von seinem Stuhl erhob.

»Ich rufe den nächsten Zeugen, Vater Liborius.«

Der Aufgerufene erhob sich von seinem Platz in der ersten Reihe und ging nach vorne. Er war als einer der Ersten in die Versammlung gekommen, hatte aber kein Wort gesprochen und nur schamerfüllt zu Boden gesehen.

Er war in eine weite Kutte gekleidet, die er auch sonntags zur Predigt trug. Seine lichtes Haar war zurückgekämmt, und seine Stiefel waren geputzt. Als er nach vorne ging, blickte er Agnes in die Augen. Sein Gesicht war in Schuld und Kummer verzerrt. Er hatte Mühe, die Tränen zurückzuhalten.

Die Zuschauer warteten angespannt. Die schlurfenden Schritte des Paters waren die einzigen Geräusche in der Halle. Der Priester drehte sich zu Thomas um.

»Vater Liborius, wie lange seit Ihr schon Hirte in Reheim?«, fragte der junge Inquisitor mit einem Lächeln.

»Seit fast 20 Jahren.«

»Eine lange Zeit.« Thomas nickte anerkennend. »Sicher sind Euch die Bewohner ans Herz gewachsen?«

»Als wären sie meine eigenen Kinder«, sagte der Pfarrer lächelnd. In diesem belanglosen Gespräch schien seine Anspannung etwas abzufallen.

»Und Ihr unternehmt alles, um sie vor ketzerischen Kräften zu schützen?«

»Ich würde mein Leben dafür geben, diese Gemeinde vor dem Bösen zu bewahren.«

Für einen Augenblick erschien ein tückisches Lächeln auf Thomas' Gesicht, fast als wollte er eine Erwiderung darauf geben. Dann sprach er mit regungsloser Miene weiter.

»Erzählt uns von der ungewöhnlichen Kindersterblichkeit in diesem Jahr.«

»Es kommt manchmal vor, dass der Herr eine kleine Seele schon früh zu sich ruft. In diesem Jahr waren es derer drei. Für ein Dorf wie Reheim sind das ungewöhnlich viele tote Kinder, da wir uns nur selten über Nachwuchs freuen dürfen.«

»Könnte dies das Werk des Bösen sein?«

»Dessen bin ich mir sicher. Gott in seiner Herrlichkeit würde uns niemals so schwer bestrafen.«

»Sicher habt Ihr schon von Ketzern gehört, die einen Pakt mit dem Teufel eingehen?«

»Ja.«

»Und von Hexen, die den Gehörnten anbeten und von ihm ketzerische Kräfte erhalten?«

»Natürlich.«

»Frauen, deren harmloses Äußeres über ihre dunklen Seelen täuschen kann?«

»Ja.«

»Und die Tod und Verderben über ein Dorf wie dieses bringen können?«

»Ja.«

»Und für den Tod der drei Neugeborenen verantwortlich sein können?«

»Ja.«

»Nun, da wir festgestellt haben, dass das Böse in Reheim Fuß gefasst hat, frage ich Euch, wen Ihr dieser Taten beschuldigt?«

Vater Liborius zögerte mit seiner Antwort. »Ich verstehe nicht«, sagte er unsicher.

»Wen beschuldigt Ihr der Ketzerei?«, wiederholte Thomas mit ruhiger Stimme.

»Ich kenne alle Bewohner von Reheim und denke nicht, dass einer von ihnen …«

»Unsinn«, rief Pater Baselius erzürnt und stand von seinem Stuhl auf. Er richtete seine blinden Augen auf den Priester.

»Ihr habt einen Ketzer in eurer Gemeinde, der für eine Vielzahl an Schrecken verantwortlich ist. Wir haben sie alle aufgezählt, oder wollt Ihr diese Vorfälle leugnen?«

»Nein«, antwortete Vater Liborius ängstlich und schüttelte den Kopf.

»Dann sagt uns einen Namen.«

»Aber …«

»Wenn Ihr uns nicht sofort den Namen des Ketzers nennt, werden wir Euch einer peinlichen Befragung unterziehen.«

»Nein«, flehte Vater Liborius, »beim Namen des Herrn, verschont mich mit Folter. Ich bin schon alt …«

»Den Namen«, schrie Pater Baselius.

»Bitte, Herr«, flehte der Priester und fiel auf die Knie. Sein Blick wandte sich Hilfe suchend zu Agnes. Die alte Frau sah ihm in die Augen. Sie schien fast so etwas wie Mitleid mit dem alten Mann zu haben. Dann nickte sie ernst. Für einen Moment spiegelte sich Verzweiflung im Gesicht von Liborius. Er schloss kurz die Augen, als würde er im Stillen um Vergebung bitten. Seine Hände zitterten, als er sich wieder dem Inquisitor zuwandte. Er schluckte und flüsterte: »Agnes Barand.«

Ein Aufstöhnen ging durch die Menge. Pater Baselius blieb noch einen Moment stehen. Dann schien er zufrieden zu sein, und der zornige Ausdruck verschwand aus seinem Gesicht. Er setzte sich wieder hin und gab Thomas ein Zeichen, weiterzusprechen.

»Ihr bezeichnet Agnes Barand als Ketzerin?«, fragte der junge Priester.

»Ja«, sagte Liborius und stand wieder auf.

»Welcher Taten hat sie sich schuldig gemacht?«

Der alte Priester blickte hilflos zu Thomas.

»Ihr wisst, dass eine falsche Anschuldigung zu einer schweren Bestrafung führt«, fuhr Thomas weiter fort. »Habt Ihr Agnes Barand unrechtmäßig beschuldigt?«, fragte er mit drohendem Unterton.

»Nein«, rief Liborius hastig. »Agnes Barand ist eine Hexe,

bestimmt. Ich habe sie gesehen, wie sie auf ihrem Besen zum Hexensabbat fliegt. Dort trifft sie sich mit ihresgleichen. Sie treiben Unzucht, trinken Blut unschuldiger Opfer und essen das Fleisch von Kindern.«

Klara wollte aufspringen und diesen Lügen etwas entgegenschreien, aber ihr Onkel hielt sie am Arm fest. Sie versuchte, sich loszureißen, doch er packte sie mit beiden Händen und drückte sie auf die Bank. Sein Blick war zornig und enthielt eine unausgesprochene Warnung. Klara hatte ihren Onkel noch nie so erlebt, und so blieb sie sitzen, während Vater Liborius mit teilnahmsloser Stimme weitersprach. »Sie hat die Seelen der toten Kinder geraubt und dem Teufel als Geschenk dargebracht, damit sie weiter in seiner Gunst bleibt. Vom ersten Tag an habe ich das Böse in ihren Augen gesehen, doch solange der Teufel sie unter ihrem Schutz hatte, konnte ich nichts gegen sie unternehmen.«

»Genug«, unterbrach Thomas. »Die Anschuldigungen sind ausreichend. Ihr dürft Euch zurückziehen.«

Vater Liborius nickte untertänig und verließ den Versammlungssaal. Seine Augen waren starr auf den Ausgang gerichtet, sein Gesicht wie eingefroren. Er ging, als wäre er in kurzer Zeit um Jahre gealtert.

Es war still geworden. Das Weinen war verstummt. In den Augen der Zuschauer stand die Angst, und keiner sah die Inquisitoren an. Nur Klara konnte den Blick nicht abwenden.

Der Priester namens Thomas war noch jung, nicht viel älter als sie. Seine Gesichtszüge waren weich, und er hatte kaum Bartwuchs. Einzig seine Augen, die sich bei der Befragung ab und an verengten und dann vor Zorn glitzerten, machten aus ihm einen hassenswerten Mann. Er und der blinde Priester besprachen sich leise. Der junge Mann nickte immer wieder, als er den Worten des Älteren lauschte.

Dann setzte er sich, während sich Baselius von seinem Stuhl erhob.

»Die Anschuldigungen gegen Agnes Barand sind schwerwiegend und zahlreich. Wir werden uns zurückziehen und um den Beistand Gottes bitten. Das Urteil gegen die Beschuldigte wird morgen früh verkündet.«

Baselius drehte sich um und verließ den Versammlungssaal. Thomas fasste ihn an seinem Arm und führte ihn sicher zur Tür hinaus. Zwei Soldaten aus ihrer Garde folgten ihnen.

Klara sah Agnes an, die noch immer zusammengekrümmt dastand. Dann hob die alte Frau den Kopf und erwiderte ihren Blick. Sie lächelte ihre Schülerin an. In ihre Augen waren der Glanz und die Stärke zurückgekehrt, die Klara an ihr immer so geschätzt hatte. Dann wandte Agnes ihren Blick zu Markus. Für einen Moment schienen sie und ihr Onkel eine Art stumme Übereinkunft zu treffen. Markus nickte leicht, nahm Klara am Arm und zog sie aus dem Versammlungssaal.

Klara wehrte sich nicht und ging mit ihrem Onkel hinaus. Das Letzte, was sie von Agnes sah, waren die Soldaten, die ihr die Augen verbanden und sie durch den Hinterausgang nach draußen führten.

Agnes lag auf dem Boden der Zelle. Ihr Kopf war in das schmutzige Stroh gebettet. Sie versuchte, die Schmerzen ihrer Brandwunden und ihrer gebrochenen Knochen zu ignorieren. Ihre Kehle war trocken, und sie sehnte sich nach einem Schluck Wasser. Sie roch den Wind, der durch das vergitterte Fenster wehte und den Geruch der Bäume mit sich brachte. Der Wald war immer ihr Zuhause gewesen. Wann immer sie Sorgen gehabt hatte, war sie durch seine verborgenen Wege gewandert, hatte den lehmigen Boden unter ihren Füßen gespürt und dem Rauschen der Blätter im Wind gelauscht. An warmen Sommertagen hatte sie sich an einen großen Stamm gelehnt, ihre Augen geschlossen und sich in die Geborgenheit der Bäume hinabgleiten lassen.

Es war kein Leben, wie sie es sich als Kind vorgestellt hatte, und doch war sie zufrieden. Wenn sie auch in vielen dunklen Tagen der Verzweiflung nahe gewesen war, so hatten die glücklichen Tage überwogen. Sie hätte sich gewünscht, noch einmal ihr Heim zu sehen, die Wärme des Kamins an ihren Füßen zu spüren und ihrer Hütte Lebewohl zu sagen, doch Agnes wusste, dass dies niemals geschehen würde.

Sie versuchte, ihre gefesselten Hände zu falten, aber mit den gebrochenen Fingern war das nicht möglich. Eine Binde war über ihre Augen gezogen, und doch schloss sie die Augen, wie immer, wenn sie zu Gott betete. An diesem Tag waren die Worte in ihrem Geist andere. Heute dankte sie ihm nicht für einen weiteren Sonnenaufgang und bat nicht um Verzeihung für Verfehlungen, heute beschwor sie Gott um Kraft. Sie flehte um die Stärke, dem Tod mit Würde entgegentreten zu können. In ihren Worten war kein Hass, kein Zorn auf die Menschen, die ihr das angetan hatten, oder auf die Henker, die ihr Leben rauben würden. Das Urteil war noch nicht gesprochen, doch sie war sich ihres Endes sicher. Sie wollte ihre letzten Gedanken nur mit Liebe erfüllen.

Noch einmal atmete sie den Duft des Waldes ein und beendete ihr Gebet. Sie fühlte eine schwere Müdigkeit, die sich ihres Körpers bemächtigte. Bevor sie in den gnädigen Schlaf hinabsank, wandten sich ihre Gedanken Klara zu, der jungen Frau, die so stark sein wollte, aber noch so wenig über die Welt außerhalb Reheims und deren dunkle Abgründe wusste. Vielleicht hatte sie wenigstens diesen unschuldigen Geist bewahren können.

Klara erwachte zum dritten Mal in dieser Nacht. Nachdem sie von der Versammlung zurückgekehrt waren, hatte sie bis zum Abend geweint. Ihr Onkel hatte ihr einen Tee aufgebrüht, von dem sie schnell müde geworden war. Doch die Schrecknisse des Tages ließen ihr keine Ruhe und suchten sie in ihren Träumen heim. Immer wieder sah sie Agnes, wie sie gefoltert und nackt vor der Versammlung stand. Dann wachte sie zitternd auf und hoffte, dass dies alles nur ein schlechter Traum gewesen war. Doch dann kamen die Erinnerungen an den Prozess, die Inquisitoren und die Befragung.

Nachdem sie ein drittes Mal hochgeschreckt war, sah sie aus dem Fenster in die dunkle Nacht. Sie war noch immer müde, aber sie fürchtete sich davor, einzuschlafen und den Prozess in ihren Träumen wieder und wieder erleben zu müssen. Schläfrig stand sie auf, zog eine Decke um ihre Schultern und begab sich zum Fenster. Ihr Blick wurde von einer Bewegung angehalten. Zwei Personen standen vor dem Haus. Eine davon war ihr Onkel. Seine große, massige Gestalt und seine etwas gebeugte Haltung machten ihn unverkennbar.

Der Mann neben ihm war kleiner und schmaler. Er trug einen weiten Mantel, und ein breiter Hut verdeckte sein Gesicht. Der Silhouette nach hatte er wohl einen buschigen Bart, aber es war zu dunkel, um mehr zu erkennen. Ihr Onkel schien mit seinem Besucher etwas zu besprechen. Kaum einer von ihnen machte eine Geste, aber ihre Köpfe waren dicht beieinander, als wären die Worte für niemand anderen bestimmt.

Klara drehte sich kurz vom Fenster weg und zog einen Schemel zu sich, um besser an die Schließe des Fensters zu kommen. Sie stellte sich auf den Tritt und griff nach dem Riegel, doch als sie wieder aus dem Fenster blickte, waren ihr Onkel und die fremde Gestalt verschwunden. Sie lauschte, ob die Tür aufging oder eine Diele knarrte, aber alles blieb ruhig.

Sie schüttelte verwirrt den Kopf. Wahrscheinlich hatte sie sich das nur eingebildet. Erst jetzt schien ihr die Kälte der Nacht bewusst zu werden. Sie zog die Decke enger um ihre Schultern und ging zu Bett. Noch während sie über diese seltsame Begegnung nachdachte, schlief sie ein.

»Warum seid ihr so ungeduldig?«, fragte Baselius, zu Thomas gewandt.

»Ich bewundere Eure Sorgfalt«, antwortete Thomas zögerlich, »aber ich verstehe nicht, warum wir nicht schon jetzt das Urteil sprechen. Eine Dorfbewohnerin und der Priester von Reheim haben sie schwer belastet. Die Angeklagte hat nicht abgeschworen, und das kann nur den Tod auf dem Scheiterhaufen bedeuten.«

»Ein müder Geist kann kein Recht sprechen«, versuchte Baselius zu erklären. »Ich möchte, bevor ich ein Urteil fälle, noch einmal den Rat und die Hilfe Gottes erbitten. Ich danke Euch für Eure Unterstützung, aber ich bitte Euch, mich jetzt allein zu lassen. Wir werden morgen früh weitersprechen und dann eine Entscheidung treffen.«

Thomas stand auf. »Sehr wohl, Prior. Gute Nacht.«

Baselius wartete, bis die Tür sich geschlossen hatte. Er rieb sich müde übers Gesicht und atmete ruhig aus. Dann ließ er sich auf die Knie nieder und bekreuzigte sich. Er verstand den Einwand des jungen Mannes. Sie hatten die der Ketzerei verdächtigte Agnes Barand zu den Vorwürfen verhört, eine Zeugin vernommen und sogar den Priester von Reheim befragt. Was auch immer die alte Frau in der Vergangenheit für die Bürger dieses Dorfes getan hatte, die Anschuldigungen waren schwerwiegend. Sie hatte sich selbst unter der peinlichen Befragung geweigert, ihre Schuld einzugestehen, was sie in seinen Augen noch verdächtiger machte. Nur ein vom Teufel besessener Körper konnte solche Schmerzen ertragen. Es schien nur folgerichtig, sogleich den Tod auf dem Scheiterhaufen anzuordnen, aber er würde dieses Urteil nicht ohne Gottes Rat treffen.

Baselius faltete die Hände und suchte die Einkehr im Gebet. Vielleicht hatte er etwas übersehen, daher hoffte er, dass die Ruhe des Gebets ihm helfen würde, seine Urteilskraft zu stärken.

Die Sonne sandte ihre ersten Strahlen in das Zimmer. Klara öffnete müde die Augen. Als sie sah, wie hell es in ihrer Stube war, zog sie ihre Decke weg und sprang aus dem Bett. Sie lief nach unten und machte sich auf die Suche nach ihrem Onkel. Unten angekommen, sah sie Markus mit einem Stapel Holz zur Tür hereinkommen. Als er Klara erblickte, lächelte er. Polternd legte er das Holz neben den Kamin und fachte das Feuer an.

»Wie hast du geschlafen?«, fragte er, während er ein Holzscheit auf die Glut legte.

Klara schüttelte nur den Kopf und ging zu einem Eimer in der Ecke des Raumes. Sie nahm eine Holzkelle zur Hand und trank einen Schluck Wasser.

»Ich bin gleich so weit«, sagte sie müde. »Ich ziehe mich schnell an, und dann können wir zur Versammlung.«

»Wenigstens da habe ich eine gute Nachricht«, sagte

Markus lächelnd und wandte sich wieder dem Kamin zu. »Die Urteilsverkündung wurde verschoben. Ein Freund von mir ist heute Morgen zu mir gekommen und hat mir die Neuigkeit mitgeteilt. Anscheinend haben sich die Inquisitoren noch nicht entschieden, ob sie den Zeugenaussagen glauben sollen.«

Für einen Moment fasste Klara wieder Mut. Sie hatte geglaubt, dass das Todesurteil über Agnes schon gesprochen war.

»Glaubst du, es gibt noch Hoffnung für Agnes?«, fragte sie hoffnungsvoll.

»Ich weiß es nicht«, antwortete Markus und stand vom Kamin auf. Dann nahm er Klara in seine kräftigen Arme und drückte sie fest an sich.

»Lass uns das Vieh versorgen«, sagte er und ließ Klara los. Er nahm einen großen Weidenkorb. Klara griff nach dem Eimer mit Hühnerfutter und folgte nur einen Schritt dahinter. Ein Lächeln war in ihr Gesicht zurückgekehrt, und sie machte sich an die Arbeit.

Agnes' Zelle war dunkel und zugig. Nur am frühen Morgen gab es eine kurze Zeit, in der das Licht seinen Weg hineinfand. Ihre Augen waren noch immer verbunden, aber selbst durch das Tuch konnte sie die veränderte Helligkeit wahrnehmen, als sie aufwachte.

Sie war froh, dass diese Nacht endlich vorbei war. Was immer die Inquisitoren mit ihr vorhatten, es konnte kaum schlimmer sein, als gefesselt mit gebrochenen Knochen in einer kalten Zelle zu liegen. Sie versuchte, sich ein wenig aufzurichten, aber ein scharfer Schmerz fuhr in ihre Schulter, daher begab sie sich in ihre alte Position zurück.

Ihre Kehle war ausgetrocknet und ihre Zunge angeschwollen. Ihr Bauch schmerzte vor Hunger, und ihr Körper zitterte. Für einen Moment drohte sie sich der Verzweiflung über ihre Lage hinzugeben. Tränen schossen ihr in die Augen, und sie begann zu weinen. Doch mehr als vor Schmerzen und vor dem Tod fürchtete sie sich vor der Angst, der lähmenden Furcht, die einem den Verstand raubt. Sie atmete tief durch und versuchte, an die schönen Momente in ihrem Leben zu denken.

Als ihre Zelle geöffnet wurde, war Agnes im Herzen längst weit, weit weg. Sie zogen sie auf die Beine und führten sie vor das Gefängnis. Der Wind streichelte sanft ihre Wange, als wollte er ihr Mut zusprechen und die Leiden der vergangenen Tage mildern. Er brachte den erdigen Geruch des Waldes mit sich, von dem Ort, der so lange ihre Heimat gewesen war.

Es war Mittag, als Klara von ihrer Arbeit ins Haus zurückkehrte. Sie war noch immer wie betäubt. Klara hatte gehofft, bei der Arbeit das Erlebte zumindest für kurze Zeit vergessen zu können, aber das Bild der gefolterten Agnes wich nicht mehr aus ihrem Kopf. Warum hatte man sie nur so gequält? Welcher unvorstellbaren Taten hatte man sie verdächtigt, dass man sie so behandelte?

Klara hängte ihren Umhang an einen Haken und stellte den Korb mit Futter auf den Boden. Früher hatte sie sich gerne um die Tiere gekümmert, aber auch ihre Nähe hatte ihr heute keinen Trost schenken können. Die Angst vor der kommenden Verhandlung ließ sie keinen klaren Gedanken mehr fassen.

Sie öffnete die Tür zur Kammer, um etwas Brot herauszuholen, aber als sie den sanften Duft der Kamille roch, die sie dort zum Trocknen aufgehängt hatte, suchten sie die Erinnerungen an die unbeschwerte Zeit in Agnes' Hütte heim.

Klara schlug die Hände vors Gesicht und versuchte, ihre Tränen zu bändigen. Sie weinte um ihre Mentorin, die gefoltert und allein in einer kalten Zelle lag und einem grausamen Tod auf dem Scheiterhaufen entgegensah.

Ein Poltern am Eingang ließ sie aufschrecken. Markus war von der Arbeit gekommen. Er stellte eine große Schaufel an die Wand und rieb sich vergnügt die Hände, als freute er sich auf das Essen. Klara griff nach einem Brot und einem Käse und beeilte sich, an den Tisch zu kommen. Sie wischte sich die Tränen aus dem Gesicht, als sie sich setzten. Markus schnitt zwei Stück Käse und zwei große Brotscheiben ab. Ohne ein weiteres Wort begannen sie zu essen. Klara biss nur wenig von ihrem Käse ab und schaute dann ihrem Onkel beim Essen zu. Wie immer vergaß er alles um sich herum und schlang das Brot hungrig hinunter.

Klara lächelte, aber die Angst um Agnes war noch immer da. Am liebsten wäre sie sofort losgelaufen, um sie in ihrer Zelle aufzusuchen, doch sie wusste, dass die Gefangene keinen Besuch empfangen durfte. Auch fürchtete sie sich davor, Agnes ein weiteres Mal in solch einem furchtbaren Zustand wie gestern sehen zu müssen. Sie war so sehr in dunkle Gedanken versunken, dass sie nicht bemerkte, wie ihr Onkel aufhörte zu essen.

»Was ist mit dir, Klara?«, fragte er.

Klara erwachte wie aus einer Trance und sah Markus überrascht an. Sie schüttelte den Kopf.

»Ich glaube nicht, dass die Versammlung ein gutes Ende nimmt.« Sie sah ihm in die Augen. »Du kennst die Inquisition doch. Gibt es nichts, was wir für Agnes tun können?«

Markus stand auf und drehte sich zum Fenster. Dort hinter dem kleinen Hügel, ein Stück durch den Wald, war Reheim. Klara hatte das Gefühl, er suchte die richtigen Worte.

»Für eine junge Frau wie dich ist es schwierig, das alles zu verstehen. Ich werde mir aber Mühe geben, es zu erklären.« Markus ging zum Tisch zurück und setzte sich. Er faltete die Hände und mied ihren Blick. »Die Inquisition fühlt sich von Gott berufen, ihre Arbeit zu vollziehen. Aus diesem Grund können sich Inquisitoren also nicht irren. Ihrer Meinung nach wenigstens. Wohin sie auch immer kommen, sie werden eine arme Seele finden, der sie Ketzerei vorwerfen können, auch wenn sie unschuldig ist. Hierbei geht es nicht allein um Glauben und Unglauben, es ist eine Frage der Macht.

Menschen lieben es, Macht auszuüben. Es verleiht ihnen ein Gefühl der Stärke und der Bedeutung. Und was könnte größer sein als die Macht über das Leben? Jeder Mensch, der einmal von diesem Trank gekostet hat, wird ihn nie wieder hergeben. Keine Frau kann dir mehr Wonne bereiten, und kein Bier wird dich je in einen größeren Rausch fallen lassen.«

Markus seufzte. »Als die Inquisitoren nach Reheim kamen, war das Urteil über Agnes im Grunde schon gesprochen. Eine allein lebende Frau wie sie, erfahren mit dem Behandeln von Krankheiten und dem Lindern von Schmerzen, ist das perfekte Opfer für die Inquisitoren. Wenn es nicht Agnes gewesen wäre, so hätten sie sich jemanden anderen aus dem Dorf genommen. Sie wären niemals weitergezogen, ohne einen von uns der Ketzerei zu überführen.

Agnes fühlte genauso. Sie ist alt, hat ihr Leben gelebt und muss keine Kinder versorgen. Auch sie ist nicht unsterblich, und so findet sie Trost in dem Gedanken, dass nicht du oder ein anderer Mensch, der ihr am Herzen liegt, sterben muss.«

Markus blickte auf und sah in das tränenüberströmte Gesicht von Klara. »Sie opfert sich für uns, Klara, und das

Einzige, was sie in diesen dunklen Stunden mit Zufriedenheit erfüllt, ist das Wissen, dass sie dich und andere vor den Schrecken der Inquisition bewahrt hat.«

Klara stand auf. Plötzlich verstand sie. Sie wusste, was Agnes und ihr Onkel in stiller Eintracht vereinbart haben mussten. Sie konnte die Worte fast hören. Jetzt begriff sie auch Vater Liborius' Verzweiflung und warum er Agnes der Hexerei bezichtigt hatte.

Hastig rannte sie hinaus. Ihr Onkel schien ihr noch etwas nachzurufen, doch sie hörte seine Worte nicht. Sie lief in den Wald und betrat den Weg nach Reheim. Es schien ihr wie eine Ewigkeit vorzukommen, bis sie das erste Haus des Dorfes erreicht hatte.

Als sie den Rauch roch, wollte die Verzweiflung sie überwältigen. Sie bog um eine letzte Ecke und erreichte den Marktplatz. Die Bürger standen dicht gedrängt um ein großes Feuer. Die Flammen stiegen meterhoch in den Himmel. In der Mitte, noch immer an einen Pfahl gebunden, hing ein verkohlter Leichnam. Der Mund war wie von stummem Schreien verzerrt gen Himmel gerichtet.

Klara sank auf die Knie. Sie barg ihr Gesicht in den Händen und krümmte sich wie unter Schmerzen auf dem Boden. Ein Schrei entrang sich ihrer Kehle. Es war zu spät.

Baselius stand am Rand des Marktplatzes und hatte seine blinden Augen geschlossen. Er spürte den heißen Schein des Feuers und genoss die Wärme. Sie beruhigte ihn. Er hatte seine Arbeit getan und wieder eine Sünderin dem Herrn zugeführt. Das reinigende Feuer hatte alles Verderbte aus dem Körper herausgewaschen, sodass die Seele in das Himmelsreich aufsteigen konnte.

Der Prior war müde. Die Befragung der Hexe war mühsam gewesen und hatte ihm nur wenig Schlaf beschert. In Momenten wie diesen wünschte er sich in die Ruhe seines Klosters zurück, einzig mit der Anbetung Gottes beschäftigt, umgeben von seinen Brüdern. Doch er wusste um die immer größer werdende Gefahr der Ketzerei, des Unglaubens und der Hexenkunde. Die Sünden der Menschen hatten zugenommen. In seinen ersten Tagen als Inquisitor hatte er es mit einer kleinen Menge an Fanatikern zu tun gehabt, die offen die Kirche verachteten und Gott verspotteten. Doch Jahr für Jahr wurden die Häresien mehr und die Tarnungen der Ketzer raffinierter. Waren es anfänglich noch Bettler, Diebe und Halsabschneider gewesen, die sich Gottes Wort widersetzt hatten, so überführten sie nun immer mehr Gelehrte, Wohlhabende und Adlige, die sich gegen die Kirche wandten. Die falschen Lehren breiteten sich von den Städten in die Dörfer aus. Er durfte noch nicht ruhen. Das Kloster musste noch warten.

Die Wärme der Flammen wurde weniger. Baselius hob seine Hand und spürte kurz darauf den Arm von Thomas auf seinem liegen. Der junge Mann führte ihn zurück zu seinem Zimmer. Vielleicht konnte er noch etwas Schlaf bekommen, bevor sie abreisten.

Klara nahm nichts mehr wahr. Sie lag zusammengekrümmt auf dem Boden. Weder der kalte Stein noch die Wärme des Feuers drangen bis zu ihr durch. Sie hörte Stimmen um sie herum. Irgendjemand fasste sie an der Schulter und richtete sie auf. Ein großer Mann sah ihr in die Augen. Sie kannte das Gesicht, konnte ihm aber keinen Namen geben. Klara wollte sich wieder hinlegen, doch der Mann nahm sie in den Arm und führte sie vom Marktplatz weg. Die Wärme wurde weniger, und der Geruch des Feuers ließ nach. Ohne zu denken, setzte sie einen Fuß vor den anderen. Sie liefen durch den Wald, einen Weg entlang bis zu einem Haus. Das Gebäude weckte für einen Augenblick Erinnerungen in ihr, doch wie ein Hauch in der kalten Luft waren sie bald verschwunden.

Klara ließ sich eine Treppe hinaufführen, in ein Zimmer, dessen Geruch sie kannte. Ein Bett stand vor einem kleinen Fenster, in das das Licht des Tages hineinfiel. Sie legte sich gehorsam hinein. Der Mann zog ihr die Schuhe aus und breitete eine Decke über sie.

Er redete mit ihr, schien sie etwas zu fragen, aber die Geräusche ergaben keinen Sinn. Klara blieb regungslos in ihrem Bett liegen und starrte die kahle Decke an. Als die Nacht hereingebrochen war, standen ihre Augen immer noch offen. Nur ab und zu lief eine Träne ihre Wange hinunter, als wäre dies das einzige Lebenszeichen, zu dem sie noch fähig war.

Markus saß neben Klaras Bett und blickte seine Nichte mit sorgenvollen Augen an. Seit dem Tod ihrer Eltern hatte er versucht, ihr ein Freund zu sein, und über ihr Leben gewacht. Heute fühlte er sich hilflos wie selten zuvor. In Momenten wie diesen hatte er sich immer an Agnes gewandt und sie um Rat gebeten, aber Klaras weise Freundin war tot.

Er blickte in die reglosen Augen der jungen Frau. Er hatte sie nie Tochter genannt, und doch wusste er, dass sie einen Platz in seinem Herzen einnahm, der dem eines leiblichen Kindes gleichkam.

Markus schloss die Augen und versuchte, ruhiger zu werden. Er spürte den Zorn in sich aufwallen und wusste, dass er ihm nicht nachgeben durfte. Unten, zwischen den Holzscheiten, lag sein altes Schwert. Mit dem scharfen Eisen, das hier so unschuldig in ein dunkles Tuch eingeschlagen ruhte, hatte er schon viele Leben beendet. Der Mord an einem Mann der Kirche schreckte ihn nicht. Seine Seele war schon längst verdammt.

Dann öffnete er die Augen und blickte auf die zierliche Gestalt im Bett. Nach dem Tod von Agnes war er der Einzige, der noch für Klara da war. Er öffnete seine geballte Faust und versuchte, seine Wut zu vergessen. Egal, was passierte, er würde sie nicht allein lassen.

Baselius saß am Fenster seines Zimmers und spürte die Kühle der kommenden Nacht. Er hörte, wie die Soldaten die Überreste des Scheiterhaufens und der Toten wegschafften. Sie würden vor die Stadt fahren und sie in einem Loch verscharren. Sie warteten immer bis zur Nacht, damit der verbrannte Ketzer den Tag über noch als Warnung für andere Gotteslästerer stehen bleiben konnte. Der Prior sank auf die Knie und faltete die Hände. Bevor er zu Bett ging, wollte er noch die Ruhe des Gebets suchen.

Es war still in Reheim. Mit der einbrechenden Dunkelheit schliefen die meisten Bürger schon, da sie den ganzen Tag auf dem Feld verbracht oder ihr Vieh versorgt hatten. Nur für die Hinrichtung von Agnes hatten sie ihre Arbeit unterbrochen. Doch die Stille in dieser Nacht war anders als sonst. Ein Fremder hätte wohl keinen Unterschied bemerkt, wäre er durch die Gassen des Dorfes gewandert. Aber hinter den geschlossenen Läden wälzten sich die Bürger unruhig in den Betten. Die Idylle war zerstört. Die unbarmherzige Hand der Inquisition hatte sie erreicht und würde Reheim für immer verändert zurücklassen.

Friedrich Birsch lag in seinem Bett und starrte müde an die Decke. Der Tag brach bald an, doch Friedrich wusste, dass ihm die Strahlen der Sonne keine Freude bereiten würden. Das erste Mal in seinem Leben hatte er gespürt, wie schwach und hilflos er gegen die Autorität der Kirche war. Seit vielen Jahrzehnten war er ein geachtetes Mitglied der Gesellschaft von Reheim. Seine Stimme hatte Gewicht, und sein Rat wurde gehört, aber in den letzten Tagen hatte man vor seinen Augen eine Frau aus dem Dorf verhaftet, gefoltert und für eine Tat verurteilt, die sie nicht begangen hatte. Als Agnes' Schreie das Flackern der Flammen übertönt hatten, war ihm die Macht der Inquisition bewusst geworden. Von da an hatte er den Schauergeschichten geglaubt, die die fahrenden Händler erzählten. Mit diesem Gefühl der Hilflosigkeit war die Angst gekommen. Die Furcht, ein ähnliches Schicksal zu erleiden, selbst Opfer der Willkür und der Folter zu werden und ein grausames Ende im Feuer zu finden. In diesem Moment hatte Friedrich verstanden, dass all seine Mühen, mit der Inquisition zu reden, vergebens waren. Nichts, was er hätte sagen können, hätte Agnes vor dem Feuertod bewahrt, und trotzdem fühlte er sich schlecht. Er schämte sich für den Gedanken, froh zu sein, dass Agnes dieses Schicksal ereilt hatte und nicht ihn oder jemanden aus seiner Familie. Für einen Moment dankte er dem Herrn, dass er nur Zuschauer gewesen war und dass nicht andere sein Sterben hatten mit ansehen müssen. Es war eine dunkle Nacht, und die Furcht in seiner Seele ließ ihn fast verrückt werden. Verzweifelt drehte sich Friedrich auf die Seite und legte den Arm um seine Frau. Er spürte den Schlag ihres Herzens und lauschte dem leisen Geräusch ihres Atems. Er schloss die Augen und flehte den Herrn um ein Ende dieses Schreckens an.

Normalerweise machte Johanna ihre Arbeit gerne. Sie war für die Sauberkeit der Versammlungshalle zuständig und pflegte die wenigen Blumen am Marktplatz. Sie erhielt dafür nicht viel Geld vom Stadtrat, gab aber keinen Laut der Unzufriedenheit von sich. Jeden Morgen begann sie schon vor Sonnenaufgang mit ihrem Tagewerk. Sie liebte den anbrechenden Morgen, wenn die Gassen des Dorfes noch leer waren und die Sonne zaghaft die ersten Strahlen über den kleinen Hügel schickte. Doch mit der Inquisition hatte Reheim seine stille Unschuld verloren. Jetzt schlich Johanna durch die Straßen, und mit jedem Schritt fürchtete sie sich davor, einem Soldaten zu begegnen. Die Lampe in ihrer Hand war fast vollständig abgedunkelt. Sie beleuchtete nur ein kurzes Stück des Weges. Nach Agnes' Feuertod hätte sie sich am liebsten zu Hause eingeschlossen. Doch seit ihr Mann gestorben war, brauchte sie das wenige Geld, das sie bei dieser Arbeit verdiente.

Johanna stieg die wenigen Stufen zur Stadthalle hoch und blickte sich ängstlich um. Sie wusste nicht, warum, aber ein unangenehmes Gefühl gesellte sich plötzlich zu der Angst vor den Soldaten hinzu. Vorsichtig schob sie den Riegel der Tür hoch und ging hinein. Sie sah, dass ihre Hand zitterte, als sie die Klappe der Lampe hob, um mehr Licht in den Raum zu lassen, riss sich aber zusammen. Bis die Bauern auf den Feldern waren, wollte sie die Stadthalle ausgefegt haben. Doch noch bevor sie den Besen aus der kleinen Kammer holen konnte, erblickte sie die Gestalt an der Decke. Sie ließ die Lampe fallen und kauerte sich hinter eine Bank, schreiend vor Entsetzen.

Friedrich war sofort wach. Die Müdigkeit fiel von ihm ab, und er sprang aus dem Bett. Noch während er sich eilig anzog, hörte er, wie sich Fensterläden öffneten und Stimmen durch die Gassen hallten. Er zog im Hinunterlaufen seine Jacke über, sprang in seine Stiefel und riss den Riegel der Tür zurück. Als er aus dem Haus rannte, stieß er mit einem jungen Mann zusammen, der gerade in seine Hose schlüpfte. Er wollte ein paar Worte der Entschuldigung murmeln, als er seinen Sohn Peter erkannte.

Friedrich schüttelte den Kopf. Für einen Moment war die Angst, die ihm bei dem Schrei durch Mark und Bein gefahren war, vergessen. Offensichtlich hatte Peter die Nacht wieder bei einer Frau verbracht, die ebenso wenig ehrbare Absichten hatte wie sein Sohn.

Peter grinste nur verlegen und lief weiter, während er versuchte, seine Hose nicht zu verlieren. Dieser kleine Umstand ermöglichte es Friedrich, vor seinem Sohn auf dem Marktplatz anzukommen. Das flackernde Licht der Lampen blendete den Stadtrat für einen Moment. Er hob die Hände vor die Augen und versuchte, etwas zu erkennen. Er kannte viele der Stimmen, die aufgeregt durcheinandersprachen, doch konnte er den Grund für den Schrei nicht erkennen.

Er trat etwas näher und sah Johanna auf den Stufen der Stadthalle sitzen. Eine Freundin hielt sie in den Armen, während sie ihr Gesicht in einem Taschentuch vergrub. Ihr Körper schüttelte sich in Weinkrämpfen.

Die Tür zur Stadthalle stand offen, und Friedrich wusste, dass die Ursache für diesen Schrei dort drin zu finden war. Er nahm sich eine Lampe und ging hinein. Mit jedem Schritt wuchs seine Unruhe. Er wusste nicht, was ihn erwartete, aber er wollte vor den immer zahlreicher zum Marktplatz strömenden Bürgern keine Schwäche zeigen.

Drinnen angekommen, hob er die Lampe über den Kopf. Vorne, gegenüber der Anklagebank, an der Agnes während der Verhandlung gestanden hatte, hing der schlaffe Körper einer Frau. Friedrich musste nicht näher gehen, um zu erkennen, dass Maria Höfner ihrem Leben hier ein Ende bereitet hatte. Ihr Gesicht war in Schmerzen verzerrt. Gott hatte ihr nicht den gnädigen Tod durch Genickbruch geschenkt, sondern sie qualvoll ersticken lassen.

Friedrich bekreuzigte sich, als er hinter sich eine Stimme vernahm.

»Wer ist die Tote?«, fragte der junge Dominikaner Thomas.

Friedrich zuckte zusammen. Er ballte seine Faust und versuchte, keine Schwäche zu zeigen. Er drehte sich um, hatte aber nicht die Kraft, dem Inquisitor in die Augen zu sehen. Der junge Mann war in sein weißes Gewand gekleidet, und seine kurzen Haare waren sauber gekämmt. Neben ihm stand Pater Baselius, dessen graue Augen auf Friedrich gerichtet waren.

»Maria Höfner«, antwortete Friedrich leise. »Sie war eine gute Frau mit einem großen Herzen.«

»Sie ist eine Mörderin!«, rief der Prior erbost. »Wir gehören alle Gott. Nur Gott darf Leben nehmen! Die Frau hat sich einer Todsünde schuldig gemacht, und ihre Seele wird für immer in der Hölle schmoren. Hängt sie ab, schlagt ihr den Kopf ab und verscharrt sie an einem Kreuzweg«, sagte er mit kalter Stimme. »So kann ihre Seele nicht mehr zurückkehren und die Lebenden heimsuchen.« Dann legte er seine Hand auf Thomas' Arm und ließ sich aus dem Saal führen.

Für einen Moment stand Friedrich allein in dem großen Saal. Er schloss die Augen und verachtete sich wegen seiner Feigheit. Maria Höfner war eine gute Frau gewesen, und sie hätte ein würdevolles Begräbnis verdient gehabt. Sicher hätte er Vater Liborius davon überzeugen können, sie mit christlichen Ehren zu begraben, doch er wollte sich nicht gegen den Willen der Inquisition stellen. Er liebte sein Leben und durfte sich und seine Familie nicht in Gefahr bringen. Er hoffte, dass Maria ihren Frieden gefunden hatte und Gott gnädig über sie richten würde.

Friedrich ging hinaus und sprach einen der Männer an: »Holt eine Leiter, eine Schaufel und einen Wagen.« Er würde Maria an eine alte Kreuzung zum Nachbardorf bringen. Dort war sie auf die Welt gekommen, und dort hatte sie auch ihre Kindheit verbracht. Vielleicht würde es ihrer Seele ein wenig Frieden schenken, wenn sie nahe bei ihrem Geburtsort begraben läge.

Markus hatte die ganze Nacht neben dem Bett von Klara gewacht. Sie hatte kaum geschlafen und in den kurzen Zeiten des Schlafs hatten schlimme Albträume sie heimgesucht. Sie hatte sich dann umhergewälzt und Agnes' Namen gerufen. Ihr Gesicht war schweißüberströmt, und ihr ganzer Körper zitterte. Markus strich ihr mit einem feuchten Tuch über die Stirn und verschaffte ihr ein wenig Linderung. Wenn sie wach war und ihre Augen wieder starr nach oben gerichtet waren, sprach Markus mit ihr. Er versuchte, mit seiner Stimme zu ihr durchzudringen und ihr das Gefühl zu geben, dass sie in dieser dunklen Welt nicht allein war. Außerdem hatte er ihr einen Kamillentee gekocht und neben das Bett gestellt. Er hoffte, dass der Geruch der Kamille, den sie so sehr liebte, sie wieder zu ihm zurückbringen würde. Doch außer während ihrer Albträume hatte sie noch kein Wort gesprochen.

Schließlich wurden Klaras Atemzüge ruhiger, und ihre Augen fielen zu. Markus legte das Tuch zur Seite und betrachtete die junge Frau. Sie schien endlich wieder traumlos zu schlafen. Markus lächelte zufrieden und lehnte sich in seinem Stuhl zurück. Er wollte nur für einen Moment die Augen schließen.

Friedrich begleitete den kleinen Wagen mit Marias Leiche. Es war schwer für ihn zu glauben, dass eine so sanfte Frau eine solch verzweifelte Tat begangen hatte. Sie war gläubige Christin gewesen, daher hatte sie gewusst, dass der Freitod eine unverzeihliche Sünde war, doch schien der Gram über ihren Glauben gesiegt zu haben. Sie war von den Inquisitoren zu ihrer Aussage gezwungen worden. Jeder in dem Raum hatte das gesehen, und doch hatte sie sich am grausamen Tod von Agnes so schuldig gefühlt, dass sie nicht mehr leben wollte. Egal, was sie gesagt hätte, es hätte nichts am Schicksal der alten Kräuterfrau geändert. Doch diese Erkenntnis hatte ihr Leid nicht mildern können.

Friedrich bekreuzigte sich. Wie verzweifelt musste ein Mensch sein, in der dunklen Nacht in einen kalten, abweisenden Raum zu gehen, einen Strick um einen Balken zu werfen und sich eine Schlinge um den Hals zu legen, fern von Freunden und Verwandten, mit dem Wissen, dass die eigene Seele der ewigen Verdammnis anheimfallen würde? Er blickte auf den Wagen. Marias kleiner Körper war unter einer alten Pferdedecke verborgen. Gleichwohl konnte er ihren letzten Gesichtsausdruck nicht verdrängen, die Augen im Schrecken geöffnet und die Zunge grotesk aus ihrem Mund hängend. Friedrich versuchte, sich die schönen Erinnerungen an Maria ins Gedächtnis zu rufen, ihre zuvorkommende Art, ihren Fleiß bei allem, was sie tat. Doch sosehr er sich bemühte, diese Bilder wurden ständig von der hängenden Maria abgelöst, die ihrem Leben auf eine solch grausame Art ein Ende gesetzt hatte.

Bei dem Begräbnis eines Selbstmörders durften keine Gebete gesprochen werden, und niemand würde den toten Körper segnen, daher faltete Friedrich die Hände und begann leise mit dem Vaterunser. Er hoffte, dass Gott in seiner Gnade die Wahrheit hinter dieser Tat verstehen und Marias Seele nicht der ewigen Verdammnis aussetzen würde. In dieser Nacht galten seine Gebete ihr.

Peter saß auf einem Baumstumpf oben auf dem kleinen Hügel. Von dort aus hatte man eine gute Sicht über das Dorf. Hierhin zog er sich immer zurück, wenn er seine Ruhe wollte. Einzig mit Klara hatte er diesen Ort geteilt. Dann hatten sie zum Himmel geblickt, die Augen geschlossen und sich von der Sonne das Gesicht wärmen lassen. Doch heute waren graue Wolken aufgezogen, die den Wald in ein kaltes, abweisendes Licht tauchten.

Er vermisste Klara, ihre sture Art und ihre ständigen Nörgeleien. Er sehnte sich nach den kleinen Predigten über Anstand und Moral, die sie ihm hielt, wenn sie ihn wieder bei einer amourösen Liebschaft ertappt hatte, und nach ihren kleinen Zornausbrüchen, wenn er darüber eine anzügliche Bemerkung gemacht hatte. Wie oft hatte sie schon Steinchen nach ihm geworfen oder versucht, ihn mit einem Ast zu schlagen! Jedes Mal war er dann lachend weggelaufen, mit dem zufriedenen Wissen, ihren wunden Punkt getroffen zu haben. Er wünschte sich, wie früher einfach zu ihrem Haus gehen, sich in die Küche setzen und, unter den strengen Blicken ihres Onkels, den ganzen Abend ihren Erzählungen lauschen zu können. Heute Morgen war er bis vor ihr Haus gegangen. Dann hatte ihn der Mut verlassen. Er hatte sich geschworen, sie erst zu besuchen, wenn er ihr von einem Ende dieses Schreckens berichten konnte. Heute wollten die Inquisitoren abreisen, daher harrte er hier aus, um den Moment ihrer Abreise nicht zu verpassen. Vielleicht würde diese Nachricht den Schmerz über Agnes' Tod ein wenig lindern.

Peter nahm einen Ast vom Boden, zog sein Messer aus seiner Hosentasche und begann, kleine Stücke aus dem Holz herauszuschnitzen. Er arbeitete ohne Ziel und ohne das Wirtshaus am Marktplatz aus dem Auge zu lassen. Der Waldboden vor seinen Füßen war von Spänen übersät, als der erste Soldat das Gebäude verließ. Sein Weg führte in den angeschlossenen Stall, in dem die Pferde und die Kutsche standen. Anscheinend wurde alles für die Abreise vorbereitet.

Peter ließ den Ast fallen und lief den Hügel hinunter. Er schlich die Straße entlang, bis er am Marktplatz angekommen war. Dort verbarg er sich in einer dunklen Ecke und beobachtete die Vorbereitungen des Aufbruchs. Der Wirt kam heraus. Schweiß tropfte von seiner Stirn, als er das Gepäck der Inquisitoren nach unten trug. Trotz seines beeindruckenden Gewichtes rannte Rainald ständig hinein und hinaus, als könnte er es selbst kaum erwarten, dass seine Gäste ihn wieder verließen. Der Markplatz war leer. Peter spürte unzählige Blicke hinter verschlossenen Läden oder aus verwinkelten Nebengassen, doch niemand schien der Inquisition noch einmal vor die Augen treten zu wollen. Der junge Inquisitor Thomas kam aus dem Wirtshaus und führte den blinden Prior in die Kutsche. Er wollte dem älteren Mann hineinfolgen, als ein Soldat gelaufen kam und ihm etwas ins Ohr flüsterte. Peter ballte die Fäuste und hätte vor Zorn beinahe aufgeschrien.

Sicher hat es nichts mit uns zu tun, redete er sich ein. Vielleicht besprachen sie den Weg zu ihrem nächsten Ziel oder unterhielten sich über Belangloses. Das Gespräch schien sich zu einer Ewigkeit zu dehnen, bis Thomas dem Soldaten zunickte. Er besprach sich mit dem Prior in der Kutsche. Dann ließ er zwei Soldaten absitzen und winkte sie zu sich. Peter ahnte, dass irgendetwas vorgefallen war. Kaum dass die Soldaten von ihren Pferden gestiegen waren, lief er los. Sein Weg führte ihn über den Marktplatz tiefer in das Dorf hinein.

3
Die Jagd geht weiter

Friedrich Birsch stand vor seinem Haus und wollte gerade die Läden schließen, als er den jungen Inquisitor erblickte. In seinem Gefolge waren zwei Soldaten. Friedrich ließ von seiner Arbeit ab und drehte sich zu den Männern um. Die Straße war leer, aber er spürte die Blicke seiner Nachbarn, die verstohlen aus den Fenstern starrten, einerseits ängstlich, dass die Inquisition sie bemerken würde, doch auch von der Neugier getrieben, keinen Augenblick der Geschehnisse auf der Straße verpassen zu wollen. Friedrich wollte die Ankömmlinge freundlich begrüßen, als er den grimmigen Gesichtsausdruck des Inquisitors bemerkte. Unsicher wich er einen Schritt zurück, wobei sich seine freundliche Miene nicht änderte. Er wollte keine Angst zeigen, auch wenn seine Hände zu zittern begannen.

»Seid Ihr ein ehrbarer Christ?«, rief Thomas Friedrich entgegen, noch während er auf ihn zugelaufen kam. Seine Stimme war aggressiv und herablassend, obwohl er sich nicht in der Lautstärke vergriffen hatte.

»Natürlich«, stammelte Friedrich verlegen. »Wie könnt Ihr daran zweifeln?«

Auf Thomas' Gesicht schien für eine Sekunde ein spöttisches Lächeln zu spielen. Er ging energisch an Friedrich vorbei und deutete auf eine kleine Hütte neben dem Haus.

»Was ist das?«

»Das ist der alte Stall«, antwortete Friedrich. »Ich nutze ihn nicht mehr, seit mir mein Pferd eingegangen ist, aber was …«

»Öffnen«, befahl Thomas streng.

»Die Tür ist abgeschlossen, ich muss erst …«

Thomas gab dem Soldaten einen Wink. Dieser ging zur Stalltür und trat mit aller Kraft zu. Das Schloss brach. Der Inquisitor ging hinüber zum Stall und stieß die Tür ein wenig auf. Ein Sonnenstrahl erhellte den dunklen Raum. Staub trieb durch die Luft. Es roch nach altem Heu und modrigem Holz. Thomas ging einen Schritt hinein und öffnete die Tür weit.

Friedrich blickte über Thomas' Schulter in den Stall, konnte jedoch nicht verstehen, was der Inquisitor in dieser alten Hütte wollte. Der junge Mann blickte sich ruhig um. Dann lief er in den hinteren Teil des Stalls.

Friedrich wollte hinterher, aber der Soldat hielt ihn an der Schulter zurück. Für einen Augenblick wurde Thomas von der Dunkelheit verschluckt, dann kam er hinaus und reckte seine rechte Hand in die Höhe.

Friedrich erstarrte bei dem Anblick. Thomas hielt ein totes Huhn in der Hand, dessen Kopf abgerissen worden war. Das getrocknete Blut hatte sein Gefieder in einem dunklen Rot verkrusten lassen. Der grimmige Blick von Thomas war einem zufriedenen Lächeln gewichen, als er das tote Tier wie eine Trophäe in die Höhe hielt.

Er winkte den Stadtrat hinein, der unsicher in seinen Stall ging. Dort blickte er auf eine mit Blut beschmierte Wand, die voller ketzerischer Symbole war. Er sah dämonische Fratzen, einen gehörnten Kopf und umgedrehte Kreuze. Friedrich wich einen Schritt zurück. Am liebsten wäre er davongelaufen, doch der Griff des Soldaten umschloss seine Arme und zerrte ihn aus dem Stall hinaus.

Peter war dem Inquisitor gefolgt. Das Gesicht des Kirchenmannes war grimmig gewesen, aber in seinen Augen hatte Peter fast eine Art Vorfreude glitzern sehen. Es schien Thomas Spaß zu machen, sein Amt auszuüben, das ihm die Macht über Leben und Tod gab. Peter hatte gehofft, dass der Weg des Inquisitors ihn nicht zu seinem Elternhaus führen würde, doch mit jedem Schritt war ihm klarer geworden, wohin er ging. Peter hatte sich in den dunklen Eingang eines Nachbarhauses gestellt. Atemlos hatte er die Geschehnisse verfolgt, bis zu dem Moment, in dem Thomas mit dem Huhn in der Hand aus dem Schuppen gekommen war. Die Männer waren kurz gemeinsam hineingegangen, und als sie wieder auf die Straße gekommen waren, hatte ein Soldat seinen Vater gepackt, ihm die Hände auf den Rücken gebunden und ihn auf den Boden gestoßen. Dies war der Moment, in dem Peter alle Vorsicht fahren ließ.

Thomas schaute verächtlich auf den wimmernden Mann, der zu seinen Füßen lag. Seine Hände waren auf den Rücken geschnürt, und er wand sich hilflos auf dem Boden. Seine Augen waren geweitet vor Schreck, und sein ganzer Körper zitterte. Er versuchte, den Inquisitor von seiner Unschuld zu überzeugen, und flehte um Mitleid. Thomas wollte sich gerade von Friedrich abwenden und Prior Baselius Bericht erstatten, als er einen harten Schlag ins Gesicht bekam. Er fiel auf den Boden und krümmte sich vor Schmerz zusammen. Weitere Hiebe prasselten auf ihn ein. Er schlang seine Arme um den Kopf und rollte sich zusammen. Dann waren seine Soldaten bei ihm, und die Schläge hörten plötzlich auf. Thomas hob vorsichtig den Kopf. Neben ihm lag ein junger Mann und sah ihn mit hasserfülltem Blick an. Blut lief aus seiner Nase und tropfte auf den Boden. Die Soldaten drehten ihm die Hände auf den Rücken und banden seine Handgelenke zusammen.

Thomas stand schwankend auf. Sein Gewand war übersät von Matsch und Exkrementen. Mit wütendem Blick ging er zu dem jungen Mann und schlug ihm mit der flachen Hand ins Gesicht. Das Blut der gebrochenen Nase befeuchtete seine Finger und besänftigte seinen Zorn ein wenig. »Schau noch einmal zum Himmel, junger Hitzkopf«, sagte Thomas. »Denn es ist das letzte Mal, dass du ihn sehen wirst. Ab diesem Moment wird dein Leben nur noch aus Dunkelheit und Schmerz bestehen, das verspreche ich dir.«

Dann trat Thomas einen Schritt zurück und machte eine abfällige Geste mit der Hand. Die Soldaten hoben die beiden Gefangenen auf und führten sie zum Gefängnis. Der Inquisitor blieb noch einen Moment stehen und wischte seine blutige Hand an seinem Gewand ab. Er würde sich umziehen müssen, bevor er dem Prior von dem neuen Prozess berichten konnte.

Die Nachricht von der Verhaftung der Birschs hatte sich schnell herumgesprochen. Einige Dorfbewohner waren vor der Kirche zusammengekommen. Gerüchte und Vermutungen machten die Runde. Manche sagten, dass sie schon immer vermutet hatten, dass Friedrich Birsch mit der alten Hexe Agnes im Bunde steckte. Andere jedoch kümmerten sich um seine Frau, die einen Nervenzusammenbruch erlitten hatte und weinend in ihrem Bett lag. Die Arbeit des Tages blieb liegen, und mit dem Aufkommen der Dämmerung liefen alle in ihre Häuser zurück, schlossen Türen und Fenster und versuchten, ihre Angst im Gebet zu vergessen.

Markus hatte Klara einen Tee gekocht. Heute Mittag hatte er ihr eine Tasse mit ihrem Lieblingsgetränk einflößen können, doch sosehr er sich bemüht hatte, ihre starre Haltung war unverändert. Noch immer sprach sie kein Wort und blieb, wie von der Welt entrückt, in ihrem Bett liegen. Den ganzen Tag hatte er mit ihr gesprochen und ihre Hand gehalten.

Markus wollte sich gerade wieder zu ihr setzen, als es an der Tür klopfte. Es war schon dunkel, und der späte Besuch überraschte ihn. Er ging nach unten, nahm eine Lampe in die Hand und öffnete vorsichtig die Tür.

Friedrich saß in seiner Zelle und starrte regungslos auf den Boden. Er hatte sein ganzes Leben lang an das Recht geglaubt und oft schwierige Entscheidungen treffen müssen. Auf seine Anweisung hin waren Männer ins Gefängnis geschickt oder aus dem Dorf verbannt worden oder hatten Schulden zu begleichen gehabt. Er hatte keines seiner Urteile je angezweifelt, auch wenn die Betroffenen ihre Unschuld beteuert hatten, denn er hatte besonnene Entscheidungen getroffen, alle Umstände und auch sein Gewissen geprüft. Sein Schlaf des Nachts war ruhig gewesen.

Das erste Mal in seinem Leben kamen Zweifel in ihm auf. Er saß hier in einer Zelle und wurde wegen eines Verbrechens angeklagt, das er nicht begangen hatte. Monatelang schon hatte er den alten Stall nicht mehr betreten. Er war ein guter Christ. Weder feierte er dunkle Messen, noch huldigte er dem Satan, und doch war er schuldig. Wäre er der Richter gewesen, er hätte seinen Ausflüchten nicht geglaubt.

Das tote Huhn und die ketzerischen Symbole waren eindeutig.

Es war kalt in der Zelle. Sein Rücken schmerzte, und er sehnte sich nach der Wärme seines Kamins. Die Trauer über das Verlorene schien ihn zu überwältigen, doch er verdrängte die Tränen und stand auf. Er durfte sich nicht der Verzweiflung hingeben, denn nicht nur sein Leben stand auf dem Spiel, sondern auch das seines Sohnes Peter. Friedrich blickte durch das kleine Fenster. Er konnte nur eine Hauswand sehen, aber nicht weit vom Gefängnis stand sein Haus. Er und seine Frau hatten es kurz nach ihrer Vermählung aufgebaut. Während sie ihr erstes Kind ausgetragen hatte, war er noch mit dem Dach beschäftigt gewesen. Jahr um Jahr war seine Familie gewachsen, und er erinnerte sich mit Freuden an die ausgelassenen Sommertage auf den Wiesen, das Lachen der kleinen Kinder und das Strahlen seiner Frau, wenn er ihr einen Strauß mit Wiesenblumen pflückte.

All das schien so nah zu sein, und doch war es so weit entfernt. Er hatte alles dafür getan, seiner Familie ein angenehmes Leben zu ermöglichen. Er würde auch dieses Mal kein Leid an sie herankommen lassen, auch wenn der Preis dafür hoch war. Friedrich hörte die Stiefel der Soldaten. Dann wurde seine Zelle aufgeschlossen.

Peter erbrach sich in das Stroh der Zelle. Er krümmte sich vor Schmerzen und konnte sich kaum mehr bewegen. Nach dem Angriff auf den Inquisitor hatten ihn die Soldaten verprügelt. Seine Nase war gebrochen, die Schulter ausgerenkt, und er spürte die blauen Flecken am ganzen Körper. Peter konnte nur unter Schmerzen atmen, daher vermutete er, dass auch seine Rippen etwas abbekommen hatten. Sein rechtes Auge war zugeschwollen und ließ ihn nur noch verschwommen sehen. Der kalte Wind der Nacht zog durch die kleine Zelle. Der Raum war feucht, das Stroh roch schimmelig. Sein Erbrochenes würde seinen Aufenthalt nicht besser machen. Er kroch zu einem Eimer mit brackigem Wasser und trank einen Schluck, damit er den abstoßenden Geschmack aus dem Mund bekam. Das verschaffte ihm aber nur wenig Linderung, und so kroch er von dem Eimer weg und legte sich an die Wand unterhalb des Fensters, in der Hoffnung, dort etwas vor dem Wind geschützt zu sein. Er dachte über seine Tat nach. War er dieses Mal zu weit gegangen? Wahrscheinlich hatte er auch für seinen Vater alles schlimmer gemacht. Wieder einmal hatte er es geschafft, sich in große Schwierigkeiten zu bringen, doch diesmal würde es schwer werden, sich herauszureden.

»Klara wird mich umbringen, wenn ihr die Inquisitoren nicht zuvorkommen«, sagte er sich leise. Ein Lächeln stahl sich auf seine Lippen, und er musste sich beherrschen, ob dieser bitteren Ironie nicht laut aufzulachen. Er stellte sich vor, wie sie sich vor ihm aufbauen würde, die Hände in die Hüften gestemmt und ihr Gesicht in Missbilligung verzogen. Peter schloss die Augen. Sie fehlte ihm. Er krümmte sich enger zusammen und versuchte, sich in dieser kalten Nacht warm zu halten, während seine Gedanken zu glücklicheren Stunden wanderten.

Friedrich wurde in einen kleinen fensterlosen Raum geführt. Er hatte sich vorgenommen, keine Angst zu zeigen, doch mit jedem Schritt spürte er, wie die Furcht vor Tod und Schmerzen an ihm nagte. Auf einem Tisch stand eine Kerze, die den Raum nur wenig beleuchtete. In der Ecke brannte ein Kohlefeuer, in dem drei lange Stangen zum Glühen gebracht wurden. Auf dem Tisch vor ihm lagen ein

Hammer, zwei Zangen und ein scharfes Messer. Der Raum war feucht, und es roch nach Schimmel. Das Bild der gefolterten Agnes stieg vor seinem inneren Auge auf, und Friedrich begann zu zittern. Die Soldaten setzten ihn auf einen Stuhl und banden ihm die Hände auf den Rücken. Sie legten ein Eisen um seine Fußgelenke und traten dann einen Schritt zurück. Friedrich schluchzte hemmungslos.

»Ich bin kein Ketzer«, sagte er mit gebrochener Stimme.

»Das sagen alle«, erwiderte Pater Baselius und trat aus dem Schatten näher an Friedrich heran. »Bald werden wir wissen, ob Ihr die Wahrheit sprecht.« Der Inquisitor tastete nach einem Stuhl und setzte sich Friedrich gegenüber. »Ich bin kein Unmensch«, fuhr er mit ruhiger Stimme fort. »Daher gebe ich Euch die Gelegenheit, all Eure Sünden zu gestehen und Eure Seele reinzuwaschen.«

Friedrich hob den Kopf und schloss für einen Moment die Augen. Es fiel ihm so schwer, sich von diesem Leben zu trennen, aber als er sich die Gesichter seiner Kinder ins Gedächtnis rief, traf er eine Entscheidung.

Markus und der Fleischer von Reheim, Hans Weidner, saßen in der Küche und tranken Bier. Sein alter Freund aus Kindertagen war zu ihm gekommen, um ihm einen Braten zu bringen, da Markus nicht von Klaras Seite weichen wollte. Wie immer brachte Hans auch viele Neuigkeiten mit.

»Sie haben den alten Friedrich verhaftet«, sagte Hans mit seiner kräftigen Stimme. »Er soll in seinem Schuppen ketzerische Symbole und das Zeichen des Teufels mit Blut an die Wand geschrieben haben.«

»Friedrich Birsch?«, fragte Markus verwundert und machte eine verächtliche Geste. »Der würde sich doch noch nicht einmal die Hände schmutzig machen, wenn sein Leben davon abhängen würde, geschweige denn etwas mit Blut an die Wand schreiben.« Dann nahm der große Mann seinen Krug in die Hand und trank einen Schluck Bier.

»Meine Nachbarin hat mit eigenen Augen gesehen, wie sie ihn abgeführt haben. Ihn und seinen Sohn Peter.«

»Peter auch!«, rief Markus interessiert und stellte seinen Krug ab. »Warum in Gottes Namen seinen Jungen?«

»Er hat wohl den jungen Inquisitor angegriffen, als sie seinen Vater gefesselt haben.«

Markus schwieg einen Moment und nickte dann mit dem Kopf. »Eine tapfere Tat«, sagte Markus anerkennend, »aber eine unglaublich dumme dazu.«

»Das gefällt mir nicht, Markus. Die Asche von Agnes ist noch nicht ganz kalt, und schon wieder steht jemand aus unserem Dorf vor Gericht. Morgen früh ist die Versammlung, und wenn dies eine ähnliche Verhandlung wie die gegen Agnes wird, dann werden die Birschs schon übermorgen brennen.«

Hans nahm einen großen Schluck Bier und schüttelte den Kopf. »Agnes war eine eigenartige Frau. Das stimmt schon. Wer weiß, vielleicht hat sie sich durch ihre Lebensweise verdächtig gemacht. Und ich gebe zu, Friedrich hat mich mit seiner verstockten Art schon oft zur Weißglut gebracht, aber Ketzer?«

Markus wollte antworten, als er ein lautes Klappern aus Klaras Zimmer hörte. Er stand auf und eilte die Treppe hoch, so schnell es sein lahmes Bein erlaubte. Oben angekommen, öffnete er die Tür und sah hinein. Klaras Bett war leer. Die Decken waren zurückgeschlagen und das Fenster geöffnet. Markus lief zum Fenster und sah eine schmale Gestalt, die vom Mondlicht beleuchtet in Richtung Reheim rannte. Sofort wusste er, was Klara vorhatte.

»Klara«, rief Markus ihr hinterher. »Du kannst ihm nicht helfen.«

Doch Klara rannte weiter und war schnell außer Sichtweite. Markus verfluchte die laute Stimme seines Freundes und ging nach unten. Er hob seinen Mantel auf und öffnete die Tür. »Klara läuft nach Reheim«, rief er Hans im Hinausgehen zu. »Und ich glaube, sie wird etwas sehr Unbedachtes tun.«

Thomas verließ das Wirtshaus und winkte den wachhabenden Soldaten zu sich.

»Wie ist die Lage?«, fragte er kurz.

»Alles ist ruhig«, erklärte der Soldat. »Es ist kaum jemand auf der Straße, und niemand nähert sich dem Gefängnis.«

Thomas nickte. »Ich werde einen kurzen Spaziergang machen und danach den Gefangenen einen Besuch abstatten. Bleibt wachsam und lasst niemanden zu Prior Baselius hinauf.«

Die Wache salutierte und ging wieder zurück auf ihren Posten. Thomas entfernte sich und ließ die dunklen Straßen schnell hinter sich. Er schlug einen kleinen Weg in den Wald ein und verschwand in der Nacht.

Peter wälzte sich unruhig auf dem kalten Boden seiner Zelle hin und her. Der Schlaf hatte sich nur kurz eingestellt. Er war frierend erwacht und hoffte, dass die endlose Nacht bald vorbei sein und die wärmende Sonne durch die Gitterstäbe scheinen würde. Er rieb seine Arme, um die Kälte zu vertreiben, als er plötzlich eine Stimme am Gitter vernahm.

»Peter«, flüsterte die Stimme.

Peter stand ruckartig auf und lief zu dem kleinen vergitterten Fenster, als ihm klar wurde, wer ihn gerufen hatte. »Bist du verrückt, Klara?«, flüsterte er mit zorniger Stimme zurück. »Die Inquisition hat euch verboten, mit den Gefangenen zu reden. Jeder, der das missachtet, wird ebenfalls der Ketzerei beschuldigt.«

»Seit wann hältst du dich an Verbote?«

»Ich nicht, aber du hast es doch bisher immer getan, und in diesem Fall solltest du deine Gewohnheiten nicht aufgeben.«

»Mich wird niemand sehen«, antwortete Klara beschwichtigend. »Die Bäume im Hof fangen die Helligkeit des Mondes ab, und ich habe einen dunklen Mantel an.«

Peter wollte eine scharfe Erwiderung geben und Klara nach Hause schicken, aber mit ihrem Erscheinen waren die Angst und die Kälte von ihm abgefallen. Er fühlte sich nicht mehr einsam, und die Müdigkeit war nur noch eine ferne Erinnerung.

»Es ist schön, dich zu sehen«, sagte Peter nach einem Moment und lächelte. »Geht es dir gut?«

»Du solltest dich mehr um dich sorgen, Peter«, antwortete Klara mit ernster Stimme.

Peter machte eine abfällige Geste. »Ich war schon in ganz anderen Schwierigkeiten. Ich werde mich auch dieses Mal irgendwie herauswinden können.«

Peter grinste Klara mit seinem unwiderstehlichen Lächeln an. Durch die Gitter einer Zelle verfehlte diese Geste aber ihre sonst so erheiternde Wirkung. Seine Augen waren geschwollen, und seine linke Wange zierte eine Wunde. Sein Anblick ließ Klara sorgenvoll die Stirn runzeln.

»Brauchst du etwas? Soll ich dir etwas zu essen bringen?«

»Mir geht es gut, Klara. Ich habe ein paar blaue Flecken, aber ich werde eine Nacht im Gefängnis überleben, auch wenn ich nichts zu essen bekomme.«

Klaras Gesichtszüge wurden etwas milder. Dann schluchzte sie plötzlich laut auf.

»Was passiert hier?«, seufzte sie und wischte sich die Tränen vom Gesicht.

Peter hatte Klara noch nie weinen sehen. Sie war immer ernst und gefasst. Nichts schien ihre Kraft beschädigen zu können, doch in diesem Moment wirkte sie wie jede junge Frau ihres Alters. Er hob den Arm und ergriff Klaras Hand. Er hätte vor Schmerzen in seiner Schulter beinahe aufgeschrien, ließ sich aber nichts anmerken.

»Alles wird gut werden«, versicherte Peter sanft und drückte ihre Hand.

Klara schloss die Augen und erwiderte die Geste. Für einen Moment war alles um sie herum vergessen. Das Gefängnis, das Dorf, die Inquisition, der grausame Tod von Agnes, alles war in weite Ferne gerückt, ersetzt von dem Gefühl der Nähe.

»Du musst mir eines versprechen«, sagte Peter mit ernstem Tonfall.

Klara sah ihn an.

»Du darfst dich wegen mir nie mehr in Gefahr bringen, Klara. Ich weiß, dass deine Gedanken bei mir sind, und das ist mir mehr Trost, als ich es sagen kann, aber ich muss mit der Gewissheit leben können, dass du in Sicherheit bist, egal, wie lange dieses Leben noch dauern wird.«

Klara wollte etwas einwenden. Dann hörte sie Schritte und laute Rufe. Beide erstarrten.

»Lauf«, sagte Peter knapp und ließ ihre Hand los. »Schnell.«

Klara stand auf, zog den Mantel über ihren Kopf und lief davon.

Thomas kam von seinem Spaziergang zurück, als er nahe dem Gefängnis einen Schatten wahrnahm. Er kniff die Augen zusammen und versuchte, etwas zu erkennen.

»Wache«, brüllte er. Sofort lösten sich zwei Männer von ihrem Posten vor dem Gefängnis und kamen zu ihm gelaufen.

»Anscheinend wird unsere Autorität als Inquisitoren noch nicht von jedem Bürger geachtet«, sagte er. »Vor den Zellen streicht ein Ketzerfreund herum.« Er deutete auf die Zellenfenster. »Helft mir, damit er seinen Besuch bitter bereuen wird.«

Die Männer nickten, zogen ihre Schwerter und gingen los. Thomas folgte einen Schritt dahinter.

Klara hatte sich nicht weit vom Gefängnis hinter einer großen Kastanie verborgen. Die Wolken schienen dichter geworden zu sein, denn sie konnte kaum die Hand vor Augen sehen. Sie durfte hier nicht bleiben. Erst wenn sie den Waldrand erreicht hatte, war sie sicher. Selbst wenn man sie dort aufgreifen würde, könnte sie sich immer noch mit Schlafstörungen und einem nächtlichen Spaziergang herausreden.

»Wachen«, hörte sie eine Stimme rufen. Klara erkannte, dass sie zu Thomas gehörte, dem jungen Priester, dessen Befragung sie mit solcher Abscheu erfüllt hatte.

»Hier treibt sich ein Ketzerfreund herum. Sucht ihn und bringt ihn mir.«

Klara presste sich an den Stamm der Kastanie und versuchte, nicht zu zittern. Sie blickte durch die Äste zum Himmel und sah, dass die Wolken vom Mond weg zogen. Bald würde das Licht sie verraten. Dann hörte sie schwere Schritte im Hof. Die Wachen liefen zu den Zellen und kontrollierten, ob sich die Gefangenen noch darin befanden.

Klara musste den Moment der Ablenkung nutzen, um davonzukommen. Sie kroch los, so schnell es ihre Hände und Knie ermöglichten. Äste knackten, und sie hatte das Gefühl, dass diese Geräusche das ganze Dorf wecken mussten, aber noch schien niemand auf sie aufmerksam geworden zu sein.

»Schwärmt aus«, hörte sie eine dunkle Stimme sagen. Sie hatte die Kastanie hinter sich gelassen und war zu einer Tränke gekommen. Sie spürte den feuchten, kalten Boden unter ihren Händen und war froh, dass die Äste sie nicht mehr verraten konnten.

Plötzlich erhellte Licht die Umgebung. Ein Soldat kam gelaufen und hielt vier Laternen in seinen Händen, die er an seine Kameraden verteilte. Panik erfasste Klara. Sie erhob sich und lief gebückt auf eine kleine Gasse zu, doch in ihrer Angst übersah sie ein kleines Loch in der Straße. Sie stolperte und fiel hin.

»Halt«, rief eine Wache und rannte in ihre Richtung.

Klara wusste nicht, ob der Schein der Lampen schon ausreichend gewesen war, sie zu sehen, oder ob der Soldat nur dem Geräusch nachgegangen war, und sie rannte blindlings in die Gassen nach Reheim hinein. Sie hörte die Rufe der Verfolger und versuchte, den Weg in Richtung Wald einzuschlagen, aber dort sah sie schon den Schein einer Lampe. Die Lichter kamen immer näher, und sie vernahm schwere Schritte. Sie rannte in einen kleinen Weg und wollte einen kleinen Zaun überspringen, als sich ein kräftiger Arm um ihre Taille legte und sie schmerzhaft zu Boden warf. Eine Hand legte sich auf ihren Mund und ihre Nase und drückte ihren Kopf auf die Erde. Klara versuchte, sich zu wehren, aber der Griff wurde nur noch fester. Dann sah sie flackernde Lichter näher kommen.

»Leuchtet die Gasse aus«, schrie Thomas einem Soldaten zu. Der Mann lief einige Schritte nach vorne und hielt die Lampe über seinen Kopf. Ratten huschten davon, aber außer stinkendem Unrat war nichts zu sehen.

Thomas fluchte leise.

»Weiter«, rief er und bewegte sich zur nächsten Straße. »Wer immer sich an das Gefängnis angeschlichen hat, er kann nicht weit sein.«

Dann hörte er den Ruf eines Soldaten.

»Still, Klara«, drang es an ihr Ohr. »Kein Wort!«

Sie erkannte die Stimme von Markus. Die Hand auf ihrem Mund löste und der Griff lockerte sich.

»Zieh den Umhang über deinen Kopf. Wenn ich loslaufe, bleibst du einen Schritt hinter mir. Du schaust nicht zurück und bleibst erst stehen, wenn auch ich stehen bleibe.«

Klara nickte. Markus' ernster Ton machte ihr Angst. Sie konnte fast so etwas wie Furcht bei ihm spüren. Er hatte sich ihretwegen in große Gefahr gebracht, und sie schämte sich dafür.

Markus nahm einen großen Stein, warf ihn über ein Haus und zog sich sofort in den Schutz der Dunkelheit zurück. Ein lautes Poltern folgte. Dann hörten sie die Rufe der Soldaten, und die Lichter entfernten sich. Markus stand auf und rannte los. Klara folgte nur einen Schritt hinter ihm. Trotz Markus' Verletzung kamen sie schnell durch die Gassen. Ihr Onkel bewegte sich geschickt durch die Dunkelheit, und sie hatten bald den Wald erreicht.

Klara mühte sich eine kleine Anhöhe hoch und begann, schwer zu atmen. Sie fühlte sich schwach, und ihre Beine wurden schwer, doch die Angst trieb sie weiter. Sie hatte keine Ahnung, wo sie sich befanden. Der Mond erhellte den

Weg nur spärlich, daher konzentrierte sie sich nur auf den Rücken ihres Onkels. Sie spürte einen stechenden Schmerz in der Seite, doch noch immer hielt er nicht an. Jeder Atemzug wurde zur Qual, und Klara konnte kaum noch die Füße vom Boden heben. Sie wollte sich einfach auf den Boden fallen lassen und ausruhen, aber Markus lief unbeirrt weiter, ohne nach hinten zu blicken.

Als der Schmerz Sterne vor Klaras Augen tanzen ließ, hielt ihr Onkel an. Sie waren zu Hause. Klara sank schwer atmend zu Boden. Sie hielt sich die Seite und versuchte, Luft zu bekommen. Ihr Körper hatte sich völlig verkrampft, und ihre Beine schmerzten.

»Wir sind in Sicherheit«, sagte Markus, und der Ernst in seiner Stimme war verflogen. Dann hob er Klara auf und trug sie in ihr Zimmer.

»Brecht die Suche ab«, rief Thomas dem Soldaten zu. Der Mann salutierte, gab einen kurzen Befehl und zog sich zum Gefängnis zurück. Der junge Inquisitor blieb noch einen Moment stehen. Sie hatten fast eine Stunde gesucht, aber am Ende den geheimnisvollen Besucher nicht finden können. Thomas machte sich auf den Weg zurück ins Wirtshaus, als Baselius ihm mit einer Wache entgegenkam.

»Prior Baselius«, fing der junge Mann an zu sprechen. »Ich dachte, Ihr ruht Euch aus?«

»Ihr müsst zugeben, dass dies bei dem Lärm, den Ihr veranstaltet, sehr schwierig ist«, antwortete der Ältere ungehalten.

»Verzeiht mir, aber wir haben einen Ketzer gejagt.«

»Einen Ketzer?«, fragte Baselius erstaunt. »Was hat er verbrochen?«

»Er hatte sich unerlaubt dem Gefängnis genähert.«

»Deswegen dieser ganze Aufwand?«

»Verzeiht mir, Vater, aber wir können nicht zulassen, dass unsere Anweisungen …«

»Wir haben morgen einen Prozess zu führen«, fuhr Baselius ihn an. »Und Ihr habt nichts besseres zu tun, als Bürger durch die Straßen zu jagen, die sich ein wenig zu nahe an das Gefängnis herangewagt haben.«

»Vielleicht wollte jemand die Gefangenen befreien …«

»Die Gefangenen werden gut bewacht«, unterbrach ihn der ältere Mann. »Ihr solltet den Soldaten mehr Vertrauen schenken. Ich habe jeden von ihnen persönlich ausgewählt und bin bisher nicht enttäuscht worden.«

»Aber …«

»Genug«, sagte Baselius und winkte ab. »Begebt Euch sofort in Euer Zimmer und ruht Euch aus. Ich möchte morgen Eure vollste Konzentration haben und weise Euch an, Eure Suche sofort abzubrechen.«

Dann drehte sich der Inquisitor um und ließ den jüngeren Mann ohne ein weiteres Wort stehen.

Thomas verneigte sich demütig, konnte aber den zornigen Blick in seinen Augen nicht verbergen.

4
Friedrich

Die Versammlung hatte begonnen. Alle Bürger von Reheim waren gekommen, und die Unruhe war spürbar. Niemand versuchte, sich etwas anmerken zu lassen, also sprach man von der Ernte, von den Kindern oder nahen Verwandten aus fernen Dörfern, aber im Grunde diente jedes Gespräch nur dazu, die Angst zu verdrängen.

Klara hatte Mühe gehabt, den Versammlungssaal zu betreten. Zu frisch waren noch die Erinnerungen an die gefolterte Agnes. Der Anblick der verkohlten Leiche und der süßliche Geruch des verbrannten Fleisches kamen ihr in den Sinn. Ihre Hände begannen zu zittern. Sie versuchte, ihre Schwäche zu überspielen, indem sie sich an Markus' starkem Arm festhielt. Auch bei dieser Verhandlung war die Anwesenheit aller Dorfbewohner erbeten worden, aber auch unabhängig von diesem Gebot wollte sie Peter in dieser schweren Stunde beistehen.

Klara und Markus setzten sich in den hinteren Teil des Saals. Sie konnten beide nicht sicher sein, ob sie nicht doch einer der Soldaten wiedererkennen würde. Aber das Fernbleiben von dieser Versammlung wäre auffällig gewesen und hätte viele Fragen nach sich gezogen. Markus' Äußeres war ruhig wie immer, nur seine Augen blickten rastlos umher. Er beobachtete jede Bewegung der Soldaten. Sein Körper war angespannt, als wollte er sofort aufspringen, sollte nur einer der Männer eine verdächtige Bewegung machen.

Als Baselius und Thomas in den Versammlungssaal kamen, klopfte ein Soldat mit dem Schaft seines Speeres auf den Boden, und alle Anwesenden erhoben sich. Thomas führte den blinden Baselius zu seinem Platz und schob ihm den Stuhl hin. Dann setzte auch er sich würdevoll und blickte mit ernstem Gesicht über die Anwesenden. Ein weiteres Klopfen signalisierte den Dorfbewohnern, dass sie sich setzen durften. Nachdem wieder Ruhe eingekehrt war, nickte Thomas einer Wache zu. Diese lief sofort los und brachte Friedrich Birsch in den Raum. Klara hatte sich auf das Schlimmste vorbereitet, aber Friedrich war noch angezogen und wies keine schwerwiegenden Verletzungen auf. Seine Kleidung war zwar schmutzig und zerknittert, aber anscheinend war er der Folter entgangen. Sie blickte sich um und hoffte, Peter irgendwo sehen zu können, aber außer Friedrich brachten die Soldaten niemanden hinein.

Thomas stand auf und begann zu sprechen.

»Dieser Prozess wird nur kurz dauern, denn Friedrich Birsch, den wir der Ketzerei überführt haben, möchte ein umfassendes Geständnis ablegen.«

Die Zuschauer hielten den Atem an. Dass ihr Stadtrat sich der Ketzerei schuldig gemacht haben sollte, war schon eine unglaubliche Enthüllung, aber dass er dies noch gestehen würde, damit hatte niemand gerechnet.

»Sprecht«, sagte Thomas und blickte zu dem Angeklagten.

Friedrich drehte sich zu den Dorfbewohnern um. Seine Hände zitterten, und seine Augen waren zu Boden gerichtet. Seine Schultern fielen vornüber, und seine sonst so kräftige Stimme war leise und krächzend. »Ich habe mit dem Teufel verkehrt. Ich habe ihn in der Nacht angebetet und am Tage den Schein des gläubigen Christen gewahrt. In der Kirche hatte ich sündige Gedanken und machte mich über die Worte der Bibel lustig. Ich habe dem Teufel Tieropfer gebracht und mit ihrem Blut ketzerische Symbole an die Wand meines Schuppens gemalt. In den mondlosen Nächten bin ich in den Wald gegangen und habe nach der Kraft Satans gefleht. Nachdem er mich endlich erhört hatte, nutzte ich diese Macht zu meinem Vorteil. Ich habe Absprachen zu meinen Gunsten beeinflusst und Fluchzauber über alle ausgesprochen, die sich mir widersetzt haben. Ich habe ihnen Missernten gewünscht und ihr Vieh verflucht.«

Friedrich räusperte sich. Es fiel ihm sichtlich schwer, diese Worte zu sagen. »Als ich verhaftet wurde, habe ich die Kraft Satans genutzt, um meinen unschuldigen Sohn zu lenken, und habe ihm befohlen, den von Gott gesegneten Priester Thomas anzugreifen.«

Als Friedrich geendet hatte, war es still in dem Versammlungssaal geworden. Klara starrte entsetzt auf den gebeugten Mann. Sein Körper schüttelte sich in einem Weinkrampf.

Eine ältere Frau stand auf und brüllte: »Verbrennt ihn.«

Die Worte brachen den Bann der Stille. Viele Anwesende sprangen von ihren Sitzen und applaudierten.

»Wenn er des Teufels ist, dann bringt er Unglück und Verderben über uns alle«, schrie sie weiter.

Klara wollte aufstehen und sich in die Unterhaltung einmischen, als ihr Onkel sie an der Schulter packte und mahnend den Finger erhob.

»Er lügt«, sagte Klara kaum hörbar zu Markus. »Seine Worte klingen nach Ketzerei, aber alles an ihm widerspricht dem. Schau seine Augen an, sieh ihm ins Gesicht. Er wurde zu dieser Aussage gezwungen.«

»Das weißt du, das weiß ich«, antwortete Markus, »aber

nichts kann ihn mehr retten. Wenn du dich auf seine Seite stellst, wirst auch du verurteilt werden.«

»Aber wir müssen ihm helfen.«

»Es ist zu spät.«

»Zu spät, zu spät! Man wird ihn verbrennen, Onkel!«, zischte Klara verzweifelt.

»Ja, Klara«, sagte Markus resigniert, »aber mit seinen Worten hat er die Schuld von Peter genommen. Er geht mit der Gewissheit in den Tod, dass er seine Familie vor dem Griff der Inquisition bewahrt hat.«

»Es ist nicht recht«, sagte Klara, als ihr die Tränen in die Augen schossen.

Markus nickte nur und nahm Klara in die Arme. Nach einem Moment der Nähe richtete er sich auf und ging mit ihr im Arm nach draußen. Das Urteil war gefällt, und die Strafe würde bald vollzogen werden. Hier gab es für sie nichts mehr zu sehen oder gar zu tun. Nur wenige Bürger hatten sich mit ihnen auf den Weg gemacht. Auch in ihren Gesichtern standen Trauer und Unverständnis. Sie hörten noch, dass es im Saal für einen Moment ruhig geworden war. Dann brachen die Anwesenden erneut in einen Jubelsturm aus. Thomas hatte Friedrich zum Tod auf dem Scheiterhaufen verurteilt.

Es war schon tiefe Nacht, aber Klara konnte nicht schlafen, also hatte sie sich nach unten begeben und mit ihrem Onkel vor den Kamin gesetzt. An diesem Ort überkam sie immer eine eigenartige Ruhe. Hier fühlte sie sich sicher und geborgen.

»Was bringt Menschen dazu, Unschuldige zu verdammen und Freude an ihrem Tod auf dem Scheiterhaufen zu empfinden?«, fragte Klara.

Markus überlegte lange, bevor er antwortete.

»Angst«, sagte er dann mit ruhigem Ton. »Angst vor dem Teufel. Angst vor der Inquisition. Angst, selbst Opfer von Beschuldigungen zu werden.«

»Aber ich habe doch die Menschen gesehen, die Friedrich Birsch brennen sehen wollten. Da war keine Angst, da waren nur Hass und Bösartigkeit.«

»Sie haben die Seiten gewechselt, um ihr Leben zu schützen, Klara. Die Inquisitoren sind mächtig, und ein Wort von ihnen kann den Tod bedeuten. Also stellen sie sich auf ihre Seite.«

»Aber das ist feige und schwach«, sagte Klara verärgert.

Markus nickte nachdenklich mit dem Kopf.

»Warum nehmen wir nicht die Inquisitoren und werfen sie aus unserer Stadt? So stark können ihre Soldaten nicht sein.«

»Die Soldaten nicht, aber ihre Auftraggeber. Die Kirche ist sehr auf ihre Macht bedacht. Und Macht basiert auf der Angst der anderen. Wer immer zeigt, dass er sich ohne Furcht diesem Unrecht entgegenstellt, der gefährdet ihre Macht. Die Folgen davon wären schrecklich. Die Kirche würde eine ganze Armee schicken, um Reheim dem Erdboden gleichzumachen. Männer, Frauen und Kinder würden einen grausamen Tod sterben.« Markus schüttelte den Kopf. »Es ist besser, ruhig zu sein und zu hoffen, dass dieser Albtraum bald zu Ende geht.«

»Aber es muss doch etwas geben, was man tun kann!«

»Die Kraft eines Einzelnen reicht dazu nicht aus. Finde dich mit dem Schicksal ab, und bete für ein baldiges Ende.«

Klara verstand die Einwände ihres Onkels. Aber ihr Gerechtigkeitsempfinden war stärker. Sie würde sich mit diesen Erklärungen nicht zufriedengeben können.

Friedrich saß im Licht der Sterne in seiner Zelle und schrieb einen Brief an seine Frau. Bei aller Wachsamkeit waren die Soldaten der Inquisition doch zu täuschen: Ein Freund hatte ihm sein altes Notizbuch durch das Gitter gereicht und würde es kurz vor dem Morgengrauen wieder abholen. Friedrich hatte vor Freude geweint. Jetzt konnte er sich wenigstens von seinen Liebsten verabschieden. Er schloss den letzten Satz ab und studierte seinen Brief sorgfältig.

Geliebtes Weib,
meine letzten Worte gelten dir. Das Licht der Sterne erhellt mein dunkles Loch in der Erde, als wollte es mir schon den Weg zum Himmel zeigen. Mein Geist ist von einer Klarheit erfüllt, die mich während meines ganzen Lebens niemals ereilt hat. Ich denke an die Zeit mit dir, und mein Herz ist voller Freude. Es waren Tage des Glücks und der Liebe, für deren Innigkeit ich Gott danke. Du hast mir drei prachtvolle Kinder geschenkt, die jeden Tag unseres Lebens bereichert haben, auch wenn sie uns oft große Sorgen aufgebürdet haben.

Im Angesicht des Todes erkenne ich die Nutzlosigkeit der unzähligen Streitereien, denen wir uns hingegeben haben, anstatt uns an der Anwesenheit des anderen zu erfreuen. Vielleicht ist es eine Strafe des Herrn, dass man erst im Angesicht des Todes erkennt, was man im Leben hätte besser machen können. Und doch nehme ich nur glückliche Erinnerungen mit auf meine letzte Reise.

Wann immer ich dich, bewusst oder unbewusst, verletzt habe, so bitte ich dich um Verzeihung. Gräme dich nicht, denn ich habe meinen Frieden mit Gott gemacht und verlasse diese Welt im festen Glauben an ein Himmelreich, das mir Heimat werden wird. Meine Sünden habe ich gebeichtet, bis auf die letzte, und die bekenne ich hier: Ich habe die heiligen Männer der Kirche belogen. Das Urteil schien mir unausweichlich, nicht aber die Folter und dass ihr auch noch verfolgt werdet.

Ich lasse dich zurück mit der Gewissheit, drei erwachsene Kinder zu haben, die dich bis zu deinem Lebensende nie im Stich lassen werden. Ich wünsche euch allen Tage voller Glück, voll Licht und Sonne und dass euch die Liebe zueinander in den kalten und dunklen Stunden wärmen möge.

In Liebe
Dein Mann Friedrich

Erschöpft klappte Friedrich das Buch zu. Außer seiner Frau hatte er auch seinen Kindern letzte Worte hinterlassen. Mehr hatte er nicht gewollt. Er schloss die Augen und wartete darauf, dass sein Freund an den Gitterstäben rütteln würde. Dann wollte er sich in Gottes Hand begeben.

Peter hielt den Brief in der Hand und schluchzte hemmungslos. Irgendjemand hatte ihm in der Nacht das Stück Papier in seine Zelle geworfen und war wieder weggelaufen. Zuerst hatte er geglaubt, Klara hätte ihm eine Nachricht geschrieben, doch dann hatte er die ruhige, gleichmäßige Schrift seines Vaters erkannt. Es waren seine letzten Worte an ihn, und jede Zeile war erfüllt mit Liebe und Verständnis. Kein Zorn. Keine Vorwürfe und keine guten Ratschläge, die seine Beziehung zu seinem Vater so schwierig gemacht hatten.

Als er den Brief gelesen hatte, war ihm erst die Tragweite all dieser Geschehnisse bewusst geworden. Sein Vater würde, ohne dass er Schuld auf sich geladen hätte, einen qualvollen Tod sterben. Er war ein Opfer törichter Beschuldigungen.

Es gab noch so viel, das er seinem Vater sagen wollte, so viel, für das er sich entschuldigen wollte, aber all das war ihm nicht mehr vergönnt. Er konnte sich nicht einmal mehr von ihm verabschieden, weil diese Zelle ihn gefangen hielt. Sein Vater würde in einem Feuer vergehen, und seine Überreste würde man mit dem Dreck auf der Straße verscharren.

Peter schrie seine Wut in die Nacht hinaus. Warum hatte er den Inquisitor nicht getötet, anstatt ihn nur niederzuschlagen? Sein Vater hatte ihn gebeten, keine Rache zu nehmen, aber Peter konnte seinen Zorn nicht bändigen. Er schlug mit seiner Faust gegen die Wand, bis seine Knöchel bluteten, aber selbst der Schmerz in seiner Hand konnte seine Raserei nicht zügeln. Aber dann erinnerte er sich an den Brief, in dem sein Vater ihn gebeten hatte, auf die Familie zu achten. Er war jetzt der älteste der Birsch-Männer und durfte sich nicht mehr von Rachegefühlen treiben lassen. Seine Familie brauchte ihn, also begab er sich auf die Knie und begann zu beten. Das erste Mal in seinem Leben galten die Worte nur seinem Vater, und sie waren frei von Zorn.

Klara hatte nur wenig geschlafen. Das Letzte, was sie wollte, war, auf den Marktplatz zu gehen und der Hinrichtung beizuwohnen. Aber irgendetwas in ihr drängte sie, Friedrich Birsch ein letztes Mal zu sehen. Er war kein einfacher Mensch gewesen, immer korrekt und sehr ernst, aber trotzdem hatte sie ihn respektiert und sich ihm durch ihre Freundschaft mit Peter nahe gefühlt.

Das ganze Dorf war auf den Beinen. Viele Bewohner standen schon an der Absperrung vor dem Scheiterhaufen. Es roch nach Petroleum, mit dem der große Holzhaufen getränkt worden war. Die Bewohner in den vorderen Reihen schwatzten lebhaft wie beim großen Markttag. Man lachte viel und freute sich daran, Neuigkeiten auszutauschen. Am Rande war es ruhiger. Hier standen die Freunde der Birschs.

Ebenso wie ihr Onkel Markus hatten sie verstanden, was Friedrich in dem Versammlungssaal wirklich getan hatte, als er sich der Ketzerei schuldig bekannt hatte. Sie sprachen nur wenig und suchten Trost in ihrer kleinen Gemeinschaft.

Ein Wagen kam vom Gefängnis gerollt. Auf ihm stand der Verurteilte. Man hatte ihm die Hände auf dem Rücken gefesselt. Ein Seil um seine Hüfte hielt ihn in der Wagenmitte und verhinderte seine Flucht. Er stand gerade und ruhig. Sein Gesichtsausdruck war gefasst, und doch glaubte Klara, ein leichtes Lächeln in seinen Mundwinkeln zu sehen. Seine Augen waren zum Himmel gerichtet, als würden sie sich noch ein letztes Mal an der Schönheit des Tages erfreuen wollen.

Die Zuschauer waren verstummt. Aber als der Wagen die Hälfte des Marktplatzes überquert hatte, entlud sich die Anspannung der Menschen in einem einzigen Augenblick.

Ein Bauer hatte eine alte Tomate auf den Wagen geworfen. Sie verfehlte Friedrich um zwei Schritte, aber dies war der Anlass für die anderen Bewohner, ihrem Hass Luft zu machen. Sie warfen Eier, Tomaten und harte Kartoffeln auf den Gefangenen. Schon nach wenigen Augenblicken war er mit Abfall übersät. Eine große Kartoffel traf ihn an der Stirn. Friedrichs Kopf wurde von der Wucht des Aufpralls nach hinten gerissen, und seine Beine knickten weg, aber das Seil um seine Hüfte hielt ihn aufrecht. Sein Kopf sackte nach unten, Blut lief ihm von der Stirn, und die Bewohner jubelten vor Freude. Der Weg über den Marktplatz war nicht lang, aber er wurde zu einem endlosen Martyrium für Friedrich.

Klara wandte ihr Gesicht ab und hielt sich die Ohren zu, doch die Begeisterung der Leute wurde zunehmend lauter. Sie spürte Markus' Umarmung, aber er konnte ihr in diesem

Moment keinen Trost schenken. Klara schrie, um den Jubel aus ihrem Kopf zu verbannen. Nach einem ewig anmutenden Augenblick nahm das Geschrei der Leute wieder ab.

Klara blickte nach vorne und sah, dass der Wagen am Scheiterhaufen angekommen war. Friedrich wurde von den Fesseln um seine Hüfte befreit. Er schwankte und konnte sich kaum auf den Beinen halten. Die Soldaten trugen ihn fast die Treppe nach oben. Dann banden sie seine Arme um den großen Balken in der Mitte, fesselten seine Füße und entfernten sich.

Der Inquisitor Thomas bestieg die Treppe und blickte Friedrich für einen Moment kritisch an. Dann prüfte er die Fesseln. Da alles zu seiner Zufriedenheit zu sein schien, wandte er sich von dem Verurteilten ab und hob die Arme. Die Menge schwieg.

»Friedrich Birsch ist der lebendige Beweis dafür, dass der Einfluss des Teufels selbst in einem abgelegenen Dorf wie Reheim zu finden ist. Niemand ist gefeit vor den Einflüssen des Satans, daher halte ich Euch an, wachsam zu sein. Wo immer Ihr Ketzerei erblickt, kommt zu uns und meldet sie uns. Wir brauchen die wachen Augen der guten Christen, um dem Teufel Einhalt zu gebieten. Jeder, der uns beim Auffinden eines Ketzers behilflich ist, erhält den Schutz der Kirche und den Segen Gottes.«

Thomas hob eine Bibel in die Höhe und sprach mit feierlicher Stimme: »Ich bin der Weinstock, ihr seid die Reben. Wer in mir bleibt und ich in ihm, der bringt viel Frucht, denn ohne mich könnt ihr nichts tun. Wer nicht in mir bleibt, der wird weggeworfen wie eine Rebe und verdorrt, und man sammelt sie und wirft sie ins Feuer, und sie müssen brennen.«

Dann drehte er sich zu Friedrich um. »Friedrich Birsch,

Ihr seid der Ketzerei für schuldig befunden worden. Möge das Feuer Eure Seele reinigen und die Einflüsse des Teufels in Rauch verwandeln.«

Feierlich stieg Thomas die Treppe hinunter und nickte einem Soldaten zu. Als dieser seine Fackel hob und zum Scheiterhaufen ging, brandete der Jubel der Zuschauer wieder auf.

Friedrich hob den Kopf und blickte über die begeisterte Menge. Er erkannte Nachbarn und Bürger, die er für Freunde gehalten hatte, wie sie mit freudigem Gesicht seinen Tod ersehnten. Für einen kurzen Augenblick verspürte er Zorn, aber er versuchte sofort, diesen Gedanken zu verdrängen. Er durfte nicht mit Wut in seinem Herzen sterben. Sein Kopf schmerzte, und seine Beine waren kraftlos, aber er wollte diese Welt nicht schwach verlassen, also streckte er seine Schultern durch und versuchte, sich gerade zu halten. Im hinteren Bereich des Marktplatzes erkannte er seine Frau und seine Kinder. Tränen liefen ihr die Wange herunter, aber sie hielt den Blick unbeirrt auf ihn gerichtet.

Friedrich lächelte. Er war glücklich, dass er in der Stunde seines Todes nicht allein war. Der Scheiterhaufen begann zu brennen, und Rauch umhüllte ihn. Die Welt wurde grau und stickig. Der Rauch ließ seine Augen tränen, und das Feuer fraß sich zu ihm durch. Der Stoff seines Gewandes begann sich zu kräuseln, und die ersten Flammen erreichten seine Füße. Friedrich schrie seinen Schmerz heraus. Sein Körper zuckte im Todeskampf, aber die Fesseln hielten ihn unerbittlich fest. Er flehte zu Gott, ihn endlich in sein Reich zu lassen.

Friedrichs Schreie wurden schrill und hatten bald nichts Menschliches mehr an sich. Dann gaben die Balken unter ihm nach, und der Scheiterhaufen fiel in sich zusammen. Die Schreie verstummten, und seine Seele hatte Frieden gefunden.

Klara wartete bis in die tiefe Nacht, bevor sie sich aus ihrem Bett erhob. Sie zog ihren schwarzen Mantel an und schlich leise die Treppe hinunter. Das laute Schnarchen ihres Onkels drang bis in die Küche und ließ sie beruhigt aufatmen. Klara wollte ihn nicht noch einmal in Gefahr bringen, daher war es gut, dass er nichts von ihrem Spaziergang wusste.

Sie öffnete die Tür nur einen Spaltbreit und lief hinaus. Dann zog sie ihre Schuhe an und ging den kurzen Weg durch den Wald zum Dorf. Der Himmel war bedeckt, die Nacht war schwarz, und ein kühler Wind ließ die Blätter der Bäume rauschen. Viele Menschen empfanden Angst, wenn sie in völliger Dunkelheit durch den Wald liefen, aber Klara fühlte sich inmitten der großen, ausladenden Bäume sicherer als an jedem anderen Ort dieser Welt.

Dann spürte sie den festen Boden der Straßen Reheims. Das Dorf schlief. Klara zog ihre Kapuze tiefer ins Gesicht und lief an den Mauern der Häuser entlang. Schritt um Schritt näherte sie sich dem Gefängnis. Die Dunkelheit umschloss sie, und es schien eine Ewigkeit zu dauern, bis sie die Mauern des Gefängnisses erspüren konnte. Als sie sich umsah, konnte sie den Schein einer Fackel erkennen. Ein Soldat lehnte sich müde an die Wand. Sein Kopf war auf seine Brust gesunken, fast als wäre er im Stehen eingeschlafen.

Klara hoffte inständig, dass sie Peter nicht in eine andere Zelle geworfen hatten. An den Gitterstäben angekommen, blickte sie in den vergitterten Raum und hoffte, etwas erkennen zu können, aber auch dort sah sie nur in eine schwarze Leere. Sie nahm einen kleinen Kieselstein vom

Boden und warf ihn hinein. Sie wartete einen Augenblick, aber niemand schien sich zu rühren.

»Peter«, rief Klara leise in die Zelle hinein. Sie befürchtete, dass sie Peter verlegt hatten, als ihr eine matte Stimme antwortete: »Geh nach Hause, Klara.«

»Peter. Bist du das?«, fragte sie. »Was ist los mit dir?«

»Was los ist? Mein Vater wurde hingerichtet.«

Klara senkte betreten den Kopf. Sie wusste, wie er sich fühlte. Sie spürte den Schmerz über den Verlust von Agnes noch immer.

»Warst du dabei?«, fragte er nach einem Augenblick des Schweigens.

»Ja.«

»Wie ist er gestorben?«

Klara zögerte. Was sollte sie ihm sagen? Dass man ihn mit faulem Gemüse beworfen hatte und dass er unter qualvollen Schreien verbrannt worden war?

»Er hat in keinem Augenblick seine Fassung verloren.«

»Das ist schön. Wenigstens haben sie ihn nicht brechen können.«

»Du wärst stolz auf ihn gewesen.«

Peter begann zu weinen. Sie konnte ihn noch immer nicht sehen, weil er nicht ans Fenster gekommen war, aber sein Schluchzen brach ihr fast das Herz. Sie hätte ihn gerne in den Armen gehalten und ihn getröstet, aber auch wenn er nur zwei Schritte von ihr entfernt war, so hätte es auch eine Unendlichkeit sein können.

»Ich habe ihn wirklich geliebt«, sagte er nach einer Zeit. »Aber ich habe ihm das nicht einmal gesagt.«

»Er wusste es«, versuchte Klara zu trösten. »Dazu hat es keiner Worte bedurft.«

Peter kam näher an das Gitter, bis sie seine Silhouette erkennen konnte. »Ich danke dir, dass du mich besucht hast, aber bitte geh. Bleib bei deinem Onkel, bis die Inquisition weiterzieht. Dir werden sie nichts tun.«

»Ich kann nicht«, antwortete sie leise.

»Verflucht, Klara, du darfst nicht hier sein«, sagte Peter und versuchte, seinen Ärger zu unterdrücken. »Das ist kein Spiel. Ich esse altes Brot, trinke brackiges Wasser, und in der Nacht suchen mich die Ratten heim. Wenn es dunkel wird, weht ein eisiger Wind durch die Zellen, und jeden Moment kann mich das Schicksal meines Vaters treffen.«

»Du bist nicht der einzige Mensch, der jemanden verloren hat«, antwortete sie scharf und musste sich Mühe geben, nicht laut zu werden.

»Ich weiß, wie viel Agnes dir bedeutet hat, aber was nützt es, wenn du auch gefangen genommen wirst, nur weil du deine Neugier nicht im Zaum halten konntest?«

»Es geht hier nicht um meine Neugier«, fuhr sie leise auf.

»Um was dann?«

»Ich muss glauben, dass das alles einen Sinn hat«, sagte sie zögerlich. »Ich kann nicht glauben, dass man Agnes und deinen Vater einfach hinrichtet, ohne dass das irgendwelche Konsequenzen nach sich zieht.«

»Was willst du tun, wenn du herausfindest, dass die Anschuldigungen gegen Agnes und meinen Vater falsch waren? Willst du zum Bischof laufen und ihm berichten? Glaubst du, er wird deinen Worten mehr glauben als denen der Inquisitoren? Außerdem wird das die Toten nicht zurückbringen.«

Klara kämpfte mit den Tränen. Peters Worte trafen sie ins Herz. Sie konnte deren Wahrheit nicht leugnen. Sie hatte immer geglaubt, dass die Wahrheit genügen würde, um alles wieder zurechtrücken zu können.

»Ich werde trotzdem nicht aufhören«, sagte sie leise. »Ich werde nicht ruhen, bis ich weiß, warum sie sterben mussten.«

Peter stieß ein kurzes Lachen aus. »Es war schon immer sinnlos, dich von etwas abhalten zu wollen.«

Für einen Augenblick meinte Klara, wieder den alten Peter herauszuhören. Ihr Zorn verflog ein wenig, und sie spürte, wie sich ihre verkrampften Hände lösten.

»Warum bist du noch im Gefängnis?«

»Sie wollen mich noch beobachten«, antwortete Peter verächtlich. »Nachdem mein Vater alle Schuld auf sich genommen hat, wollen sie erst sicher sein, dass ich nicht vom Satan verführt wurde. Erst dann werde ich freikommen.«

»Haben sie gesagt, wann?«, fragte Klara leise.

Peter schien zu lächeln. »Ich habe einen Inquisitor angegriffen. Glaubst du wirklich, dass sie mich jemals herauslassen? Sie haben nur noch keinen Grund gefunden, mich auf den Scheiterhaufen zu schicken. Aber auch das wird sich irgendwann ändern.«

»Sag so etwas nicht.«

Peter schüttelte den Kopf und fasste Klaras Hand durch die Gitterstäbe. »Es ist schön, dass du da bist, aber bitte geh jetzt nach Hause. Du hältst dich schon viel zu lange hier auf. Bald wird die Wache auf ihren Rundgang gehen. Komm morgen wieder vorbei.«

Klara drückte Peters Hand und erschrak, wie kalt er sich anfühlte. Sie fürchtete sich vor der nächsten Frage, aber sie brauchte Gewissheit.

»Glaubst du, dass sich dein Vater wirklich der Ketzerei schuldig gemacht hat?«

Peter zog seine Hand weg. »Was soll diese dumme Frage?«, erwiderte er erbost. »Du kennst ihn. Er war ein gläubiger Christ und ein guter Mensch.«

»Das ist mir bewusst, Peter«, sagte Klara beruhigend, »aber warum hat man in seiner Scheune diese mit Blut geschriebenen Zeichen gefunden? Das war doch sicher keiner deiner Scherze?«

»Ich habe schon viele dumme Sachen gemacht, aber ich werde keine ketzerischen Symbole in die alte Scheune meines Vaters malen, wenn die Inquisition in der Stadt ist.«

»Aber wer war es dann?«

»Ich weiß es nicht, Klara«, sagte Peter verzweifelt. »Ich habe mir schon nächtelang den Kopf darüber zerbrochen, aber je länger ich darüber nachdenke, umso weniger ergibt alles einen Sinn. Mein Vater hatte nicht nur Freunde hier, aber wer hasste ihn so sehr, dass er ihn auf dem Scheiterhaufen brennen sehen wollte?«

»Vielleicht die gleiche Person, die auch Agnes beschuldigt und die Inquisition nach Reheim gerufen hat?«

»Wer würde so etwas tun?«

Klara schüttelte den Kopf. Wer immer das getan hatte, musste von solchem Hass verzehrt werden, dass sie die Vorstellung frösteln ließ.

»Irgendwo gibt es einen Hinweis darauf«, antwortete sie. »Und ich werde ihn finden.«

Peter griff noch einmal nach ihrer Hand. »Wenn du weißt, wer das getan hat, dann komm zu mir.«

Klara nickte. »Ich mache mich wieder auf den Weg«, sagte sie leise, »aber ich werde dich bald wieder besuchen.« Sie stand auf.

»Sei vorsichtig«, hörte sie Peter noch flüstern. Nach zwei Schritten hatte sie die Dunkelheit der Nacht verschluckt.

Klara lief in der Dunkelheit zur Scheune neben Friedrich Birschs Haus. Sie schlich sich auf die Rückseite und wartete, bis die ersten Sonnenstrahlen des Tages über den Hügel kamen. Es war kühl, und sie zog ihren Umhang fest um sich.

Während sie hinter der Scheune saß, fragte sie sich, warum sie hier war. Friedrich war hingerichtet worden, und Peters Schuld lag im Angriff auf einen Inquisitor. Wenn man sie hier fände, würde auch sie vor die Inquisition gebracht werden. Der Gedanke an ihre gequälte Freundin Agnes ließ sie frösteln. Noch immer suchte sie der Anblick der verkohlten Leiche heim und schlich sich in ihre Träume. Was wollte sie hier eigentlich erreichen? Sie glaubte nicht, dass Friedrich ein Ketzer war. Aber wer hatte Friedrich an die Inquisition verraten, und was bezweckte diese Person damit? Wer hatte die ketzerischen Zeichen an die Wand gemalt? Sie wusste, wie gefährlich es war, in diese Scheune zu gehen. Ihr Onkel wäre sehr enttäuscht, wenn er davon erfahren würde, aber irgendwie fühlte sie sich Agnes und Friedrich verpflichtet. Sie würde sich nicht von ihrer Angst abhalten lassen.

Peter lief unruhig in der Zelle umher. Klara hatte einen stark ausgeprägten Sinn für Gerechtigkeit, doch diese Einstellung konnte sie das Leben kosten. Sein Vater war tot, und alles in ihm schrie nach Rache, aber Klara verstand nicht, dass nichts, was sie herausfinden würde, etwas an der Meinung der Inquisitoren ändern konnte. Man konnte ihnen nur entkommen, wenn man unauffällig blieb und alles tat, was sie von einem wollten. Das hatte er nun verstanden. Er hatte gewagt zu rebellieren, und das würde ihn wahrscheinlich auf den Scheiterhaufen bringen. Dieser Gedanke ließ ihn fast den Verstand verlieren, aber noch mehr fürchtete er sich davor, Klara dort brennen zu sehen. Der Tod von Agnes hatte sie schwer getroffen, und während er von einer blutigen Rache an den Inquisitoren träumte, würde sie alles dafür tun, die Wahrheit herauszufinden. Doch das würde sie gefährlich nahe an die Männer der Kirche heranbringen.

Peter blickte noch einmal aus dem vergitterten Fenster und erfreute sich an den ersten Strahlen der Sonne, die zu ihm drangen. »Pass auf dich auf, Klara«, sagte er. Dann legte er sich auf den Boden und versuchte zu schlafen.

Klara versuchte, wach zu bleiben. Sie rieb sich die Augen und streckte sich ausgiebig. Aus dem Schwarz der Nacht wurde langsam ein dunkles Grau. Als Klara genug sehen konnte, stand sie auf und streckte sich. Sie ging näher an die Scheune heran und erblickte ein von Brettern vernageltes Fenster. Sie zog an einem großen Brett, doch das Holz saß fest und ließ sich kein Stück bewegen. Sie hatte Angst, zu viel Lärm zu machen, also versuchte sie es mit dem nächsten. Zu ihrem Erstaunen gab dieses mit Leichtigkeit nach. Irgendjemand schien es herausgezogen und nur lose wieder befestigt zu haben. Klara betrachtete das Brett genau, aber es sah aus wie die anderen. Es war nicht ausgetauscht worden, also musste sich jemand daran zu schaffen gemacht haben. Sie legte es zur Seite und kletterte in die Scheune hinein. Ihre Augen hatten sich an die Dunkelheit gewöhnt, und das undichte Dach und der Spalt im Fenster ließen genug Licht hinein, sodass sie ein wenig sehen konnte.

Die Scheune war vollgestellt mit Gerümpel. Zerbrochene Latten, Feuerholz, ein altes Fass, ein Wagenrad ohne Speichen ... Aber nichts wies darauf hin, dass dies die Scheune eines Ketzers war. Sie ging umher und fand eine Decke, die über einen Teil der Wand geworfen worden war. Der Stoff war fast nicht staubig, also erst vor Kurzem hierher gebracht worden. Sie zog die Decke hinunter und erblickte eine Holzwand, an der einige verblasste Symbole zu sehen waren. Man hatte versucht, sie wegzuwischen, aber das dunkle Braun geronnenen Bluts war noch immer erkennbar. Sie konnte eine gehörnte Fratze von einem Albtraumwesen ausmachen, das ein Pentagramm auf der Stirn trug. Um es herum waren mehrere umgedrehte Kreuze an die Wand gemalt.

Klara schüttelte den Kopf. Natürlich handelte es sich bei diesen Zeichen um ketzerische Symbole, aber Friedrich war ein kluger Mann. Selbst wenn er ein Teufelsanbeter gewesen wäre, hätte er niemals einen solchen Ort gewählt, um seine Rituale zu vollziehen. Außerdem besaß nur er den Schlüssel für diese Scheune. Das Tor war verschlossen, die Fenster vernagelt. Auch wenn einer aus seiner Familie diese Zeichen gefunden hätte, so wäre er niemals damit zur Inquisition gegangen. Wer also steckte dahinter?

Klara ging durch die Scheune und suchte nach weiteren Hinweisen. Holz, Werkzeuge und Kisten waren mit Staub bedeckt und sicher schon Jahre nicht mehr bewegt worden. Als sie an der Vordertür der Scheune angekommen war, entdeckte sie den Kadaver eines Huhns. Maden hatten das Fleisch schon befallen und nährten sich an den wenigen verbliebenen Überresten. Klara überwand ihren Ekel, wischte den Schmutz und das getrocknete Blut weg und betrachtete ihren Fund ausgiebig. Unter dem Blut schienen fast weiße Federn hervor. Nur ein Bauer in Reheim hatte Hühner mit einem solchen hellen Gefieder!

Klara steckte eine Feder ein. Sie wusste nicht, was hier geschah, aber sie glaubte jeden Moment weniger daran, dass der Teufel seine Hand im Spiel hatte.

Der Tag war angebrochen, und Klara lief nach Hause. Sie musste zurück sein, bevor Markus aufwachte. Leise öffnete sie die Eingangstür und schlich hinein, als sie Geräusche aus Markus' Schlafzimmer vernahm. Schnell warf sie den Mantel auf einen Hocker, nahm sich ein paar dünne Zweige und lief zum Ofen. Dort brach sie die Zweige in kleine Stücke, öffnete die Ofenklappe und warf das Holz hinein. Die Glut war noch warm, und so fingen die Zweige rasch Feuer.

»Du bist schon wach?«, hörte sie die Stimme von Markus hinter sich.

»Ich bin mit den ersten Strahlen der Sonne aufgewacht und dachte, dass du dich darüber freust, wenn ich dir heute den Speck brate.«

»Natürlich«, sagte Markus etwas verschlafen und kratzte sich seinen stoppeligen Bart. »Du siehst aber aus, als wärst du die ganze Nacht wach gewesen.«

Klara erwiderte diese Bemerkung mit einem Lächeln, nahm einen Topf aus dem Regal und stellte ihn auf den Ofen. Markus zuckte die Schultern und setzte sich verschlafen an den Tisch. Schon bald erfüllte der Duft von gebratenem Speck den Raum, und sie begannen zu essen.

Bauer Wilhelm war zufrieden. Er hatte die Futterrüben ausgeliefert und dieses Jahr einen guten Preis erzielt, da viele Ernten unter dem starken Regen gelitten hatten. Er war auf dem Weg nach Hause, machte aber wie immer in Reheim Halt, um im *Schäumenden Krug* einzukehren, ein Bier zu trinken und mit anderen Bauern zu plaudern. Seine Zufriedenheit war so groß, dass er die bedrückte Stimmung in der Schankstube nicht bemerkte. Wilhelm trank gerade sein zweites Bier, als sich ein Mann zu ihm an den Tisch setzte.

Er erkannte einen Bauern aus Reheim, dessen Name ihm entfallen war. Wilhelm stellte sein Bier ab und lächelte.

»Was hast du dem Teufel bezahlt, dass er dein Feld vom Regen verschont hat?«, fragte der Bauer.

»Ich weiß nicht, was du meinst«, antwortete Wilhelm verwirrt. Sein Lächeln wich einem erstaunten Gesichtsausdruck, weil er nicht wusste, ob sein Gegenüber einen Scherz gemacht hatte.

»Unsere Rüben sind im Regen abgesoffen, während dein Feld gute Erträge gebracht hat.«

»Das Feld liegt nun einmal am Hang, mit einem sehr durchlässigen Boden, der den Regen besser ablaufen lässt«, versuchte Wilhelm zu erklären.

»Unsinn«, sagte der Bauer, stand auf und warf den Tisch um.

Wilhelm sprang von seinem Stuhl auf, doch bevor er reagieren konnte, hatte er einen Schlag ins Gesicht erhalten. Er ging zu Boden und hielt sich die blutende Nase.

»Du verdammter Ketzer hast unsere Felder verflucht und unsere Ernte verfaulen lassen«, rief der Bauer und zog Wilhelm auf die Beine. Die anderen Besucher standen von ihren Tischen auf und stellten sich um ihn.

»Lasst uns den verdammten Teufelsanbeter am nächsten Baum aufhängen«, sagte ein Mann hinter ihm.

»Nein«, warf eine Frau ein. »Verbrennt das Schwein!«

Der Bauer hielt Wilhelm am Kragen fest und lächelte ihn triumphierend an.

»Na, Teufelskind. Wie willst du sterben?«

Wilhelm schüttelte den Kopf. »Ihr seid wahnsinnig.«

»Halt dein Maul!«, schrie der Bauer und schlug Wilhelm erneut.

Er taumelte ein Stück nach hinten, doch ein Stoß in seinen Rücken trieb ihn zurück in die Arme des Bauern. Der lächelte ihn in Vorfreude auf den nächsten Schlag an, doch Wilhelm packte den Mann und rammte ihm sein Knie in die Lende. Der Bauer knickte mit einem Stöhnen ein. Wilhelm nutzte den Moment der Ablenkung und lief aus dem Wirtshaus. Er rannte zu seinem Pferd, riss die Zügel an sich und sprang in den Sattel. Das Pferd erschreckte sich und begann zu bocken, aber Wilhelm hielt sich verzweifelt an der Mähne fest.

Als die tobende Menge aus dem Wirtshaus auf ihn zukam, stieg das Pferd noch einmal und rannte dann panisch die Straße entlang. Die Zügel waren Wilhelm aus der Hand gefallen, aber das Pferd galoppierte weiter. Er krampfte seine Hände in die Mähne und presste seine Schenkel eng an das Tier. Ein plötzlicher Schmerz an der Schulter ließ ihn aufschreien. Für einen Moment lockerte sich sein Griff, und er wäre fast gestürzt. Mehrere Steine schlugen vor ihm auf der Straße ein, doch dann war er im Schutz des Waldes angekommen. Er zügelte das panische Pferd und redete beruhigend auf das Tier ein. Seine Stimme zitterte, und sein Körper war schweißgetränkt, trotzdem gelang es ihm, das Pferd zum Stehen zu bekommen. Dessen Flanken bebten noch, sein Atem ging stoßweise, und aus einer kleinen Wunde an der Kruppe lief ein wenig Blut. Wilhelm legte seinen Kopf auf den Hals des Tieres und streichelte es sanft.

»Danke, alter Freund«, sagte er. Ihm wurde der Schmerz in seiner Schulter bewusst, deshalb setzte er sich gerade hin und ließ das Pferd laufen. Nie wieder würde er in Reheim einkehren, schwor er sich. Kein Geschäft der Welt war es wert, zu Tode geprügelt zu werden.

Die Nacht war in Peters Zelle zurückgekehrt. Sie hatte kalten Wind und feuchte Luft mit sich gebracht. Peter lag in einer Ecke und versuchte, sich vor der Kälte zu schützen. Seit Tagen musste er schon in diesem Loch ausharren. Er bekam einmal am Tag etwas zu essen, aber keiner der Männer sprach nur ein Wort mit ihm. Peter hatte keine Ahnung, wie lange er noch hierbleiben musste, ob man ihn der Ketzerei anklagen würde oder ob er bald wieder ein freier Mann war. Er hatte Angst, die Wache anzusprechen. Jeden Tag hoffte er, dass die Inquisition bald aus Reheim abziehen und ihn in seiner Zelle vergessen würde. Dann würde er endlich freikommen.

Als der kalte Wind durch seine Zelle strich, sehnte er sich nach der Wärme eines Bettes und der Gesellschaft seiner Freunde. Erst jetzt wurde ihm bewusst, wie wertvoll die Freiheit war, zu gehen, wohin man wollte, niemandes Knecht zu sein. Er schloss die Augen und versuchte, ein wenig Schlaf zu finden, als ein Stein in seine Zelle fiel.

Sofort sprang Peter auf. Mit zwei Schritten erreichte er das Fenster. »Ich habe dir gesagt, du sollst dich wegen mir nicht in Gefahr begeben«, sagte er leise in die Dunkelheit.

»Ein wenig mehr Dankbarkeit wäre angebracht«, hörte er die flüsternde Stimme Klaras. »Ich bin schließlich die Einzige, die dich noch besucht.«

Peter atmete hörbar aus. »Ich weiß, Klara«, sagte er ruhig, »und ich freue mich über deinen Besuch, aber versteh doch, dass ich mir Sorgen mache. Es ist gefährlich hier.«

»Nicht gefährlicher als woanders in diesem Dorf.«

»Was meinst du?«

»Heute haben einige Männer beinahe den Einsiedlerbauern Wilhelm gesteinigt, nur weil seine Ernte nicht vom vielen Regen zerstört wurde. Sie haben ihn beschuldigt, einen

Pakt mit dem Teufel eingegangen zu sein, um seine Rüben zu schützen.«

Peter schüttelte den Kopf. Er schien in einen Albtraum geraten zu sein, aus dem er nicht mehr aufwachen konnte.

»Peter«, unterbrach Klara seine Gedanken. »Ich muss dir ein paar Fragen stellen, und ich möchte, dass du ehrlich darauf antwortest.«

»Was für Fragen?«

»Hör einfach nur zu und antworte«, sagte Klara.

Peter wollte etwas erwidern, schwieg aber, da er Klara nicht unnötig lange festhalten wollte.

»Bist du dir sicher, dass dein Vater nichts mit den ketzerischen Symbolen an der Wand zu tun hatte?«

»Bist du wahnsinnig?«, flüsterte Peter mit zorniger Stimme. »Warum fragst du mich das ständig? Mein Vater war ein gläubiger Christ. Er ist nicht nur in die Kirche gegangen, weil sich das so gehört, ihm war es ernst. Er hat jeden Tag gebetet und niemandem etwas zuleide getan. Wie kannst du so etwas sagen?«

»Irgendjemand hat die Wand der Scheune mit Blut beschmiert«, antwortete Klara. »Du sagst, dass dein Vater es nicht war, und du bist dir sicher, dass er keine Feinde hatte. Dann sag mir, wer das getan hat und warum.«

Peter schwieg. Auf diese Frage konnte er keine Antwort geben.

»Eines der Bretter vor dem Fenster war lose. Irgendjemand hat es entfernt und nur schlecht wieder befestigt.«

»Mein Vater hatte einen Schlüssel. Der brauchte nicht durch das Fenster zu klettern, wenn er in die Scheune wollte.«

»Jemand ist dort eingedrungen, hat die Symbole an die Wand gemalt und deinen Vater bei der Inquisition verraten.

Wenn wir wissen, warum, dann werden wir auch wissen, wer es war.«

Dann hörten sie schwere Schritte, die sich der Zelle näherten.

»Ich komme bald zurück«, flüsterte Klara und verschwand vom Zellenfenster.

Peter blickte ihr noch einen Augenblick hinterher, konnte aber nur noch die Schwärze der Nacht erkennen.

Der Wachmann lief an den Zellenfenstern entlang und leuchtete mit seiner Lampe den Boden ab. Er war sicher, dass er Stimmen gehört hatte. Irgendjemand trieb sich hier herum. Bei dem jungen Mann angekommen, schlug er mit seiner Hellebarde an das Gitter.

»Heda, Ketzersohn. Mit wem hast du geredet?«

Peter stand vom Boden auf und kam zum Gitter. Sein Gesicht war schmutzig, und er stank erbärmlich. »Ich habe nicht geredet, ich habe nur den Mond angeheult.«

Zornig trat der Wachmann gegen die Gitterstäbe. »Sei vorsichtig, Teufelsbraten, sonst sorge ich dafür, dass dein Fell schneller Feuer fängt, als es dir lieb ist.«

Der Gefangene zog sich vom Fenster zurück, und der Wachmann setzte seine Runde fort. Nach seiner Ablösung hatte er den Vorfall vergessen.

Vater Liborius schreckte aus dem Schlaf. Die Albträume hatten ihn wieder geplagt, und mit den Erinnerungen an die gefolterte Agnes und den verurteilten Friedrich war das überwältigende Gefühl von Schuld zurückgekehrt. Von seinem ersten Augenblick in Reheim vor vielen, vielen Jahren hatte er sich für die Menschen hier verantwortlich gefühlt. Sie hatten ihm vertraut, seinen Rat gesucht und in den dunklen Stunden des Lebens auf seinen Beistand gehofft. Doch als Agnes seine Hilfe benötigt hatte, war er blind gewesen. Sie hatte das Verderben schon kommen sehen, als er noch an die Aufrichtigkeit der Inquisition geglaubt hatte. Viel zu spät hatte er sich eingestanden, dass das Urteil über Agnes schon gesprochen war, noch bevor die Inquisitoren in Reheim angekommen waren. Die Androhung von Folter hatte ausgereicht, dass er Agnes vor der Anhörung verraten hatte. Es tröstete ihn nicht, dass sie es so gewollt hatte.

Vielleicht hätte er jetzt besser schlafen können, wenn die Inquisitoren nach dem Urteil gegen Agnes wieder abgezogen wären, aber mit dem Tod von Friedrich war ihm klar geworden, dass ihr Opfer unnütz gewesen war, was ihm seinen Verrat noch unerträglicher machte. In den letzten Tagen hatte er fast alles verloren, was ihm wichtig gewesen war. Mit dem Urteil gegen Agnes und Friedrich war sein Vertrauen in die Kirche und ihren inquisitorischen Arm erschüttert worden.

Allein diese Gedanken konnten auch ihn auf den Scheiterhaufen bringen, aber er wusste, dass Agnes und Friedrich keine Ketzer waren, auch wenn ihn seine eigenen Worte Lügen straften. Ihm wurde klar, dass er nicht für sie eingestanden hatte, weil seine Angst zu groß gewesen war. Angst vor Demütigung, vor Folter und dem Tod auf dem Scheiterhaufen. Er hatte sein Vertrauen in Gott verloren, ihn zu beschützen und vor allem Leid zu bewahren. Er hatte seine Gemeinde verraten, indem er sein Wohl über das ihrige gestellt hatte.

Liborius stieg aus seinem kleinen Bett, lief zu einem Kruzifix und legte sich auf den Boden. Er fühlte tiefe Scham und flehte Gott an, ihm zu vergeben. Ohne Seine Hilfe würde er sich selbst wohl nie vergeben können.

Das feuchte Wetter an diesem Morgen ließ Vater Liborius sein schmerzendes Knie spüren, als er durch die Straßen Reheims spazierte. Früher hatte er den Kopf erhoben und sich die Häuser mit einem Stolz angesehen, als hätte er sie alle mit eigener Hand erbaut. Er hatte jeden Bürger gegrüßt, den er auf seinem Spaziergang getroffen hatte. Selbst die Kinder hatten sich gefreut, ihn zu sehen, und für einen Moment ihre Streiche unterlassen. Traurig erinnerte sich Vater Liborius an diese Zeit. Heute war sein Gang schlurfend, als hätte ihn das Rheuma heimgesucht. Er hielt die Schultern hochgezogen und den Kopf gesenkt, die Freude an seinem täglichen Spaziergang war lange schon verflogen. Seine Augen wanderten mit jedem Schritt unruhig hin und her, fast als erwartete er hinter der nächsten Ecke einen Soldaten der Inquisition, der ihn abholte, um ihn in das kalte, zugige Gefängnis zu werfen. Er hatte sich keiner Ketzerei schuldig gemacht, aber auch Vater Liborius wusste, dass dies keine Rolle mehr spielen würde, sollte er erst das Missfallen der Inquisition erregt haben. Seine Stellung als Geistlicher würde ihn nicht schützen.

Vielleicht hätte er diesen Tod auch verdient. Waren seine Lügen nicht ebenso schlimme Sünden wie die, für die Agnes und Friedrich angeklagt worden waren? Und die beiden hatten nicht einmal getan, wessen man sie beschuldigt hatte. Er hatte zugesehen, wie die beiden dieses schreckliche Ende erlitten hatten, ohne dagegen einzuschreiten. Es wäre nur recht, wenn er für seine Feigheit genauso bestraft würde.

Er kam zum Marktplatz. Die Erinnerungen an viele freudige Ereignisse waren wie ausgelöscht durch die Scheiterhaufen, die Agnes und Friedrich in den Tod geschickt hatten. Gestern Nacht hatte es einen starken Regenschauer gegeben. Die Tropfen hatten zornig an das Dach der Kirche getrommelt und ihn nicht schlafen lassen, doch all das Wasser des Himmels hatte den Schmutz der anklagenden Holzhaufen nicht wegwaschen können.

Vater Liborius meinte, noch immer den süßlichen Geruch verbrannten Fleisches wahrzunehmen. Der Boden des Marktplatzes war noch mit der schlammigen Asche bedeckt, und die Häuserwände waren vom Schwarz des Rauches verdunkelt. Das nächtliche Gebet hatte ihm keine Erlösung gebracht. Er fühlte sich leer, aber er würde zu den Inquisitoren gehen und sich ihnen unterwerfen. Er wollte herausfinden, was sie hierher geführt hatte. Vielleicht würde er dann verstehen können, wer Agnes und vor allem Friedrich verraten hatte. Dann wäre ihr Opfer nicht vergebens gewesen.

Seine Schritte führten ihn weiter zum Wirtshaus. Zu jeder Zeit stand vor dem Gebäude ein Soldat und bewachte den Zugang. Er ging zu dem großen Mann und sagte: »Mein Name ist Vater Liborius. Der Prior erwartet mich.«

Der Soldat nickte, behielt aber seine aufmerksame Haltung bei.

Liborius ging die Treppe nach oben. An der Tür des Inquisitors angekommen, klopfte er und wartete. Es dauerte einen Augenblick, dann hörte er ein leises »Herein«. Liborius öffnete die Tür und trat ein.

Das Zimmer war düster. Nur eine kleine Kerze spendete Licht. Die Fensterläden waren zugezogen, und der Prior saß an einem kleinen Tisch und blickte zur Tür.

»Prior Baselius«, sagte Liborius leise. »Ihr wünscht meine Anwesenheit.«

Der Prior schien für einen Augenblick zu lächeln. »Setzt Euch zu mir«, sagte er und deutete auf einen Stuhl neben sich. Liborius setzte sich und sah nervös zu dem Inquisitor, der ihm sein Gesicht zuwandte.

»Wie hat Euch der Ruf ereilt?«, fragte Baselius.

Das Gesicht des Mannes war ernst, aber nicht feindselig. Im ersten Moment war Liborius von der Einfachheit dieser Frage überrascht. Er hatte erwartet, dass sie sofort wieder von Häresie und Ketzern sprechen würden.

»Ich war der dritte Sohn eines Bauern. Im Gegensatz zu meinen Brüdern war ich von schwacher Statur, und so tat ich mich von klein auf schwer, auf dem Hof meines Vaters zu arbeiten. Als ich in der Schule lesen lernte, nahm ich die Bibel meines Vaters zur Hand und verlor mich in den Geschichten unseres Herrn Jesu. Ich nutzte die wenige Zeit, die mir nach der Arbeit blieb, und studierte die Heilige Schrift, bis meine Augen vor Müdigkeit zufielen. Mein Vater war unglücklich über mein geringes Interesse an der Landwirtschaft. Als ich elf Jahre alt war, hatte meine Mutter ein Einsehen mit mir und sandte mich zu einem nahen Kloster. Die Brüder nahmen mich herzlich auf. Dort konnte ich endlich meinen Wissensdurst stillen. Mit 19 erhielt ich die Weihe zum Priester.«

»Wann seid Ihr nach Reheim gekommen?«, fragte Baselius.

»Ich war 23, als man mich zum Hirten über dieses Dorf machte.«

»Seitdem seid Ihr um das Wohl der Menschen in Reheim besorgt?«

»Ich sorge mich um jeden von ihnen, als wären sie meine eigenen Kinder.«

»Haltet Ihr Ketzerei für eine Gefahr?«

»Wie bitte?«, fragte Liborius unsicher.

»Glaubt Ihr, dass Ketzer eine Bedrohung sind, sowohl für die Mutter Kirche wie auch für die einfache Bevölkerung?«

»Natürlich. Die Abkehr von Gott ist das Ende des Seelenheils und die Zuwendung zum Teufel.«

»Dann seht Ihr es auch als Eure Pflicht an, als Vertreter Gottes auf Erden der Ketzerei ein Ende zu bereiten.«

»Natürlich.«

»Das ist gut«, sagte Baselius und lächelte. Er nahm seinen Becher vom Tisch und trank einen Schluck. Seine Augen waren auf die Tür gerichtet, als würde er seine nächsten Worte genau überdenken. »Gott benötigt Eure Hilfe, Vater Liborius. Bruder Thomas und ich mögen vielleicht wie erfahrene Inquisitoren wirken, aber wir sind nichts ohne Menschen wie Euch. Geistliche, denen das Wohl ihrer Gemeinde am Herzen liegt, und die dem Herrn treu ergeben sind.«

»Natürlich werde ich Euch helfen, aber ich bin nur ein einfacher Priester.«

»Ihr seid zu bescheiden«, sagte Baselius gönnerhaft. »Ihr seid ein gebildeter Mann und wahrscheinlich der Einzige in diesem Dorf, der die wahren Gefahren der Ketzerei kennt. Ich bitte Euch, sich uns anzuschließen. Setzt zusammen mit Bruder Thomas und mir der Ketzerei in Reheim ein Ende. Die Hexe Agnes Barand und der Ketzer Friedrich Birsch waren erst der Anfang. Sie zu überführen war leicht, aber die wahre Gefahr schwelt unter der Oberfläche. Es sind die kleinen Gesten und Taten, die den Boden für Ketzerei bereiten.« Baselius begann wieder zu lächeln. »Die heilige Mutter Kirche braucht Euch, Vater. Gott braucht Euch. Es wird ein schwerer Kampf, aber ich sehe genug Mut in Eurem Herzen, damit Ihr für diese Aufgabe gewappnet seid.«

»Ich verspreche Euch, jegliche Form von Verderbtheit zu bekämpfen und alle schlechten Einflüsse von der Kirche fernzuhalten«, sagte Liborius. Für einen Augenblick blitzten Zorn und Misstrauen in seinen Augen auf, aber sein Ausdruck wurde schnell wieder milder. Er würde sich nicht verraten.

Mit mürrischem Gesicht reinigte der Wirt des *Schäumenden Krugs* den letzten Teller. Seit sich die Inquisition bei ihm einquartiert hatte, gingen seine Geschäfte schlechter. Die Bürger von Reheim kamen weniger und tranken kaum noch Bier. Die wenigen Gäste saßen trübsinnig an den Tischen und unterhielten sich nur noch flüsternd. Viele bekreuzigten sich, bevor sie den Schankraum betraten, und immer wieder huschten die Augen der Männer und Frauen an die schmale Treppe am Ende des Raums, die zu den Gasträumen führte.

»Wirt, was macht das Essen?«, rief einer der Soldaten herein.

Rainald hätte vor Schreck beinahe den Teller fallen lassen. Eilig lief er in die Küche und prüfte den großen Schweinebraten, der über einem Feuer briet. Das Fleisch war noch nicht ganz durch, aber er wollte die Soldaten nicht verärgern. Schon einmal hatten sie ihm gedroht, ihn in den Kerker zu werfen, sollte er ihnen nochmals schales Bier servieren. Die Angst trieb ihn zur Eile an, also nahm er ein Messer und schnitt zwei große Portionen vom Braten ab. Hinter ihm lief Vater Liborius die Treppe hinunter und verließ das Wirtshaus. Der Wirt konnte nicht sehen, dass der ängstliche Gesichtsausdruck einem Lächeln gewichen war.

Klara hatte die Tiere gefüttert und war dann nach Reheim gegangen. Sie hatte ihren Korb unter den Arm geklemmt und machte den Eindruck, als wollte sie Besorgungen erledigen. Tatsächlich wandte sie sich in Richtung Rathaus. Das Gebäude war die meiste Zeit geschlossen. Die Stadträte von Reheim fanden sich nur für wichtige Entschlüsse hier ein. Dann trafen sie sich in einem kleinen Zimmer und brachten alles zu Papier, bevor sie in der nächsten Versammlung den Bürgern davon berichteten.

Am Rathaus vorbei ging Klara zwei Häuser weiter. Sie stellte sich vor eine große Eichentür und klopfte. »Stadtrat Peeren«, rief sie und blickte sich dabei verstohlen um. Es dauerte nicht lange, dann hörte sie Schritte. Die Tür öffnete sich, und ein schmaler, groß gewachsener Mann erschien. Er lächelte sie freundlich an.

»Entschuldigt die Störung, Stadtrat«, sagte Klara höflich. »Mein Name ist Klara Ulner. Mein Onkel Markus hat mich gebeten, in den Aufzeichnungen nachzusehen, wie lange er noch das Pachtrecht für eine Weide hat.«

Der Stadtrat wirkte überrascht. Es war ungewöhnlich, dass sich eine Frau in diesen Angelegenheiten an ihn wandte.

»Mein Onkel kann nicht mehr gut laufen, und ich kann ein wenig lesen«, erklärte Klara immer noch lächelnd. »Sicher könnt Ihr mir auch bei dieser komplizierten Sache helfen.«

»So kompliziert ist das gar nicht, Kind«, antwortete der Stadtrat und straffte stolz seine Schultern. Er streifte sich mit einem Finger über seinen dünnen Oberlippenbart und drehte sich kurz um. Dann nahm er einen Schlüsselbund von der Wand, ging hinaus und schloss die Tür hinter sich.

»Die Übereinkünfte über Pachtrechte müssen alle in schriftlicher Form geschlossen werden und von einem Stadtrat verbürgt werden«, begann der Mann belehrend. »Wir prüfen diese Absprachen auf Richtigkeit, bevor wir sie unterschreiben.«

Klara gab sich Mühe, ein interessiertes Gesicht zu machen. Vor vielen Jahren war sie einmal mit ihrem Onkel hier gewesen, um nach einem Pachtrecht zu sehen. Schon damals hatte der Stadtrat sie mit seinen Ausführungen gelangweilt, aber an diesem Tag hatte sie erfahren, dass nicht nur die Unterlagen für Grundbesitz und Pacht in Reheim hier aufbewahrt wurden, sondern auch alle anderen Schiedssprüche, welche die Stadträte im Laufe der vergangenen Jahrzehnte beschlossen hatten. Dass Peeren so gerne mit seinem Wissen über das Pachtrecht prahlte, lieferte ihr einen guten Grund, in das kleine Rathaus hineinzukommen.

Der Mann schloss die Tür auf und erzählte ihr etwas über die Wichtigkeit der Stadträte in Reheim. Klara setzte einen bewundernden Blick auf und folgte dem Stadtrat hinein. Dieser führte sie in eine Kammer, die bis unter die Decke gefüllt war mit Papieren und Büchern. Die Luft war abgestanden. Als sie in das Zimmer hineingingen, wirbelte Staub auf, der Klara die Augen tränen ließ.

»Hier kommen nicht oft Besucher herein«, sagte der Stadtrat verlegen lächelnd. Die Unordnung und der Staub schienen ihm etwas peinlich zu sein, aber er machte sich sofort an die Suche nach den Pachtübereinkünften.

Klara schlenderte durch den Raum. Der Mann war mit der Suche beschäftigt, und so stellte sie sich neben das kleine Fenster, das den Raum nur spärlich mit Licht versorgte.

Das Fenster war verrostet und wahrscheinlich schon Jahre nicht mehr geöffnet worden. Wenn sie den Schließriegel davor anfasste, würde das Quietschen sie verraten. Sie streckte ihre linke Hand aus und legte die rechte auf einen Stapel Papiere. Wie zufällig stolperte sie, warf den Stapel mit lautem Poltern um – und stützte sich dabei am Riegel des Fensters ab. Stadtrat Peeren fuhr erschrocken herum.

»Wie ungeschickt von mir«, sagte Klara und schlug mit gespieltem Entsetzen die Hände vors Gesicht.

»Das macht nichts«, sagte der Mann gönnerhaft. »Das haben wir schnell wieder aufgehoben.« Dann machte er sich daran, die zu Boden gefallenen Papiere aufzusammeln.

Klara half ihm, vergewisserte sich aber mit einem Blick, dass das Fenster entriegelt war.

Baselius wusch sich gerade die Hände, als es an seiner Tür klopfte.

»Herein«, sagte der Mann und nahm seine Hände aus dem Wasser. Die leisen Schritte waren charakteristisch für Thomas' Gang. Er nahm ein Handtuch vom Schrank und wandte höflich den Kopf zu seinem Gast.

»Verzeiht, Prior«, sagte Thomas. »Dürfte ich Euch in einer Sache kurz stören?«

Seine Worte fielen schnell, und er verschluckte einige Silben. Baselius lächelte. So sprach Thomas nur, wenn er aufgeregt war. »Ihr wollt wissen, warum ich Liborius gebeten habe, uns zu helfen.«

Thomas schwieg einen Augenblick. Anscheinend hatte der erfahrene Inquisitor den jungen Mann wieder einmal überrascht. »So ist es. Mir ist nicht klar, warum wir einen Außenstehenden in unsere Arbeit miteinbeziehen wollen.«

Baselius trocknete sich die Hände ab, bevor er antwortete. »Vater Liborius hat den größten Teil seines Lebens in Reheim gelebt. Er kennt jeden Bewohner, viele von ihnen seit ihrer Geburt. Allein das macht ihn zu einem wichtigen Verbündeten. Außerdem vertrauen ihm die Menschen.«

»Denkt Ihr nicht, dass einem einfachen Priester, der nicht unsere Erziehung im Kampf gegen die Ketzerei genossen hat, das Wissen für eine solche Aufgabe fehlt?«

»Höre ich aus Euren Worten so etwas wie Eifersucht?«, fragte Baselius mit belustigter Stimme.

»Diese Eitelkeiten stehen mir nicht an«, sagte Thomas und versuchte, sich seinen Ärger über diese Bemerkung nicht anmerken zu lassen. »Vor allem nicht im Kampf gegen Teufelsanbeter und Gotteslästerer.«

»Ich denke, dass uns Vater Liborius von Nutzen sein kann.

Sofern er sich unseren Anweisungen unterwirft, sehe ich keine Probleme damit, seinen Rat einzuholen.«

»Ich habe Sorge, dass er im Zweifel für die Bürger in Reheim entscheidet. Vielleicht könnte die lange Bindung zu ihnen sein Urteilsvermögen beeinträchtigen.«

»Es ist recht, dass ihm am Wohlergehen seiner Gemeinde etwas liegt. Wenn Ihr irgendwann einmal selbst Hirte über ein Dorf oder eine Stadt seid, werdet Ihr es verstehen. Mit Liborius haben wir einen Ratgeber, der uns vielleicht auch vor einer Dummheit bewahren kann.«

»Ihr messt ihm zu viel Bedeutung zu.«

»Das denke ich nicht«, sagte Baselius, und für einen Augenblick spiegelte sich Ärger über den Übermut seines Skriptors in seinem Gesicht. Dann drehte er sich von Thomas weg und legte das Handtuch zur Seite. Der junge Inquisitor wusste, dass die Besprechung damit vorbei war. Er verneigte sich kurz und verließ den Raum, aber seine abrupten Bewegungen ließen keine Zweifel daran, dass er mit dieser Entscheidung nicht zufrieden war.

5

Eine erste Spur

Klara machte einen höflichen Knicks vor dem Stadtrat und ging nach Hause. Es war ihr wie eine Ewigkeit vorgekommen, bis sie endlich die Unterlagen zur Pacht gefunden hatten. Während der ganzen Zeit hatte der Stadtrat versucht, sie mit seiner Klugheit und seinem Wissen zu beeindrucken. Das Gerede hatte sie fast wahnsinnig gemacht, aber ihr Ziel war erreicht. Das Fenster auf der Rückseite des Rathauses war offen, und gleich heute Nacht würde sie dem alten Gebäude noch einen weiteren Besuch abstatten. Doch bis dahin würde sie sich in ihr Bett legen und ruhen. Sie hatte noch viel vor.

Klara hatte die letzten Strahlen der Sonne genutzt, um in die Nähe von Reheim zu kommen. Sie hatte ihren dunklen Umhang angezogen und sich von ihrem Zimmer über das kleine Vordach hinausgeschlichen. Dann hatte sie den Wald durchquert, bis sie am Dorfrand angekommen war. Jetzt wartete sie auf die fortgeschrittene Nacht, bis auch der letzte Bürger in den Schlaf gefallen war. Sie hatte sich neben eine große Eiche gelegt und ihren Umhang eng um die Schultern gezogen. In der Hand trug sie einen Beutel, der alles enthielt, was sie für ihr Vorhaben heute brauchen würde.

Während die Nacht sich über das Land senkte, fragte sich

Klara, wie es wohl sein mochte, über Leben und Tod eines Menschen zu befinden. Was fühlte man dabei, wenn man einen Mann der Ketzerei beschuldigte und ihn zu einem grausamen Ende auf dem Scheiterhaufen verurteilte? War es wirklich eine solch verlockende Macht, wie ihr Onkel es ihr versucht hatte zu erklären? Konnte man, einmal gekostet, nicht mehr davon lassen? War es ein befriedigendes Gefühl, das einen sanft in den Schlaf wiegte, oder suchten einen die Geister der Toten im Schlaf heim?

Warum hatte die Geistlichkeit überhaupt eine solche Macht? Lag die Rechtsprechung nicht in der Hand des Königs und seiner Fürsten? Waren sie nicht ihm allein verpflichtet? Waren Teufel, Hexen und schwarze Magie wirklich so gefährlich, dass nur ein Verdacht genügte, um einen Menschen auf den Scheiterhaufen zu schicken?

Klara schüttelte den Kopf. Die Nacht war gleich schon in der zweiten Stunde. Die meisten Bürger würden schlafen, also erhob sie sich von ihrem Versteck, nahm ihren Beutel und begab sich zum Rathaus.

Thomas riss die Decke von seinem Körper und schrie sein Leid heraus. Er war schweißgebadet und lag auf der dünnen Matratze seines Bettes. Nur langsam verstand er, dass er wieder einen Albtraum gehabt hatte. Er rieb sich müde über das Gesicht und versuchte, sein klopfendes Herz zu beruhigen. Dann stand er auf und trank einen Schluck Wasser aus einem Tonkrug. Seine Hand zitterte, und das feuchte Hemd fühlte sich kalt auf seiner Haut an. Er nahm sich ein sauberes Tuch vom Tisch und trocknete sich ab. Anschließend zog er ein kleines Holzscheit aus der Glut seines Kamins und zündete eine Kerze an. Das sanfte Licht vertrieb ein wenig die Dunkelheit. Thomas wurde ruhiger und setzte sich aufs Bett. Er wusste, dass sich der Schlaf in dieser Nacht nicht mehr einstellen würde, also legte er das Tuch zur Seite und betete.

Klara schlich vorsichtig um das Rathaus herum und stellte sich unter das kleine, verrostete Fenster. Sie schloss die Augen und versuchte, alle Geräusche in sich aufzunehmen, aber außer dem Zirpen der Grillen hörte sie keinen Laut. Leichtfüßig sprang sie auf das Sims. Sie nahm etwas Fett aus einem kleinen Stößel und schmierte die Angel damit ein. Dann gab sie dem Fenster einen Stoß, das lautlos aufglitt. Zufrieden kletterte Klara hinein. Sie holte ein kleines Tuch heraus und wischte das Fett vom Fenster, bevor sie es leise schloss. Dann zog sie eine kleine Decke hervor und legte sie über den Rahmen. Als sie sicher war, dass kein Licht nach außen dringen konnte, nahm sie ihre Lampe zur Hand und schlug einen kleinen Funken. Bald darauf war der Raum in einen hellen Schein gebadet.

Klara blickte sich um und durchsuchte die Papierstapel nach den Beschlüssen des Stadtrats. Es dauerte eine Weile, bis sie alle gefunden hatte, aber sie machte sich sofort daran, sie zu lesen.

Thomas wälzte sich erschöpft im Bett. Die Nacht war noch jung, und sein Körper sehnte sich nach Schlaf, aber die Angst vor einem erneuten Albtraum hielt ihn wach. Er schloß die Augen und versuchte, die schrecklichen Bilder seines Traums zu verdrängen, aber ständig hörte er eine Stimme, die ihn um Hilfe anflehte.

Thomas schlug die Hände vors Gesicht und weinte. Er hatte schon unzählige Male um Gnade gefleht, aber mit der Sicherheit der aufgehenden Sonne kamen jede Nacht die Träume zurück.

Klara gähnte und rieb sich die Augen. Sie hatte schon die halbe Nacht gelesen und nur wenig über Friedrich Birsch gefunden. Alle Entscheidungen, die er getroffen hatte, waren kaum der Rede wert. Es ging um Nachbarschaftsstreitereien, entlaufene Kälber und heimlich genutzte Weideflächen. Die Probleme der Bürger Reheims in den letzten Jahren waren alltäglich.

Klara wollte sich gerade an den nächsten Stapel machen, als ihr ein Dokument auffiel, das mit Wachs versiegelt war. Alle anderen Papiere waren unverschlossen, also nahm sie das Schriftstück in die Hand und zog ihr kleines Pilzmesser aus dem Beutel. Vorsichtig schnitt sie das Siegel auf, sodass es den Eindruck machte, als hätte es sich über die Jahre gelöst. Aufgeregt entrollte sie das Dokument und las den Text. Der Anfang war recht formell gehalten. Die Überschrift lautete: ›Anhörung zum Fall der Familie Lewenstein. In Persona Volmar, Mechthild und Balduin Lewenstein.‹

Klara hob den Kopf und dachte nach. Der Name sagte ihr etwas. Als sie klein war, hatte sie einen etwas älteren Spielkameraden namens Balduin gehabt. An seinen Nachnamen konnte sie sich nicht erinnern, aber vielleicht war es der Balduin Lewenstein gewesen, der in diesem Dokument erwähnt wurde.

Es folgte eine kleinere Überschrift. ›Erster Tag: Agnes Barand zum Fall Lewenstein‹, las Klara weiter. Dann folgten einige Details zum Ort der Anhörung und zum Zeitpunkt. ›Schriftführer: Friedrich Birsch‹, konnte sie noch erkennen. Dann war die Tinte verwischt. Klara hielt das Dokument gegen das Licht, konnte aber kaum etwas erkennen. Die Tinte war hoffnungslos verschmiert. Jemand musste absichtlich mit einem feuchten Tuch über das Dokument gewischt haben. Dies war kein Zufall.

Klara blickte nochmals auf das Datum. Das Dokument war dreizehn Jahre alt. Was war in dieser Zeit passiert? Warum hatte jemand die Notizen aus dieser Zeit unkenntlich gemacht? Warum war das Dokument versiegelt gewesen? Was hatten Agnes und Friedrich mit der Familie Lewenstein zu tun? Sie versuchte, sich an Balduin zu erinnern, doch sie konnte mit dem Namen kein Gesicht in Verbindung bringen. Sie erinnerte sich vage daran, dass Balduin eines Tages mit seiner Familie weitergezogen war. Er hatte sich nicht verabschiedet, sondern war einfach nicht mehr gekommen. Waren sie wirklich in ein anderes Dorf gegangen, oder war etwas anderes passiert, das bis heute ein Geheimnis bleiben sollte?

Klara hatte noch lange nach Dokumenten gesucht, die den Namen Lewenstein enthielten, doch keine weiteren Hinweise auf diese Anhörung gefunden. Wer immer das Geheimnis wahren wollte, hatte gute Arbeit geleistet. Alle namentlich erwähnten Beteiligten waren tot oder verschwunden. Müde stand sie auf und packte ihre Sachen zusammen. Sie konnte sich nicht mehr konzentrieren, also entschloss sie sich, nach Hause zu gehen und wenigstens ein paar Stunden zu schlafen. Morgen Nacht würde sie weitersuchen.

Der Morgen war angebrochen, als Thomas erwachte. Er konnte sich kaum noch an die letzte Nacht erinnern. Doch die Müdigkeit in seinen Knochen und sein schweißnasses Gewand zeigten ihm, dass ihm seine nächtliche Ruhe wieder von Albträumen verwehrt worden war. Der junge Inquisitor erhob sich aus dem Bett und wusch sich das Gesicht mit Wasser aus einer kleinen Schüssel. Das Licht des kommenden Tages beruhigte ihn ein wenig. Er zog sein Nachthemd aus und kleidete sich für den Tag an.

Klara und Markus hatten sich in der Kirche in eine der letzten Reihen gesetzt. Klara konnte kaum die Augen offen halten, versuchte aber, sich nichts anmerken zu lassen. Ihre Gedanken kreisten noch immer um die Anhörung mit der Familie Lewenstein.

Die Bänke der Kirche waren voll besetzt. Viele Besucher mussten stehen. Kein Bürger würde es wagen, in Zeiten wie diesen der Kirche fernzubleiben. Vater Liborius hatte neben dem blinden Baselius Platz genommen und verfolgte die Predigt des jungen Inquisitors.

»Ketzerei ist ein abscheuliches Verbrechen«, rief Thomas. »Sie ist nicht nur eine Beleidigung Gottes und unseres Glaubens, sie ist ein dunkler Samen, der zwischen den grünen Halmen des Herrn zu wuchern beginnt. Je mehr man sie wachsen lässt, umso mehr drängt sie die anderen zur Seite. Sie beginnt zu sprießen, bis sie sich vermehrt und alles in Besitz nimmt.«

Der junge Mann schlug mit der Hand auf den Altar.

»Wo immer sich Ketzerei zeigt, muss sie bis zum Stiel ausgerottet werden. Es darf keine Gnade geben. Wenn nur der kleinste Trieb überlebt, wird sie wieder zu sprießen beginnen.«

Thomas machte eine kurze Pause und beruhigte seine Stimme. »Vor zwei dieser dunklen Halme blieben wir verschont«, sagte er nicht ohne Stolz. »Hätte uns der Herr aber nicht gesandt, so hättet ihr Agnes Barand und Friedrich Birsch weiter in eurer Mitte gehabt, wo sie euch mit ihren Irrlehren weiter verdorben hätten, bis diese Gemeinschaft unrettbar verloren gewesen wäre. Danken wir Gott, dass euch dieses Schicksal erspart geblieben ist. Trotzdem dürft ihr niemals müde werden, weiter nach Feinden der Kirche Ausschau zu halten, auf dass wir sie früh erkennen und aus eurer Mitte tilgen können.«

Thomas bekreuzigte sich, schloss die Augen und blieb für einen Moment still. »Lasset uns beten«, sagte er mit ruhiger Stimme und begann das Vaterunser.

Klara schüttelte unmerklich den Kopf. Dass Agnes den Gottesdienst kaum besucht hatte, war selbst über die Grenzen dieses Dorfes hinaus bekannt gewesen. Auch wenn sie sich niemals geringschätzig oder ketzerisch über die Kirche geäußert hatte, war sie nicht überrascht gewesen, dass man abfällig über sie sprach. Aber Friedrich hatte sich immer für den Erhalt der Kirche eingesetzt. Er war ein vorbildlicher Christ gewesen, der diese Gemeinde mit aller Kraft unterstützt hatte. Es war nicht recht, dass man ihn so verleumdete. Es brauchte offensichtlich nicht viel, um von einem geschätzten Mann zu einem verabscheuten Ketzer herabgewürdigt zu werden.

Klara blickte zu dem ins Gebet versunkenen Mann. Der Inquisitor hatte ein so zartes Gesicht und feine Glieder. Seine Augen wirkten müde, und doch strahlte er mit jedem Wort und jeder Geste einen Hass aus, der sie abstieß. Was hatte dieser junge Mann nur erlebt, um zu einem solchen Menschen zu werden?

Vater Liborius saß auf der Bank und versuchte, seinen Zorn zu verbergen. Von seinem ersten Tag in Reheim an hatte er von Nächstenliebe und Vergebung gesprochen. Er hatte nie geschrien und nie schlecht von einem Gemeindemitglied geredet. Die Menschen waren gerne in seinen Gottesdienst gekommen und hatten seinen Worten gelauscht.

Als ihn der junge Inquisitor gebeten hatte, die Predigt halten zu dürfen, hatte er nur widerwillig zugestimmt. Er hatte keine Wahl gehabt und schon geahnt, dass der junge Mann seinem kaum zu bändigenden Zorn freien Lauf lassen würde. Genauso war es gekommen. Liborius hatte das Gefühl, als hätte man seine Kirche beschmutzt. Bei jedem Wort hatte seine Seele in Pein aufgeschrien. Er hatte seine Finger in die Handflächen gebohrt und gehofft, dass diese Tirade des Hasses bald vorbei sein würde. Er wollte seine Pläne aber nicht von den Worten eines jungen Hitzkopfes zunichtemachen lassen, also war er still geblieben und hatte gelächelt. In Momenten wie diesen fühlte er sich wieder schwach und hilflos, aber er würde seine Rolle spielen, bis er herausgefunden hatte, wer die Inquisitoren nach Reheim gerufen hatte.

Mitternacht war vergangen, als Klara frustriert einen Stapel Papiere auf den Boden warf. Sie hatte alles in diesem Raum durchgelesen, aber nichts mehr zur Familie Lewenstein gefunden, weder wo sie gewohnt hatten noch wann Balduin geboren wurde noch was sie in Reheim gearbeitet hatten. In den letzten beiden Nächten hatte sie mehr über die Bewohner dieses Dorfes und ihres Stadtrats erfahren, als ihr lieb war, aber nichts davon hatte mehr Licht in die Anhörung vor dreizehn Jahren gebracht.

Klara setzte sich auf den Boden und schloss die Augen. Die Müdigkeit ließ sie kaum klar denken. Was konnte sie noch unternehmen? Sie wäre so gerne durch das Dorf gelaufen und hätte die Ältesten zu dieser Anhörung befragt. Sicher wusste auch Stadtrat Peeren etwas dazu, aber unter den Augen der Inquisition würde selbst die kleinste Frage unnötige Aufmerksamkeit erregen.

Sie spürte, wie ihr Körper nach Schlaf verlangte. Die kurzen Nächte der letzten Zeit verlangten ihren Tribut. Müde lehnte sie ihren Kopf an einen Stapel Papiere. Sie wollte sich nur einen Moment ausruhen.

Die ersten Strahlen der Sonne weckten sie. Klara hatte die ganze Nacht im Rathaus verbracht. Schnell stand sie auf, versicherte sich kurz, dass sie alles so hinterließ, wie sie es vorgefunden hatte, und rannte nach Hause. Dort zog sie sich sofort um und legte sich ins Bett. Nur kurz darauf kam ihr Onkel, um sie zu wecken.

Müde ging Klara die Treppe hinunter und durchquerte die Küche. Sie wollte sich erst draußen waschen, bevor sie frühstückte. Aber als sie die Tür öffnete, blickte sie direkt in die blinden Augen des Priors Baselius. Neben ihm stand ein Soldat, der schon die Hand zum Anklopfen erhoben hatte. Sie schrak zurück und stolperte rückwärts. Markus stellte sein Kochgeschirr zur Seite und lief zur Tür.

»Verzeiht, Eminenz«, sagte er und verneigte sich tief. »Wir haben Euch nicht kommen hören. Darf ich bitten, einzutreten und Platz zu nehmen.«

Baselius nickte nur kurz und ließ sich von dem Soldaten hineinführen. Während Baselius sich hinsetzte, füllte Markus einen Becher mit Wasser und stellte ihn vor den Priester. Klara hatte sich in die hintere Ecke des Raums verkrochen und beobachtete den Inquisitor ängstlich.

»Ihr habt ein nervöses Kind«, sagte Baselius und griff nach dem Becher mit Wasser, als wäre er nicht erblindet.

»Sie ist noch jung«, antwortete Markus und lachte nervös. »Viel Unsinn im Kopf, aber erschreckt sich schon vor der kleinsten Spinne.«

Baselius trank einen Schluck Wasser, bevor er fortfuhr.

»Man hat mir berichtet, dass sie sich oft mit der Ketzerin Agnes Barand getroffen haben soll.«

Markus zuckte kurz mit den Mundwinkeln, nahm aber sofort seine lächelnde, unterwürfige Haltung wieder ein. »Sie hat ein gutes Herz, meine Klara. Agnes war früher unsere Dorfheilerin, aber ihre Beine machten ihr zu schaffen, und so ging sie manchmal zu ihr, um ihr etwas zu essen zu bringen.«

»So, so«, sagte Baselius missbilligend und nahm einen weiteren Schluck Wasser. Klara hatte ihre Fassung wiedergefunden und verfolgte das Gespräch zwischen ihrem Onkel und dem Inquisitor aufmerksam. Sie hatte Markus noch nie so nervös und untertänig gesehen. Sie war zornig darüber, dass ihr Onkel sie wie ein kleines Kind darstellte, aber irgendetwas in ihr warnte sie, nichts zu sagen und still auf ihrem Platz sitzen zu bleiben.

»Darf ich Euch etwas Obst anbieten?«, versuchte Markus, das Gespräch in eine andere Richtung zu lenken.

Baselius winkte ab und sprach weiter: »Seit wann seid Ihr Vormund dieses Kinds?«

»Ihre Eltern starben, als sie sechs Jahre alt war.«

»Habt Ihr schon immer hier gewohnt?«

»Nein«, antwortete Markus. »Ich war Mitglied der Garde von Inquisitor Gregor, wurde aber bei einem Kampf verletzt.«

Baselius nickte anerkennend. Der Name des Inquisitors schien ihm bekannt zu sein.

»Ich habe dann noch einige Zeit als Stadtgardist gearbeitet, bis mir die ständigen Patrouillen zu schwer wurden. Dann habe ich mich um diesen Bauernhof gekümmert, der früher einmal meiner Schwester und ihrem Mann gehörte.«

Baselius schwieg einen Moment. Seine Augen blickten zu Klara hinüber, als wüsste er genau, dass sie sich dort hinten versteckte und ihnen zuhörte.

»Man sagt, dass Eure Nichte von einer unbändigen Neugier befallen ist und Umgang mit Peter Birsch gepflegt hat«, sprach Baselius weiter, ohne seine Augen von Klara zu lassen. »Zum Wohle Eures Mündels empfehle ich, dass Ihr diese Wissbegier zügelt und den Kontakt mit den Birschs unterbindet. Reheim ist momentan nicht der Ort für eine neugierige Heranwachsende.«

Markus verneigte sich. »Ich werde mich um sie kümmern.«

Baselius stand auf und ließ sich ohne ein Wort des Abschieds von dem Soldaten hinausführen. Markus machte vorsichtig die Tür hinter ihnen zu und blickte ihnen nach, bis sie nicht mehr zu sehen waren. Dann atmete er erleichtert aus und versuchte, seine zitternden Hände unter Kontrolle zu bringen.

Es war Mittag, als Thomas auf die Straße vor dem Wirtshaus trat. Auf dem Marktplatz waren Stände aufgebaut.

»Kann ich Euch helfen?«, fragte ihn eine der Wachen.

»Ich habe mir fast die ganze Nacht abenteuerliche Berichte der Bewohner von Ketzern und Teufelsjüngern anhören müssen«, antwortete Thomas. »Es war recht anstrengend, wahre Verdächtigungen von bloßen Hirngespinsten zu unterscheiden, daher fällt es mir heute ein wenig schwer, die Augen offen zu halten.«

»Die Bürger scheinen euch dafür aber sehr dankbar zu sein«, bemerkte die Wache. »Bisher sind schon drei Körbe mit Obst abgegeben worden, und auch der Wirt behandelt uns freundlicher als zuvor.«

Thomas nickte. »Endlich verstehen auch die Bürger von Reheim, warum wir hier sind, und erweisen uns die Aufmerksamkeit, die wir verdienen.«

»Haben die Berichte etwas Neues erbracht?«

Thomas blickte der Wache in die Augen. »In der Tat«, sagte er und lächelte. »Wir haben einen neuen Fall von Ketzerei. Folgt mir.«

Dann ging er los, während die Wache die Soldaten zusammenrief.

»Du hast viel von deiner Mutter«, sagte Markus. Sie standen beide noch unter dem Schock, den der unerwartete Besuch des Inquisitors Baselius ihnen versetzt hatte. Klara lächelte bei den Worten ihres Onkels. »Sie war ebenso wissbegierig wie du. Aber du hast auch ihre Sturheit und ihre unverbesserliche Art, sich in Schwierigkeiten zu bringen, geerbt.«

Markus blickte Klara tief in die Augen. »Ich weiß, dass ich deine Spaziergänge und nächtlichen Besuche bei Peter nicht verhindern kann. Selbst wenn ich dich fesseln und im Schuppen einsperren würde, würdest du einen Weg finden zu entkommen. Aber ich sage dir noch einmal, halte dich von der Inquisition fern. Meide den Marktplatz, und rede mit niemandem. Wer gestern noch dein Freund war, wird dich heute verraten, nur um seinen eigenen Kopf aus der Schlinge zu ziehen.« Markus packte Klara bei den Schultern. »Du siehst jünger aus, als du tatsächlich bist. Lass die Leute weiterhin glauben, dass du ein junges, unreifes Ding bist, denn in dieser Unschuld liegt dein größter Schutz. Verbirg deine Klugheit, und fordere niemanden heraus.«

Klara nickte nur leicht, und Markus genügte dies als Bestätigung. Aber die Angst über den Besuch des Inquisitors war ihm noch immer anzumerken.

6
Edmund

Als Thomas den Marktplatz verließ, schlossen sich ihm einige Bürger an. Anfänglich hielten sie noch größeren Abstand, aber als sie bemerkten, dass der Inquisitor nichts gegen ihre Begleitung einzuwenden hatte, kamen sie näher. Jetzt liefen sie nur zwei Schritte hinter ihm.

Thomas verlangsamte seinen Schritt, damit die Schaulustigen ihm ohne Mühe folgen konnten. Er drehte sich kein einziges Mal um, lauschte aber den immer zahlreicher werdenden Schritten hinter ihm. Kaum einer sprach ein Wort. Es herrschte eine gespannte Stille.

Sie gingen durch die Gassen und strebten auf ein Haus zu, das am Rande des Dorfes stand. Die Mauern waren verdreckt und die Fensterläden hingen schief in den Angeln. Früher einmal war es ein schönes, kleines Haus gewesen, aber die Zeit hatte auch hier ihren Tribut gefordert. Um das Haus stapelte sich allerlei Unrat. Daneben stand ein kleiner Schuppen, dessen Tür schon Schimmel angesetzt hatte.

Thomas hob seine Hand, und die Gruppe hinter ihm kam zum Stehen. Er blickte sich kurz um und sah in die Augen von grimmigen Männern und Frauen. Viele von ihnen hatte er schon bei ihm oder Pater Baselius gesehen. Sie waren gekommen, um ihnen von den Missetaten ihrer Nachbarn, ihrer Freunde oder ihrer Rivalen zu erzählen.

Thomas stellte sich vor das Haus. »Edmund Fragner«, rief er mit lauter Stimme. »Ich befehle, dass Ihr herauskommt und Euch der heiligen Inquisition stellt.«

Die Gruppe hinter Thomas wurde unruhig. Ihre Ungeduld war fast körperlich spürbar. Für einen Moment geschah nichts, dann öffnete sich knarrend die Tür, und ein älterer Mann trat heraus. Er stützte sich auf einen knorrigen Stock. Sein Rücken war schief und ließ ihn nach vorne gebeugt laufen. Man sah ihm an, dass ihm jeder Schritt Mühe machte. Er blieb vor Thomas stehen und blickte den Inquisitor mit zusammengekniffenen Augen an.

Wahrscheinlich kann er nicht einmal mein Gesicht erkennen, dachte Thomas und schüttelte verächtlich den Kopf.

»Was kann ich für Euch tun?«, fragte der Mann mit leiser Stimme. Thomas hätte beinahe aufgelacht. Anscheinend wusste der Alte nicht, in welcher Lage er sich befand.

»Ihr seid der Ketzerei beschuldigt«, sagte Thomas laut.

»Der Ketzerei?«, wiederholte Edmund mit ruhiger Stimme. »Wie seid Ihr denn auf diesen irrigen Gedanken gekommen?«

Thomas gab dem Soldaten ein Zeichen. Mit einer schnellen Bewegung schlug er dem Mann den Schaft seines Speers in den Magen. Edmund brach mit einem keuchenden Geräusch auf dem Boden zusammen. Er ließ seinen Stock fallen und hielt sich den Bauch. Während er sich unter Schmerzen krümmte, brachen die Menschen hinter Thomas in Jubel aus.

Der Inquisitor schüttelte den Kopf. »Es ist zu spät, Ketzer«, sagte er abfällig. »Ihr könnt uns mit Eurer Fassade der Schwäche nicht täuschen. Wir wissen, dass Ihr Euch dem Teufel versprochen habt. Gesteht Eure Sünden, und wir gewähren Euch einen gnädigen Tod.«

»Überlasst ihn uns«, rief ein Mann. »Wir prügeln ihm die Ketzerei schon aus.« Zustimmendes Gelächter folgte diesem Ruf. Thomas hob beschwichtigend die Hand. »Überzeugen wir uns erst seiner Untaten, bevor wir über ihn urteilen.« Der junge Inquisitor hätte beinahe gelächelt. Er klang schon fast wie Prior Baselius, aber er war froh, dass sein Mentor nicht anwesend war und ihn mit seinen Bedenken stören konnte. Dann wandte er sich zu dem Soldaten. »Öffnet die Tür des Schuppens.«

Der Soldat ließ von dem alten Mann ab und trat die Tür des Schuppens ein. Diese flog mit einem lauten Krachen aus den Angeln. Dann ging der Soldat hinein. Für einen Moment schwiegen die Anwesenden gespannt. Kurz darauf kam er zurück und hielt ein Huhn ohne Kopf in der Hand.

»Die Wände des Schuppens sind voller ketzerischer Symbole«, rief er laut.

Die Menge schrie ihre Wut über diesen Fund hinaus. Thomas lächelte zufrieden. Ein Stein traf den am Boden liegenden Edmund am Arm. Er schrie in Schmerzen auf.

»Verbrennt ihn!«, rief ein Bauer. »Wir wollen keine Satansjünger in Reheim.«

»Werft ihn in seinen Schuppen, und fackelt das ganze Haus ab!«

Thomas kannte solche Situationen. Er musste sofort eingreifen, sonst würden ihn die Bürger auf der Stelle totschlagen. Das würde Edmund Fragners Tod zwar nur um ein paar Stunden, höchstens einen Tag hinauszögern, aber es war ihm wichtig, dass Pater Baselius und er die Einzigen blieben, die über die Todeszeit eines Ketzers bestimmten. Er stellte sich deshalb vor den Alten und hob beschwichtigend die Hände. »Der Beschuldigte muss erst ausgiebig von uns befragt werden. Vielleicht enthüllt er uns weitere Ketzer, die mit ihm den Teufel angebetet haben. Ich verspreche Euch, dass Edmund Fragner seiner gerechten Strafe nicht entgehen wird.«

Die Menge jubelte. Thomas gab dem Soldaten ein Zeichen. Dieser hob den alten Mann auf und führte ihn zum Gefängnis. Der Inquisitor und die anderen Bürger folgten nur einen Schritt dahinter.

Die Nachricht von der Verhaftung Edmund Fragners hatte sich schnell zu Klara und Markus herumgesprochen. Die junge Frau half ihrem Onkel gerade bei der Reparatur des Hühnerstalls, als sie es erfuhren. Sie kannte den alten Mann nur flüchtig. Er war fast blind und konnte nur noch gebückt laufen. Man sah ihn nicht oft im Dorf, da er wegen seiner Schmerzen im Rücken den größten Teil des Tages in seinem Bett verbrachte. Ein paar Nachbarjungen kauften für ihn ein. Klara konnte sich nicht vorstellen, dass dieser hilflose, alte Mann im Bund mit dem Teufel stecken sollte. Was war der wirkliche Grund für die Verhaftung? War auch er bei dieser Anhörung gewesen, oder verfolgte sie eine falsche Spur?

Klara versuchte, sich an die unzähligen Papiere zu erinnern, die sie in den letzten beiden Nächten gelesen hatte. Sie hatte sich überwiegend auf Agnes und Friedrich konzentriert, später dann auch auf die Lewensteins, doch irgendwo war sie dem Namen Edmund Fragners begegnet. Diese Ahnung ließ ihr keine Ruhe. Sie musste noch einmal zurück ins Rathaus.

Ihr Onkel schlug den letzten Nagel in den Stall und räumte sein Werkzeug zusammen.

»Onkel«, sagte sie lächelnd. »Darf ich ins Dorf? Ich würde gerne beim Kohlbauern noch etwas Gemüse für unser Mittagessen morgen kaufen. Ich habe gehört, dass sie schon geerntet haben.«

Markus lächelte. Klara wusste, dass er weißen Kohl liebte.

»Bleib aber nicht so lange«, sagte er mahnend. »Und halte dich vom Marktplatz fern.«

»Ich bin so schnell es geht zurück«, antwortete sie und ging ins Haus. Dort nahm sie sich ihren Korb und lief nach Reheim. Sie musste wieder zu den Papieren, auch wenn es noch Tag war.

Edmund lehnte sich zitternd an die Wand der Zelle und versuchte, seinen Schmerz zu vergessen. Er spürte noch immer den Schlag des Soldaten und schmeckte Blut in seinem Mund. Sein ganzer Körper war nass, weil ihm die Wächter verächtlich einen Eimer mit Wasser übergeschüttet hatten, als sie ihn in dieses stinkende Loch geworfen hatten. Auf dem Weg zu seiner Zelle war es ihm gelungen, einen kurzen Blick auf einen anderen Gefangenen zu werfen. Seine Augen waren schlecht, aber er vermutete, dass dies der junge Birsch gewesen sein musste, den man schon seit Tagen hier festhielt. Für einen Moment spürte er eine eigenartige Verbundenheit zu seinem Mitgefangenen. Dann steckte man ihn in eine gemauerte Zelle, die nur ein kleines Fenster zur Außenwelt hatte. Die Tür war aus metallverstärktem Holz. Er würde mit Peter kein Wort wechseln können.

Nachdem sie Edmund in seine Zelle geführt hatten, war er für einen Moment sogar froh gewesen, den wütenden Menschen entkommen zu sein. Den ganzen Weg hatte man ihn beschimpft, bespuckt und sein Leben bedroht. Er hatte keine Ahnung, was man ihm vorwarf. Heute Morgen noch hatte er mit warmer Milch und Eiern gefrühstückt und einen sehr kurzen Spaziergang gemacht. Jetzt lag er in einer kalten Zelle und fror erbärmlich. Dies alles war wie ein böser Traum. Sein Körper hatte ihn schon lange im Stich gelassen, aber sein Verstand war wach. Er wusste, was es bedeutete, der Ketzerei angeklagt zu sein. Er hatte gesehen, was man mit Agnes und Friedrich gemacht hatte.

Edmund hustete, und sein Körper verkrampfte sich. Die Schmerzen in seinem Bauch wurden stärker. Blut mischte sich mit seinem Speichel, als er ausspuckte. Edmund wurde schwindelig, deshalb legte er sich auf den Boden und versuchte, ruhig zu atmen, aber der Schmerz in seinem Bauch war zu stark. Er wimmerte leise, kroch in eine Ecke und rollte sich eng zusammen.

Es waren viele Bürger auf den Straßen unterwegs. Die meisten von ihnen trafen sich auf dem Marktplatz und warteten auf Neuigkeiten über Edmund Fragner. Kaum einer achtete auf Klara, wie sie die Straße zum Rathaus entlangging. Vor dem kleinen Gebäude angekommen, sah sie sich kurz um, dann lief sie wie zufällig um das Haus herum. Sie stieß das kleine Fenster auf und kletterte hinein. Sofort schloss sie es wieder und trat einen Schritt zur Seite. Dann wartete sie einen Moment. Niemand näherte sich, und sie hörte auch keine Rufe.

Leise ging sie zu den Papieren. Sie war sich sicher, den Namen Edmund Fragner gelesen zu haben. Schriftstück für Schriftstück blätterte sie durch, bis sich ein kleiner Stapel gebildet hatte, in dem sein Name vorkam. Schnell warf sie die Schriftstücke in den Korb und legte eine Decke darüber. Dann sah sie wieder aus dem Fenster. Als sie niemanden auf der Rückseite des Rathauses sah, sprang sie hinaus und schloss das Fenster hinter sich. Sie ging wieder auf die Straße zurück und machte sich auf, den versprochenen Kohl zu kaufen. Ihr Onkel durfte keinen Verdacht schöpfen.

»Ich wundere mich über Euren Eifer bei den Fällen hier in Reheim«, sagte Baselius. »Ihr wart mir immer ein guter Gehilfe, aber noch nie habt Ihr von Euch aus einen der Ketzerei Verdächtigten gestellt. Nun habt Ihr das schon zum zweiten Mal getan.«

»Verzeiht, Prior, dass ich Euch übergangen habe«, antwortete Thomas unterwürfig, »aber die Anschuldigungen waren zu schwerwiegend, als dass wir dieses Verhalten länger hätten dulden können.«

»Wer hat die Vorwürfe gegen den Mann erhoben?«

»Gestern Abend war ich noch spät auf und hatte das Bedürfnis, Gott näher zu sein. Also bin ich zur Kirche gegangen. Auf dem Weg dorthin hat mich ein Mann angesprochen.«

»Wie war der Name des Mannes?«

»Er wollte ihn mir nicht nennen ...«

»Könnt Ihr ihn wiedererkennen, wenn Ihr ihn seht?«, unterbrach Baselius den jungen Priester.

»Er hatte eine Mütze ins Gesicht gezogen, und es war dunkel«, versuchte Thomas zu erklären.

»Und dieser Mann hat Euch gesagt, dass Edmund Fragner ein Ketzer ist?«

»Nicht direkt. Er hat mich nur auf die Symbole in der Scheune hingewiesen.«

»Wäre es nicht besser gewesen, sich in aller Stille davon zu überzeugen, ob diese Anschuldigungen richtig sind, ohne eine Schar von Bürgern mitzunehmen, die ihn beinahe umgebracht hätte, noch bevor er überhaupt angehört worden ist?«, fuhr Baselius zornig auf.

»Ich gebe zu, dass ich vielleicht überstürzt gehandelt habe«, sagte Thomas reumütig, »und bitte um Verzeihung.«

Baselius schüttelte den Kopf. Er freute sich, dass Thomas

seinen Fehler einsah, trotzdem konnte er dieses Verhalten nicht dulden. Der junge Mann nahm seine Berufung ernst, aber er war zu leidenschaftlich. Er musste sich besser unter Kontrolle haben.

Baselius atmete aus und versuchte, sich ein wenig zu beruhigen. Möglicherweise war es an der Zeit, in Thomas nicht mehr den kleinen Jungen zu sehen, der zitternd und fast verhungert in ihrem Klostergarten gelegen hatte. Lange hatte Baselius nach einem gut ausgebildeten Nachfolger gesucht, der seine Arbeit fortführen würde. Thomas hatte alle Anlagen, die man dazu brauchte, und vielleicht musste er dem jungen Mann mehr zutrauen. Solange er ihm als Mentor zugeteilt war, konnte er immer noch eingreifen.

»Wenn Ihr Euch dazu in der Lage fühlt«, sagte er, »dann dürft Ihr morgen früh die Befragung an Edmund Fragner durchführen.«

Baselius hörte, wie der junge Mann vor Überraschung den Atem anhielt.

»Habt Dank, Prior«, erwiderte Thomas überrascht. »Ich werde Euer Vertrauen nicht enttäuschen.«

»Ich weiß«, sagte er und lächelte. Dann hob er die Hand und signalisierte dem jungen Mann, dass die Besprechung beendet war. Er hörte, wie Thomas von seinem Stuhl aufstand. Einen Augenblick später wurde die Tür geöffnet und wieder geschlossen.

Baselius blieb noch sitzen und lauschte den Schritten des jungen Mannes, die sich rasch entfernten. Thomas war immer ein ruhiger und stiller Student gewesen, der ihm stets Aufmerksamkeit gezollt, aber nie von sich aus gehandelt hatte. Seit sie in Reheim angekommen waren, wirkte er wie verwandelt. Baselius wusste nicht, was zu dieser Wandlung geführt hatte, aber er würde morgen bei der Befragung sorgfältig darauf achten, wie Thomas seine neue Macht einsetzte.

Das Essen für den Abend war schnell vorbereitet. Bis ihr Onkel zurückkam, hatte Klara noch genug Zeit, um die Papiere durchzugehen. Sie setzte sich auf ihr Bett und begann zu lesen. Wort um Wort versuchte sie, das Gelesene in sich aufzunehmen und sich ein Bild von Edmund Fragner zu machen. Es war fast 40 Jahre her, dass Edmund Stadtrat von Reheim geworden war. Er hatte seinen Vater beerbt. Klara blätterte durch einige Beschlüsse, die den Namen Edmund Fragners trugen, fand aber nichts, das ihr Misstrauen erregte. Dann stieß sie das erste Mal auf ein Dokument, das sowohl Friedrich Birsch als auch Edmund Fragner unterschrieben hatten.

Klara legte die Papiere kurz zur Seite. Offensichtlich waren die beiden Männer eine Zeit lang gleichzeitig im Stadtrat gewesen. Vielleicht hatte Edmund Fragner ebenfalls an der Anhörung im Fall Lewenstein teilgenommen, auch wenn sein Name in den Unterlagen nicht zu finden war. Klara rieb sich nachdenklich über ihre Lippen. Sie musste mehr über die Arbeit der Stadträte herausfinden, ohne Verdacht zu erregen. Doch heute Nacht hatte sie etwas anderes zu erledigen.

Edmund wusste, dass sein Leben nicht mehr lange währen würde. Die Schmerzen in seinem Bauch waren fast unerträglich, und jeder Hustenkrampf brachte einen kleinen Schwall von Blut mit sich. Sein Körper zitterte unkontrolliert, und seine Stirn war heiß. Für einen Moment gab er sich der Wut und der Trauer hin. Er hätte sich gewünscht, auf eine andere Art zu sterben, an einem schöneren Ort, von Menschen umgeben, die ihn vermissen würden.

Ein erneuter Hustenanfall schüttelte ihn. Er richtete sich auf und ging auf die Knie. Die Haltung verursachte ihm große Schmerzen, aber Edmund wollte sein letztes Gebet nicht im Dreck liegend sprechen. Er bekreuzigte sich und begann zu sprechen: »Gegrüßet seist Du, Maria, voll der Gnade. Der Herr ist mit Dir.«

Jedes Wort machte ihm Mühe. Seine Zähne klapperten, und seine Hände zitterten. »Du bist gebenedeit unter den Frauen, und gebenedeit ist die Frucht Deines Leibes, Jesus. Heilige Maria, Muttergottes, bitte für uns Sünder, jetzt und in der Stunde unseres Todes.«

Ein weiterer Krampf trieb ihm die Tränen in die Augen. Edmund behielt seine kniende Position aber bei und ließ die Hände gefaltet. »Amen«, presste er zwischen den Zähnen hervor. Dann sank er in den Schmutz seines Gefängnisses. Die verschlossene Zellentür war das Letzte, was er in seinem Leben sehen sollte.

Klara gähnte ausgiebig und streckte sich. Sie war eine Stunde vor Sonnenaufgang losgelaufen, damit niemand sie beobachtete, wie sie zum Haus eines angeklagten Ketzers schlich. Zuerst war sie zum Rathaus gegangen und hatte die gestern mitgenommenen Unterlagen zurückgebracht. Dann war sie zum Haus von Edmund Fragner gelaufen und hatte sich dahinter versteckt. Hätte man sie nachts mit einer Lampe in der Hand in seinem Schuppen gefunden, so hätte sie keine noch so gute Ausrede vor dem Gefängnis bewahren können. Daher wartete sie, bis der Morgen ihr genug Licht spendete.

Es dauerte nicht lange, bis die ersten Strahlen der Sonne auf das Dorf fielen. Klara stand auf. Sie schlich vorsichtig um das Haus herum und blickte die schmale Gasse hinunter. Sie entdeckte niemanden, der schon so früh unterwegs war, und so ging sie zu dem kleinen Schuppen hinüber. Die Tür hing nur noch lose in den Angeln und schloss nicht mehr richtig, aber es genügte, dass niemand sie dort drin sehen konnte. Neben der Tür lag wieder ein totes Huhn. Klara hob es auf und verbarg sich hinter einem kleinen Schrank. Dort nahm sie das Tier genauer in Augenschein.

Es war ebenso hell wie das tote Huhn, das sie bei Friedrich Birsch gefunden hatte. Nach dem Gestank zu urteilen war es bereits vor einigen Tagen getötet worden. Auch hier war dem Tier einfach der Kopf abgerissen worden.

Klara betrachtete die ketzerischen Symbole an der Wand. Wieder erkannte sie die gehörnte Fratze eines Ungeheuers, das ein Pentagramm auf der Stirn trug. Zahlreiche umgedrehte Kreuze umgaben es wie einen Kreis.

Klara setzte sich vor die Zeichnungen und versuchte, sich die Scheune von Friedrich Birsch in Erinnerung zu rufen. Es war schwer, aus diesen mit Blut gemalten Symbolen so etwas wie eine Handschrift des Malers zu erkennen, aber Klara fand Ähnlichkeiten, die zu auffällig waren, als dass sie von zwei verschiedenen Personen stammen konnten. Ein paar der Kreuze waren recht hoch an die Scheune gemalt. Edmund Fragner war klein und konnte kaum seinen Oberkörper heben. Er hätte diese Symbole niemals ohne eine Leiter oder einen Tritt zeichnen können, aber Klara sah weder eine Leiter in dem kleinen Schuppen, noch fand sie Abdrücke von einem Stuhl auf dem Boden. Wer immer dies gezeichnet hatte, Edmund Fragner konnte es nicht gewesen sein.

Klara ging unruhig umher. Jemand anderes hatte die Ketzersymbole an die Wand gemalt. Aber warum? Klara sah sich noch einmal das Blut an den Wänden und das Huhn an. Der

Gestank dieses Huhns war stärker als der des Huhns bei Friedrich, also wurden sie vielleicht zur selben Zeit getötet. Hatte Friedrich das getan? Hatte er in der gleichen Nacht seinen Stall und diesen Schuppen mit Blut beschmiert?

Klara runzelte die Stirn. Sie hatte eine Idee, aber sie würde vorsichtig und spitzfindig vorgehen müssen. Vielleicht würde sie bald wissen, wer hinter den Ketzersymbolen steckte. Lächelnd ging sie aus der Scheune hinaus.

»Warum habt ihr in der Nacht nicht nach ihm gesehen?«, fragte Thomas mit zorniger Stimme.

»Es war Eure Anweisung, ihn nicht …«

»Ich kenne meine Anweisungen«, schrie Thomas dazwischen. Der Soldat blickte eingeschüchtert zu Boden.

Als Thomas die Zelle betrat, brandete erneut der Zorn in ihm auf. Die Leiche war ein erbärmlicher Anblick. Edmund Fragner lag zusammengekrümmt, als hätte er sich vor irgendetwas schützen wollen. Seine Augen waren weit aufgerissen und sein Mund grotesk geöffnet, als hätte er mit seinem letzten Atemzug noch etwas sagen wollen. Thomas trat mit aller Kraft in den toten Körper. Verflucht sollte er sein, sich seiner Strafe auf diese Art zu entziehen. Dann ging er hinaus.

»Verscharrt die Leiche«, sagte er zu dem Soldaten. Er machte sich auf den Weg ins Wirtshaus. Wenn er schon nicht geschlafen hatte, wollte er wenigstens ausgiebig frühstücken.

»Guten Morgen, Onkel«, sagte Klara, als Markus die Treppen herunterkam. Sie hatte begonnen, Speck zu braten, und schlug gerade Eier in eine Pfanne, als sie seine schweren Schritte hörte.

»Guten Morgen, Klara«, sagte Markus verschlafen und

streckte sich, bevor er sich an den Tisch setzte. »Was bringt dich in der letzten Zeit dazu, so früh aufzustehen?«

»Ich fühle mich ausgeschlafen«, antwortete Klara und versuchte, ein Gähnen zu unterdrücken, »und will nicht die ganze Zeit nutzlos liegen bleiben.«

Markus murmelte etwas vor sich hin. Sie schob die Eier und den Speck auf zwei Holzteller und ging zum Tisch. Eine Zeit lang frühstückten sie schweigend. Markus war nicht sehr redselig, wenn er müde war, und sie wollte heute kein Gespräch anfangen. Sie hatte Angst, dass er ihre Aufregung spüren würde. Am liebsten wäre sie sofort aufgestanden und nach Reheim gelaufen, aber sie musste warten, bis Markus auf der Weide war.

»Was hast du heute vor?«, fragte Markus, während Klara die Teller abräumte.

»Ich wollte in den Wald gehen und schauen, ob ich unseren Kräuter- und Beerenvorrat etwas auffrischen kann.«

Markus murmelte zustimmend. »Ich werde auf der Weide sein, falls du mich suchst. Pass auf dich auf.«

Dann gab er ihr einen flüchtigen Kuss auf die Stirn, bevor er aus dem Haus ging. Klara säuberte die Teller und sah ungeduldig aus dem Fenster. Als Markus verschwunden war, nahm sie einen Korb und machte sich auf den Weg nach Reheim.

Die Soldaten waren weit vor die Stadt gefahren. Sie hatten einen kleinen Wald hinter sich gelassen und den Wagen auf einer Wildwiese abgestellt. Dort warfen sie den Leichnam von Edmund Fragner achtlos von der Kutsche. Sie hoben ein kleines Loch aus, das kaum einen Schritt tief war. Mit ihren Schaufeln schlugen sie der Leiche den Kopf ab und rollten den Körper in das Loch. Den Kopf verscharrten sie ein Stück weiter neben dem Grab. Sie wollten sichergehen, dass sich der Tote nicht erheben und seine rastlose, verbannte Seele Vergeltung suchen würde. Als ihre Arbeit erledigt war, fuhren die Männer den Wagen zurück nach Reheim. Zurück blieb ein einsames Grab ohne Kreuz.

7
Auf der richtigen Fährte

Klara hatte noch etwas Gemüse gekauft, um ihren Korb zu füllen. Sie ging durch Reheim wie schon unzählige Male zuvor, doch war ihr erst heute die Veränderung bewusst geworden. Es war ruhig an diesem Morgen. Sie sah keine Kinder durch die Gassen laufen, die ihr mit ihrem Geschrei den letzten Nerv raubten. Keine Nachbarn standen vor den Häusern und plauderten über den neuesten Klatsch im Dorf. Wenn jemand an ihr vorbeiging, hielt er meist den Kopf gesenkt und mied den Augenkontakt.

Sie blieb stehen und sah sich um. Es war ein schöner Tag. Der Himmel war blau, und die Feuchtigkeit der Nacht trug den erdigen Geruch des Waldes mit sich. Früher waren immer alle Fensterläden geöffnet gewesen, nasse Kleidung hatte auf langen Leinen gehangen, und die Frauen hatten sich am Bach getroffen, um ihre Wäsche zu waschen. Heute war die Straße leer, selbst die streunenden Hunde schienen sich zurückgezogen zu haben. Die Fensterläden waren geschlossen, als hätten sich die Menschen in ihren Häusern verbarrikadiert. Es hatte den Anschein, als hielte das Dorf den Atem an und wartete auf den Nächsten, den man holen und auf den Scheiterhaufen bringen würde.

Klara fröstelte trotz der warmen Sonne. Sie beschleunigte ihren Schritt, bis sie das Haus von Bauer Heinrich erreicht hatte. Das einstöckige Gebäude war aus solidem Stein gebaut. Über den gepflasterten Hof gelangte man zu einer großen Scheune, in der Heinrich sein Heu lagerte und seine Hühner hielt. Klara ging mit strahlendem Gesicht über den Hof und fand den Bauern im Stall, wo er das Stroh auflockerte. Als der Bauer die junge Frau sah, hielt er mit seiner Arbeit inne und lehnte sich interessiert auf seine Heugabel.

»Guten Morgen, Bauer Heinrich«, sagte Klara freundlich. »Könntet Ihr mir ein paar Eurer Hühnereier verkaufen?«

»Seid Ihr nicht die junge Ulner?«, entgegnete der Bauer. »Ich dachte, Euer Onkel hat selbst einen kleinen Stall?«

»Das stimmt«, erwiderte Klara und wandte verlegen den Blick ab. »Ich möchte aber einen großen Kuchen backen, daher brauche ich ein paar Eier mehr.«

»Na dann«, sagte Heinrich gelangweilt und legte seine Heugabel zur Seite. Er ging zu einem kleinen Regal, in dem er die Eier aufbewahrte.

»Wie viel sollen es denn sein?«

»Acht genügen«, antwortete Klara lächelnd.

Während sich Heinrich mit dem Abzählen der Eier abmühte, betrachtete Klara die Hühner interessiert.

»Das sind wirklich schöne Tiere«, sagte sie begeistert. »Ich habe noch nie so ein schönes, helles Gefieder gesehen.«

Heinrich drehte sich um, und sein Blick verriet Stolz. »Niemand hat so strahlend weiße Hühner wie ich. Sie legen die besten Eier.«

»Wirklich sehr hübsch«, sagte Klara und versuchte, ihre Stimme mädchenhaft klingen zu lassen. Sie wollte ein Huhn streicheln, das aber gackernd davonlief. Sie kicherte verlegen und blickte sich unauffällig in dem Stall um.

»Ich habe gehört, dass ein Fuchs sein Unwesen treiben

soll. Er hat sich angeblich schon vier Hühner in Reheim geholt.«

»Diese verdammten Viecher«, antwortete Heinrich mürrisch. »Vor ein paar Tagen hat er auch zwei meiner besten Tiere geholt.«

»Die armen Hühner«, sagte Klara betroffen. »Sicher war es schlimm für Euch, ihre Federn und ihr Blut zu finden?«

»Nichts habe ich gefunden«, sagte Heinrich. »Abends hatte ich sie noch in ihren Käfig gebracht, und am nächsten Morgen waren sie weg.«

Klara machte ein mitfühlendes Gesicht. Sie unterließ es, zu erwähnen, dass ein Fuchs weder einen Käfig öffnen konnte noch zwei Hühner riss, ohne Spuren zu hinterlassen.

»Ach du meine Güte. Wann hat der Fuchs denn Eure Tiere geholt?«

»In der Nacht, nachdem die Inquisitoren gekommen waren«, antwortete Heinrich und bekreuzigte sich. Er schien noch etwas sagen zu wollen, besann sich aber und gab Klara die Eier. Sie reichte dem Bauern eine Münze und dankte ihm ausgiebig. Dann verließ sie den Hof.

Thomas stand vom Tisch auf, fasste Baselius am Arm und führte ihn die Treppe hinauf. Als sie die Nachricht vom Tod des Gefangenen erhalten hatten, war Thomas' Zorn spürbar gewesen. Baselius konnte seinen Eifer immer noch nicht verstehen. Sicherlich hatte sich sein Schützling über eine Möglichkeit gefreut, sein Können als Inquisitor unter Beweis zu stellen, aber die Verbitterung des jungen Mannes ging tiefer. In den letzten Tagen hatte er eine Wandlung vollzogen. Aus dem zurückhaltenden Helfer war ein eifriger Inquisitor geworden. Der vorzeitige Tod eines Angeklagten war tragisch, aber am Ende hatte man Gottes Herde wieder vor einem weiteren Ketzer bewahrt. Die Arbeit war getan. Doch Thomas nahm die Vorfälle in Reheim sehr ernst. Baselius wandte dem jungen Mann den Kopf zu.

»Wir jagen Ketzer, weil wir die Unschuldigen und Wehrlosen vor dem größer werdenden Einfluss des Bösen bewahren wollen«, begann Baselius.

»Natürlich«, stammelte Thomas etwas überrascht. Aus seiner unsicheren Antwort schloss Baselius, dass Thomas nicht genau wusste, was er mit dieser Bemerkung anfangen sollte.

»Wir handeln nicht aus einem Gefühl heraus, sondern aus der Verpflichtung, welche die heilige Kirche unserem Orden auferlegt hat. Wir sind Bewahrer des Glaubens und Beschützer der Unschuldigen.«

Baselius spürte, wie Thomas unruhig wurde.

»Wir kennen keine Rache, sind nicht unnötig grausam und erfreuen uns nicht am Leid anderer. Alles, was wir tun, dient der Wahrheitsfindung und nicht der persönlichen Befriedigung.«

»Das ist mir bewusst«, sagte Thomas.

»Gut«, sagte Baselius. Aber auch wenn er so dieses Gespräch beendete, er würde sein junges Mündel weiter im Auge behalten müssen. Er hatte das Gefühl, als würde er nicht ganz klug aus Thomas. Hatte dieser noch nicht alles verstanden – oder wollte er es nicht verstehen?

Klara ging eilig nach Hause. Wenn sie jemandem begegnete, grüßte sie freundlich und gab sich große Mühe, ihre Rolle als Mädchen zu spielen, das den Sprung ins Erwachsenenalter noch immer nicht ganz geschafft hatte. Aber innerlich rasten ihre Gedanken, und sie verabscheute sich für dieses Schauspiel.

Die Hühner waren beide am selben Tag gestohlen worden. Wäre Friedrich Birsch der Dieb gewesen, dann hätte er in der darauf folgenden Nacht seine eigene wie auch die Scheune von Edmund Fragner beschmieren müssen. Je länger sie darüber nachdachte, umso sicherer war sie, dass es eine dritte Person geben musste, die an diesen Taten beteiligt war. Die Ankunft der Inquisition war die perfekte Gelegenheit gewesen, um sich an beiden Männern zu rächen. Nach der Verbrennung von Agnes waren die Kirchenmänner ja eigentlich schon zur Abreise bereit gewesen, aber irgendjemand hatte ihnen einen Hinweis auf den blutverschmierten Stall von Friedrich Birsch gegeben und sie so zum Bleiben gezwungen. Der Plan war aufgegangen, aber was war der Grund für diese grausame Rache?

»Hallo Klara«, unterbrach die Stimme ihres Onkels ihre Grübeleien. Sie zuckte erschrocken zusammen, fasste sich aber schnell wieder.

»Warst du einkaufen?«, fragte Markus und stellte einen großen Holzpflock ab.

»Ich habe ein paar Eier gekauft, um einen Kuchen zu backen, nachdem ich im Wald war«, erklärte sie. Eigentlich hatte sie nicht vorgehabt, dies wirklich zu tun, aber jetzt schien ihr nichts anderes mehr übrig zu bleiben.

»Das ist schön«, sagte Markus lächelnd, hob seine Last wieder auf und trug den Pflock in die Scheune.

Klara ging ins Haus und stellte sich vor den Kamin. Sie holte eine große Schüssel, zerschlug die Eier und mischte sie mit Mehl. Dann fing sie an, den Teig zu rühren, und versuchte, sich den Missmut über diese Arbeit nicht anmerken zu lassen.

Die Nacht war hereingebrochen, doch Peter konnte nicht schlafen. Die Enge seiner Zelle und die Einsamkeit machten ihn fast wahnsinnig. Seine Angst vor dem Scheiterhaufen war durch die Verhaftung von Edmund Fragner wieder größer geworden. Er hatte gesehen, wie sie den alten Mann wie ein totes Stück Vieh hineingeschleift hatten. Peter kannte Edmund schon seit seiner Kindheit. Er hatte seinen Vater in den Stadtrat berufen. Er hatte sich seiner angenommen und war ihm immer ein guter Freund gewesen. Als sie den toten Körper des alten Mannes aus der Zelle herausgetragen hatten, war auch Peters letzte Hoffnung auf Freilassung versiegt. Er wusste, dass mit dem Angriff auf den Inquisitor sein Ende beschlossen war.

Aber es hat sich trotzdem gut angefühlt, dachte Peter grimmig. Er hatte das Bedürfnis, zu beten, aber waren es nicht Gottes Häscher, die ihn in diese Lage gebracht hatten? Sie hatten seinen Vater grausam getötet und ihn in dieses Loch geworfen. Es waren Männer Gottes, die Agnes gefoltert und Edmund in seiner Zelle hatten sterben lassen. Welche Gnade hatte er dann von Gott zu erwarten, wenn er einen Inquisitor angegriffen hatte?

Ein kleiner Stein fiel in seine Zelle und riss ihn aus seinen Gedanken.

Peter lief an das Zellenfenster und rief leise: »Klara?«

»Wer sonst würde einen Strolch wie dich noch besuchen?«, kam die Antwort prompt.

Peter musste lachen. Er hatte Klaras spitze Zunge vermisst.

»Streck deine Hand aus, Peter.«

Peter griff durch die Gitterstäbe und fühlte eine weiche Masse. Der Geruch von Walnüssen stieg in seine Nase. Sein Magen knurrte, und er zog die Hand zurück. Zufrieden biss er in den Kuchen, schloss die Augen und genoss jedes einzelne Stück.

»Nach deinem Schmatzen zu urteilen, scheint dir der Kuchen zu schmecken.«

»Ich wusste nicht, dass du so gut backen kannst.«

»Es gibt Dinge, die ich lieber mache«, gab Klara unumwunden zu, »aber ich musste einen Kuchen backen, um den Schein zu wahren.«

»Was hast du getan?«, fragte Peter ernst und hörte für einen Moment zu kauen auf.

»Nichts, worüber du dir Sorgen machen solltest.«

»Klara«, sagte Peter. »Ich habe gesehen, wie sie Edmund Fragner behandelt haben, als sie ihn durch den Gang schleiften. Ich könnte es nicht ertragen, wenn sie das Gleiche mit dir machen würden.«

»Es ist schön, dass du dir Sorgen machst, aber ich habe nicht vor, mich erwischen zu lassen.«

»Bring dich nicht in Gefahr. Mir geht es gut hier«, log Peter und versuchte, seine Stimme zuversichtlich klingen zu lassen. »Sie werden bald merken, dass ich nicht vom Teufel besessen bin, und mich freilassen. Wir müssen nur geduldig sein.«

»Du weißt, dass das eine Lüge ist, Peter«, sagte Klara mit ruhiger Stimme. »Du hast es neulich selbst gesagt. Sie haben Agnes und deinen Vater auf dem Scheiterhaufen verbrannt. Edmund Fragner ist im Gefängnis gestorben. Du hast einen der Inquisitoren angegriffen. Wahrscheinlich hatten sie bisher nicht die Zeit, sich um dich zu kümmern, aber sobald ihnen einfällt, dass sie dich noch in der Zelle haben, werden sie auch zu dir kommen.«

Klara schwieg für einen Moment. »Reheim verwandelt sich mit jedem Tag mehr zum Schlechteren. Die meisten Bürger haben Angst und bleiben zu Hause, aber immer mehr begeben sich auf die Seite der Inquisition und helfen bei der Hatz auf Ketzer mit. Ich weiß nicht, was hier geschieht, aber ich werde es herausfinden.«

Peter hörte, wie Klara sich erhob und entfernte. Er stellte sich an das vergitterte Fenster und reckte den Kopf weit vor. Dann schloss er die Augen und sog die Luft ein. Er glaubte, den duftenden Kuchen noch einmal zu riechen, und einen Hauch von Kamille.

Klara war nach dem Besuch bei Peter wieder nach Hause zurückgegangen. Sie wälzte sich unruhig in ihrem Bett hin und her und zerbrach sich den Kopf, was sie noch unternehmen konnte. Wer hatte die Ketzersymbole an die Wände gemalt? Gab es eine Verschwörung gegen Friedrich und Edmund, oder waren beide wirklich unvorsichtige und dumme Männer gewesen? Hatte dies irgendetwas mit der Anhörung zu tun, über die sie kaum etwas wusste, oder war sie damit auf einer falschen Fährte?

Je länger sie darüber nachdachte, umso weniger Sinn ergaben die Ereignisse. Was verband Agnes, Friedrich und Edmund?

Obwohl Agnes vielen Menschen im Dorf geholfen hatte, waren ihr einige nicht wohlgesonnen gewesen. Manche hatten ihr böse Absichten unterstellt oder sie gar hinter ihrem Rücken als Hexe bezeichnet. Agnes hatte darüber nur gelacht und den Kopf geschüttelt, daher hatte Klara sich auch keine Gedanken gemacht. Doch am Ende hatte die alte Frau diese Sorglosigkeit mit dem Leben bezahlen müssen.

Klara vermisste ihre Mentorin. Wenn sie an Agnes' verkohlte Leiche auf dem Scheiterhaufen dachte, wallte Zorn in ihr auf, aber sie wollte sich ihrer Freundin würdig erweisen und herausfinden, wer für ihren Tod verantwortlich war. Es waren die Inquisitoren gewesen, die sie zum Tode verurteilt hatten, aber irgendjemand hatte die Männer ins Dorf gerufen und Agnes verraten.

Wie passten Friedrich Birsch und Edmund Fragner in dieses Bild?

Friedrich hatte sicher den einen oder anderen Bauern verärgert, wenn er bei einem Grundstücksstreit gegen ihn entschieden hatte, aber keines seiner Urteile hatte einen Bewohner ins Elend gestürzt oder ihm große Verluste beschert. Er hatte immer nach seinem besten Wissen und Gewissen entschieden und war für seine gerechten Schiedssprüche geachtet gewesen.

Edmund war ein alter Mann, der kaum noch sein Haus verlassen konnte. Er war weder reich, noch hatte Klara jemals davon gehört, dass er einem anderen unrecht getan hatte. Was würde einen Bewohner von Reheim dazu veranlassen, dem alten Mann den Tod zu wünschen?

Baselius war aufgestanden und hatte sich zum Gebet auf die Knie begeben. Er sprach gerade das zweite Vaterunser, als es an seiner Tür klopfte. Der Kirchenmann atmete ungehalten aus. Er hasste es, wenn er in seiner morgendlichen Andacht gestört wurde. »Herein«, rief er unwirsch und stand auf.

»Verzeiht, Prior«, hörte er die Stimme von Thomas, »aber ich habe heute Morgen einen neuen Fall von Ketzerei gemeldet bekommen.«

Baselius schüttelte den Kopf. Dieses Dorf schien vom Höllenfürsten persönlich bewohnt zu sein.

»Welche Art von Ketzerei?«, fragte Baselius ernst.

»Anscheinend wurden wieder Teufelssymbole an Wände gemalt und schwarze Messen zelebriert.«

Baselius wandte sich nachdenklich ab. So etwas wie in Reheim hatte er in seiner Zeit als Inquisitor noch nicht erlebt. Normalerweise reichte ihre Anwesenheit aus, um alle Gotteslästerer zum Einstellen ihrer Taten zu bewegen. Meist warteten die Ketzer, bis die Inquisition wieder weg war, und führten dann ihre teuflischen Machenschaften fort. Doch wenn es stimmte, was er von Vater Liborius gehört hatte, hatte Reheim bis zu ihrer Ankunft keinen Fall von Ketzerei gesehen. Es schien, als wollten die Teufelsjünger sie herausfordern.

Er zweifelte nicht daran, dass ein strenges und unnachgiebiges Vorgehen angemessen war. Die Beweise für die Lästerungen waren unbestreitbar und die Verurteilungen gerechtfertigt. Als Inquisitoren hatten sie ihre Pflicht getan. Ihre Arbeit würde jeder Überprüfung standhalten, aber irgendetwas in Baselius schrie geradezu danach, dass es für die Ereignisse noch eine Erklärung gab, etwas, das begreiflich machen würde, warum die Menschen sich zu solchen Taten bewegen ließen, und das gerade zu einer Zeit, in der sich die Inquisition in Reheim aufhielt.

Er wusste, der neue Fall würde sich in die alten Vergehen einreihen. Die Schuld würde zweifelsfrei feststehen, doch der Ursprung von alledem lag woanders. Er brauchte jetzt Ruhe und Zeit, um alles nochmals zu durchdenken. Er würde jede Aussage und jede Geste in Zweifel ziehen und mit der alten Einsiedlerin beginnen.

Thomas räusperte sich leise und riss ihn aus seinen Grübeleien.

»Nehmt die Wache mit, und kümmert Euch darum«, sagte Baselius kurz.

»Ihr wollt nicht mitkommen?«, fragte Thomas verwundert.

»Geht den Anschuldigungen nach, und berichtet mir davon«, erwiderte er unwirsch, »und sagt der Wache, dass sie heute niemanden zu mir lassen soll.«

Der Prior winkte Thomas hinaus. Er hörte, wie der junge Mann den Raum verließ und kurz darauf die Tür hinter sich schloss.

Baselius wartete, bis sich die Schritte entfernt hatten. Dann ging er wieder auf die Knie, um sein Gebet fortzusetzen. Er senkte demütig den Kopf, doch seine Gedanken kreisten immer noch um die Vorfälle in Reheim. Was wurde hier gespielt? Er hatte schon viele Ketzer gesehen, manche waren schlicht wahnsinnig, andere einfach nur fehlgeleitet, aber selten hatten sich die Gotteslästerer so tölpelhaft angestellt wie in diesem Dorf. Wollten sie die heilige Inquisition verspotten, oder waren sie einfach dumm?

Baselius atmete noch einmal tief aus und versuchte, sich wieder auf das Gebet zu konzentrieren. Dann bekreuzigte er sich und begann leise vor sich hin zu sprechen.

Klara hatte sich nach dem Frühstück auf den Weg nach Reheim gemacht. Es war noch früh, aber viele Bürger waren schon auf den Beinen. Wie immer mied sie den Marktplatz, einerseits, weil sie den Ort fürchtete, an dem Agnes und Friedrich einen solch grausamen Tod gefunden hatten, andererseits, weil sie noch immer unsicher war, ob sie nicht doch einer der Soldaten bei ihrer nächtlichen Jagd durch Reheim erkannt hatte.

Sie hielt sich auf den kleinen Nebengassen und kam schnell an ihr Ziel. Am Haus von Stadtrat Peeren angekommen, klopfte sie zaghaft an die Tür. Sie wartete einen Moment, bis sie aus dem Haus Schritte vernahm. Der Stadtrat öffnete die Tür. Als er Klara erblickte, lächelte er erfreut.

»Klara. Schön, dich wiederzusehen. Braucht ihr wieder eine Auskunft zu euren Pachtrechten?«

»Nein, Stadtrat Peeren«, antwortete sie und setzte ein bezauberndes Lächeln auf. »Ehrlich gesagt schäme ich mich ein wenig, aber mein Onkel hat mir immer gesagt, wenn ich etwas nicht weiß, dann soll ich fragen, und momentan fällt mir kein klügerer Mann ein als Ihr.«

Der Stadtrat reckte stolz seinen Kopf nach oben und streckte seine Brust heraus. Er bekam einen eitlen, fast überheblichen Gesichtsausdruck. Klara musste sich beherrschen, nicht laut loszulachen. Wie leicht war es, manche Menschen mit einfachen Schmeicheleien zu beeindrucken.

»Komm rein«, sagte der Mann und trat einen Schritt zur Seite. Dann ging er in die Küche und setzte sich an den Tisch. Mit einer freundlichen Geste bat er Klara, Platz zu nehmen. »Was möchtest du wissen?«

»Ich würde gerne etwas mehr über Eure Position als Stadtrat erfahren«, sagte Klara und setzte sich. »Ich glaube, dass dies ein wichtiger Beruf ist, daher wäre es sicher gut für mich, wenn ich etwas mehr darüber wüsste.«

»Es ist eine verantwortungsvolle Position«, sagte der Stadtrat nicht ohne Stolz. Dann lehnte er sich zurück und begann zu erzählen. »Reheim hat, seit ich denken kann, drei Stadträte. Diese werden vom Vogt in ihr Amt eingesetzt, wobei die Bürger aber Vorschläge machen dürfen. Ich bin seit acht Jahren in dieser Position.«

Klara machte ein interessiertes, beinahe fasziniertes Gesicht. »Und habt Ihr alle die gleiche Macht, Dinge zu entscheiden?«

»Im Grunde ja, aber für manche Entscheidungen müssen nur zwei von uns zustimmen.«

»Alleine dürft Ihr nichts bestimmen?«

»Ein Stadtrat allein wird meist als Zeuge für Verträge hinzugezogen. Wenn sich zwei Bauern über eine Weide oder eine Pachtzahlung einigen und dies schriftlich festhalten, dann muss einer von uns die Übereinkunft mit seiner Unterschrift bezeugen. Werden wir in einem Streitfall angerufen, so genügen zwei Stadträte, um eine Entscheidung zu fällen.«

»Ihr müsst nicht immer alle einer Meinung sein?«

»Eigentlich nicht«, sagte der Mann und lächelte. »Die einzige Ausnahme sind Anhörungen bei besonders schweren Fällen.«

Klara war wie gebannt. Sie musste sich beherrschen, ihre Erregung nicht zu zeigen. »Und kommen diese Anhörungen oft vor?«, fragte sie, vielleicht etwas zu rasch.

Der freundliche Blick des Stadtrats wurde für einen Augenblick misstrauisch, aber als er in das kindliche Gesicht von Klara sah, erschien sein stolzes Lächeln wieder.

»Die letzte Anhörung ist viele Jahre her. Ich weiß nicht einmal mehr, um was es damals gegangen ist. Das war vor meiner Zeit in diesem Amt.«

Klara wusste, dass sie mit dieser Frage beinahe zu weit gegangen war, also wandte sie sich von diesem Thema ab. »Wenn Ihr seit acht Jahren Stadtrat seid, wer war dann Euer Vorgänger?«

»Jakob Zauer.«

8
Jakob

Jakob Zauer trat aus seiner Haustür, um die Fensterläden zu öffnen. Sein Haus stand auf einer kleinen Wiese und war von einem Holzzaun umgeben, der die wilden Tiere von seinem Gemüse fernhalten sollte. Ein schmaler Weg führte von seiner Tür bis ins Dorf hinein. Wenn er sich in das obere Stockwerk begab, konnte er sogar das Wirtshaus am Marktplatz sehen. Für gewöhnlich liebte Jakob den Blick auf das Dorf, doch heute sah er etwas, das ihn verwirrte: eine Gruppe von Menschen, die auf dem Weg zu ihm waren. Er ließ die Fensterläden los und lief ihnen ein Stück entgegen, um besser sehen zu können. Da erkannte er das helle Habit der Dominikaner. Der Inquisitor wurde von vier Wachen mit langen Hellebarden begleitet. Nur wenige Schritte hinter ihm hatte sich eine Zahl Männer und Frauen aus dem Dorf versammelt. Sie alle waren augenscheinlich auf dem Weg zu ihm, denn der kleine Pfad endete an seinem Haus.

Jakob drehte sich um und lief ins Haus hinein. Er schlug die Tür zu und legte einen großen Riegel davor.

»Edith!«, brüllte er. »Verriegle die Fensterläden von innen, nimm deinen Sohn und versteck dich im großen Schrank in der Küche.«

»Vater«, hörte er eine ängstliche Stimme. »Was ist los?«

»Die Inquisition kommt«, antwortete er. »Und wo immer sie erscheint, bringt sie nur Tod und Verderben mit sich.«

Jakob rannte durch das Haus und kontrollierte die Fensterläden. Oben hörte er die eiligen Schritte seiner Tochter, wie sie in das kleine Kinderzimmer ging und ihren Sohn aus der Krippe hob. Das Kind hatte geschlafen, daher gab es seinem Protest über die Störung mit lautem Geschrei Ausdruck. Einen Moment später lief Edith die Treppe hinunter und versteckte sich in einem großen Eichenschrank, der genug Platz für sie und ihr Neugeborenes barg. Das Weinen des Kindes klang gedämpft, als die Tür geschlossen wurde.

Jakob bekreuzigte sich und sprach ein kurzes Gebet. Wenn Gott ihn haben wollte, so würde er gehen. Nur sollten seine Tochter und ihr Sohn weiterleben dürfen.

Dann klopfte es laut an der Tür.

Klara hatte sich von Stadtrat Peeren verabschiedet und sich auf den Nachhauseweg gemacht. Sie musste sich beherrschen, nicht sofort loszulaufen. Nachdem sie Jakobs Namen gehört hatte, wusste sie, dass der Mann in großer Gefahr war. Die beiden anderen Stadträte aus der Zeit der Anhörung waren schon tot. Klara war sich sicher, dass Jakob das nächste Opfer sein würde, auch wenn sie nicht wusste, warum.

Sie kannte das große Haus am Rand von Reheim. Doch als sie die Straße in diese Richtung einschlug, sah sie, dass das Haus von einer Menschenmenge regelrecht belagert wurde. Es schienen überwiegend Bürger aus dem Dorf zu sein, aber sie erkannte auch die Hellebarden der Soldaten der Inquisition. Klara blieb stehen. Es war zu spät.

»Jakob Zauer. Öffnet sofort«, schrie Thomas und schlug nochmals an die Tür. »Zwingt mich nicht, Gewalt anzuwenden.«

»Ich habe mir nichts zuschulden kommen lassen«, klang die Stimme eines Mannes durch die Tür.

Thomas richtete die Augen gen Himmel. »Ich habe noch keine Beschuldigungen erhoben.«

»Dann gibt es nichts, was wir besprechen müssen.«

»Tretet die Tür ein«, schrie ein Mann hinter Thomas. Der Inquisitor drehte sich mit ernstem Gesicht um und strafte die Menge hinter sich mit einem zornigen Blick. Die Männer und Frauen sahen zu Boden. Sofort war wieder Ruhe eingekehrt.

»Ich möchte Euch nochmals bitten, die Tür zu öffnen.«

»Nein.«

»Uns wurde berichtet, dass Ihr Euch der Ketzerei schuldig gemacht haben sollt.«

»Beweist es.«

Thomas lächelte, drehte sich um und ging auf direktem Weg zu einer kleinen Hütte, die ein wenig abseits des Hauses stand. Die Wachen folgten ihm, ebenso wie die Männer und Frauen von Reheim. Der Inquisitor öffnete die Tür zur Hütte und verschwand für einen Moment. Die Zuschauer warteten angespannt.

Dann kam Thomas heraus und hielt den Kadaver eines Huhns ohne Kopf in der Hand.

Klara hatte sich hinter einem kleinen Busch verborgen und beobachtete die Vorgänge vor Jakob Zauers Haus. Sie war starr vor Entsetzen. Aus dieser Entfernung konnte sie nicht sehen, was der junge Inquisitor in der Hand hielt, aber sie war sich sicher, dass es wieder ein totes Huhn war. Sie würde auch nicht in die Hütte gehen müssen, um zu wissen, dass ihre Wände voll mit Blut und Ketzersymbolen waren. Sie verbarg ihr Gesicht in den Händen.

Was war damals vor dreizehn Jahren passiert? Auch der dritte Stadtrat aus dieser Zeit würde bald tot sein. Wahrscheinlich war auch er unschuldig. Welcher Racheengel war vom Himmel gefahren und suchte nach Vergeltung?

Jakob blickte durch einen Spalt am Fenster zu seiner Hütte. Als der Inquisitor die Hütte verließ und ein totes Huhn in die Höhe streckte, setzte sein Atem für einen Moment aus. Jakob begann am ganzen Leib zu zittern, und Schweiß bildete sich auf seiner Stirn.

Das kann nicht sein, fuhr es ihm in den Sinn. Jakob wusste nicht, woher das tote Huhn stammte, aber er war sich sicher, dass die Wände seiner Hütte auch mit ketzerischen Symbolen beschmiert waren, ähnlich wie es bei Friedrich und Edmund der Fall gewesen war. Jakob konnte keinen klaren Gedanken fassen. Ein lauter Knall an seiner Tür befreite ihn aus seiner Lethargie.

»Komm raus, du Ketzersau«, schrie ein Mann. »Dann schicken wir dich zum Teufel, wo du hingehörst!« Lautes Gebrüll antwortete der Stimme, und ein weiterer Schlag ließ die Tür erbeben. Jakob blickte zu dem Schrank, wo sich seine Tochter und ihr Kind verbargen. Für einen Moment kamen ihm die Tränen in die Augen, dann lief er zum Hinterausgang.

Thomas blickte zufrieden auf die wütende Menge, die versuchte, die Tür zum Haus mit einem großen Balken einzuschlagen. Vier Männer hatten das Holz in ihre Mitte genommen und schwangen es rhythmisch hin und her. Bei jedem

Auftreffen gab es ein lautes Krachen, das von der wartenden Menge mit Jubel kommentiert wurde. Die Tür war von innen verbarrikadiert worden, aber es würde nicht lange dauern, bis sie aus den Angeln geschlagen war. Ein weiteres Mal schlug der Balken auf die Tür, als einer der Männer rief: »Da läuft der Ketzer!«

Alle Köpfe drehten sich nach rechts.

Jakob hatte sich aus dem Hinterausgang geflüchtet und lief den Weg in Richtung Dorf. Thomas schüttelte für einen Moment belustigt den Kopf. Der alte Mann rannte keuchend die Straße entlang. Selbst er hätte ihn spielend eingeholt. Er wollte seinen Soldaten den Befehl geben, den Mann zu fassen, als die Meute der Dorfbewohner bereits wie ein Rudel tollwütiger Hunde hinter ihm hersetzte.

»Halt! Überlasst ihn uns«, schrie der junge Inquisitor. Niemand schien ihn durch das Gebrüll der Menge zu hören, die sich auf die Jagd nach Jakob gemacht hatte. Thomas lief den Männern und Frauen hinterher und versuchte, sie zurückzuhalten, aber die ersten hatten Jakob schon erreicht. Sie packten seine Arme und rissen ihn zu Boden. Dann hielten sie ihn fest und schlugen mit Fäusten auf ihn ein.

Thomas rannte zu der Meute und drängte sich durch die Gaffer, die die Prügler weiter anfeuerten. Bei Jakob angekommen, stieß er die Gruppe um den alten Mann zur Seite, die nur widerwillig von ihm abließ.

»Ihr Narren«, schrie Thomas. »Dieser Mann untersteht der heiligen Inquisition. Nur wir haben zu richten, und nur wir haben zu bestimmen, ob der Beschuldigte zu leben oder zu sterben hat.«

Es war ruhig geworden. Die Bürger schauten betreten zu Boden. Thomas wandte sich Jakob zu. Sein Gesicht war kaum noch zu erkennen. Die Schläge hatten ihm sämtliche

Knochen gebrochen. Blut lief aus seinem Mund, und sein Atem kam keuchend. Er krümmte sich vor Schmerzen.

Thomas schüttelte den Kopf. Der Alte war so gut wie tot.

»Verflucht sollt ihr sein, ihr tollen Bauern«, schrie der junge Inquisitor. Die Menge wich einige Schritte von Thomas zurück. Mit einem weiteren Fluch wandte sich der Inquisitor vom sterbenden Jakob ab, winkte seinen Wachen und ging zurück ins Dorf.

»Was sollen wir mit dem Haus dieses Ketzers machen?«

»Wir haben keine Verwendung dafür«, antwortete Thomas, ohne sich umzudrehen.

Für einen Augenblick schwiegen die Anwesenden.

»Dann verbrennt es«, rief eine Frau und erntete sofort begeisterte Zustimmung. »Und werft den Ketzer gleich mit ins Feuer.«

Vier Männer gingen zu Jakob, hoben ihn auf und warfen ihn achtlos durch die zerstörte Tür seines Hauses. Dann fachten sie ein Feuer an, entzündeten Fackeln daran und warfen diese auf das Dach. Als der Dachstuhl Feuer fing, hatte Jakob seinen letzten Atemzug gemacht. Seine gebrochene Hand war aber in einer letzten verzweifelten Geste zum Schrank hin ausgestreckt.

Der kräftig gebaute Bauer warf die Fackel und beobachtete genüsslich, wie das Haus zu brennen begann. Er hatte Jakob schon sein halbes Leben lang gekannt, aber für Ketzer durfte es keine Gnade geben. Das große Haus seines Nachbarn war ihm schon immer zu groß und zu protzig gewesen. Die Felder um das Haus würden bald brachliegen, was ihm auch Zugang zu neuen Weidegründen ermöglichte. Er schloss die Augen und genoss die Wärme der Flammen, als ein durchdringender Schrei ihm durch Mark und Bein fuhr.

Eine Gestalt stolperte durch die zerschlagene Tür. Ihre Haare und ihre Kleidung standen in Flammen. Sie hielt ein Bündel eng an ihre Brust gedrückt und versuchte, dem Feuer zu entkommen. Ihr Mund war zu einem Schrei der Verzweiflung geöffnet. Ihr Gesicht war schon schwarz verbrannt. Im ersten Moment wirkte sie wie ein Dämon der Rache, als sie brennend auf die Männer und Frauen vor dem Haus zurannte. Sie kam nur drei Schritte weit, dann brach sie zusammen, und ihre Schreie verstummten. Der Bauer löste seinen Blick von der Toten. Niemand sprach ein Wort, aber keiner der Anwesenden interessierte sich für die Leiche. Dann löste sich die Gruppe vor dem Haus auf. Die Männer und Frauen gingen nach Hause, während die Flammen noch immer grell in den Himmel stachen.

Klara sah aus dem Fenster und blickte auf die schwarzen Wolken, die sich hoch in die Luft erhoben. Verzweiflung drohte sie zu überwältigen. Wäre sie früher zu Stadtrat Peeren gegangen, hätte sie Jakob vielleicht retten und ihn sogar noch über die Anhörung befragen können.

Als sie den Rauch sah, wusste Klara, dass Jakob tot war. Dieses Mal würde es keinen Prozess geben und keine öffentliche Verbrennung auf dem Marktplatz. Wer immer sich diesen perfiden Plan ausgedacht hatte, er schien am Ziel zu sein.

Thomas hatte mit seinem Bericht über den Ketzer Jakob Zauer geendet und stand schweigend vor seinem Mentor. Baselius sah ihn mit unverhohlener Missbilligung an. Er hatte aus den Vorfällen mit dem Ketzer Edmund Fragner nichts gelernt. Wieder hatte er die Bürger nicht davon abgehalten, sich in ihre Arbeit einzumischen. Baselius war unsicher, was er mit Thomas tun sollte. Eitelkeiten konnte er ihm austreiben. Verantwortungslosigkeit und Grausamkeit waren eine andere Sache. Doch sosehr er sich auch über das Fehlverhalten seines Skriptors ärgerte, so beherrscht waren seine Gedanken von den nicht abnehmen wollenden Fällen von Ketzerei. Dieses Rätsel machte ihn fast wahnsinnig, denn je mehr er darüber nachdachte, umso weniger Sinn ergaben diese Taten.

»Die Zeiten sind dunkler geworden«, sprach Baselius müde. »Was ist bloß in die Menschen gefahren?« Er schwieg einen Moment und blickte zur Decke, als könnte er mit seinen blinden Augen in die Vergangenheit sehen. »Ich wurde als junger Mann in den Dominikanerorden aufgenommen. Das Leben im Kloster erfüllte mich mit einer großen Ruhe. Ich war glücklich, dem Herrn dienen zu können. Ich war kaum älter als Ihr, Thomas, als sich immer mehr Menschen von der Kirche abwandten und heidnischen Ritualen hingaben. Bald musste auch ich das Kloster verlassen, um mich der Bekämpfung der Ketzerei zu widmen. Schon im ersten Jahr meiner Arbeit hatte ich vierzehn verlorene Seelen ihrer gerechten Strafe zugeführt.

Ich habe mich oft nach der Ruhe des Klosters zurückgesehnt. Sicher war es auch nicht dein Wunsch, dein Leben in Kutschen und Gasthäusern zu verbringen, aber wir sind von Gott ausgewählt, seine Herde vor dem Bösen zu bewahren.«

Baselius wandte Thomas sein Gesicht zu. »Egal, wie schwer die Bürde sein mag, Thomas, weiche nie von diesem Pfad ab, und mache dir bewusst, warum wir diese Arbeit verrichten. Wir machen dies zum Ruhme des Herrn und zum Schutz seiner Gemeinde. Es mag einem Außenstehenden fremd und grausam erscheinen, aber diese Arbeit hat den heiligen Zweck, die Welt vor dem Einfluss des Teufels zu bewahren.«

Baselius rieb sich müde die Augen. »Ihr könnt gehen, Thomas.« Der junge Inquisitor riss überrascht die Augen auf. Er schien eine lange Ermahnung über sein Fehlverhalten erwartet zu haben, verließ aber schnellen Schrittes den Raum, während Baselius nachdenklich zurückblieb.

Hans Weidner, Fleischer von Reheim und Markus' Freund, hatte ihnen die Nachricht vom Tode Jakobs und seiner Familie überbracht. Nachdem er ihnen die Details über diesen feigen Lynchmord erzählt hatte, hatten sie lange geschwiegen. Selbst nachdem Hans wieder gegangen war, saßen Klara und ihr Onkel noch in der Küche. Klaras Blick war starr auf den Tisch gerichtet. Markus hatte sich ihr gegenübergesetzt und sah die junge Frau sorgenvoll an.

»Wie ist es, einen Menschen zu töten?«, fragte Klara und nahm einen Schluck Tee.

Markus ließ sich seine Überraschung nicht anmerken. Er suchte einen Moment nach den richtigen Worten, bevor er antwortete. »Es verändert einen für immer. Der erste Mensch, der durch deine Hand stirbt, ist eine schreckliche Erfahrung.« Markus war unbehaglich bei diesem Gespräch, aber er redete weiter.

»Ich hatte kein Geld, also habe ich mich als Söldner verdingt. Ich konnte kaum eine Waffe richtig führen, als ich auch schon in die erste Schlacht geschickt wurde. Im Grunde war es nur eine kleine Fehde zwischen zwei Baronen um ein unbedeutendes Stück Land.

Wir waren in der Nacht aufgebrochen und erreichten das Schlachtfeld mit den ersten Strahlen der Sonne. Der Nebel des Morgens hatte sich noch nicht verzogen, und so konnten wir kaum zehn Schritte weit sehen. Rufe drangen durch den weißen Schleier, und mit einem Mal hörten wir das laute Stampfen von Stiefeln. Näher und näher kamen die Feinde, aber noch immer konnten wir nichts sehen. Dann erfüllte das Sirren von Pfeilen die Luft, und die ersten Männer um mich herum fielen mit Schmerzensschreien zu Boden. Viele Pfeile verfehlten ihr Ziel, da uns der Nebel schützte. Dann wurde der Befehl zum Angriff gegeben. Wir rannten los.

Ich erinnere mich, dass meine Knie zitterten, aber ich rannte mit meinen Kameraden durch den Nebel auf einen unbekannten Gegner zu. Wir wussten nicht, wie viele es waren.

Wie aus dem Nichts tauchten die Feinde auf, und wir schlugen mit unseren Waffen auf sie ein. Ein junger Mann, kaum älter als du, rannte mit einem großen Prügel in beiden Händen auf mich zu. Er holte zu einem wuchtigen Schlag aus. Er hätte mir den Schädel eingeschlagen, wenn ich ihm nicht vorher mein Schwert in den Bauch gerammt hätte.«

Markus stand auf und schenkte sich einen Schluck Wasser ein. Sein Blick war aus dem Fenster gerichtet. »Als ich das Schwert wieder herauszog und mir das dunkle Blut entgegenspritzte, wurde mir bewusst, was ich getan hatte. Der junge Mann krümmte sich unter Schmerzen und schrie sich das Leben aus dem Leib. Seine Eingeweide wurden nur noch von seinen Händen im Körper gehalten. Ich blieb stehen und konnte meine Augen von diesem Anblick nicht mehr abwenden. Ich hatte mein Schwert gesenkt. Ich wollte mich zu dem jungen Mann niederknien und ihm helfen, aber dann kam schon der nächste Soldat und versuchte, mich zu töten. Also riss ich mein Schwert in die Höhe und kämpfte weiter. Manchmal, wenn ich das Geräusch des Schmiedehammers auf dem Amboss höre, oder wenn ich an frühen Herbsttagen durch den nebligen Wald laufe, dann suchen mich die Erinnerungen an diesen Tag heim. Dann sehe ich das Gesicht des jungen Mannes, wie er vor mir liegt und sich in den Tod schreit.«

Markus setzte sich wieder zu Klara an den Tisch.

»Irgendwann hat mir das Töten nichts mehr ausgemacht. Die Gesichter der getöteten Feinde verlieren sich mit der Zeit. Die Schreie dringen nicht mehr zu dir durch, aber mit meinem ersten Schwertstreich habe ich etwas verloren, das ich nie mehr zurückbekommen werde. Es hat sich für immer auf meine Seele gelegt, und ich werde es bis zu meinem Tod nicht mehr ablegen können.«

Markus sah Klara in die Augen. »Ich weiß, wie du dich fühlst. Hass ist ein mächtiges Gefühl, aber er benebelt die Gedanken. Er verdrängt die Vernunft und vernichtet das Mitleid. Lass dich nie vom Hass leiten, Klara, denn am Ende steht nur noch größeres Leid. Einen Menschen zu töten, so grausam er auch sein mag, wird nie eine Lösung sein.«

Klara blickte nachdenklich zu Boden. Es fiel ihr schwer, ihren Zorn zu besänftigen. Sie konnte den Inquisitoren nicht verzeihen, und sie wollte den Gedanken an die Ermordung von Agnes nicht aus ihrem Kopf verbannen.

»Wir gehen jeden Sonntag in die Kirche. Dann predigt Vater Liborius von Nächstenliebe, von Vergebung und dem Verbot zu töten«, sagte Klara verärgert. »Wo sind Nächstenliebe und Vergebung bei den Inquisitoren? Was ist das fünfte Gebot noch wert, wenn der Verdacht auf Ketzerei schon den Tod bedeuten kann?« Ihr kamen die Tränen. »Agnes war eine gute Frau. Sie hat niemandem etwas getan und wollte nur in Ruhe gelassen werden. Und trotzdem hat man sie gefangen genommen, sie grausam gefoltert und bei lebendigem Leib verbrannt. Warum soll ich die Männer, die ihr das angetan haben, nicht hassen dürfen?«

»Weil du besser bist«, antwortete Markus. »Weil Agnes dich Vertrauen und Liebe gelehrt hat und nicht wollen würde, dass du deinem Zorn freien Lauf lässt. Wenn du einen Inquisitor tötest, dann ist es auch um dein Leben geschehen. Man wird dich foltern, verurteilen und auf dem Scheiterhaufen verbrennen. Wem nützt das? Agnes sicher nicht mehr. Das willst du auf dich nehmen, für das befriedigende Gefühl der Rache? Agnes hat dich so viel Gutes gelehrt«, sagte der große Mann mahnend. »Es würde sie traurig machen, wenn sie sehen müsste, wie dein Wunsch nach Rache dich das alles vergessen lässt.«

Markus war aufgestanden, um nach den Tieren zu sehen. Klara begab sich auf den Weg in den Wald, um die Stille der Bäume zu suchen, doch sie kam nicht zur Ruhe. Was trieb einen Menschen dazu, eine solche Tat zu begehen? In diesem Moment verstand sie, warum Agnes ein Leben in Abgeschiedenheit, fern von jeder Ansiedlung gewählt hatte, warum sie die Einsamkeit der Natur so liebte und sich nur um ihre Tiere kümmerte.

Klara schlenderte zu einem kleinen Bach, der nicht weit von Agnes' Wohnstatt floss. Gleich nach der Verhaftung war Klara zu der kleinen Hütte gegangen und hatte sich um die Tiere gekümmert. Die Ziegen waren bei ihrem Onkel im Stall, die Kaninchen hatte sie auf einer kleinen Wiese freigelassen.

Seit dieser Zeit war sie nicht mehr dort gewesen. Natürlich war es verboten, die Hütte einer verurteilten Ketzerin zu betreten, aber das hätte sie nicht abgehalten. Nein, Klara wusste, wenn sie dorthin zurückkehrte, würden sie die Erinnerungen überwältigen. Sie würde sich an eine Zeit der Unbeschwertheit und der Freude erinnern, die für immer vergangen war. Klara beobachtete eine Forelle, wie sie ruhig ihre Bahnen durch den Bach zog, den Untergrund aufwühlend, nach Futter suchend. Sie verspürte eine eigenartige Sehnsucht. Wie gerne würde sie in diesen Bach springen, sich von der Strömung weitertreiben lassen und alle ihre Schmerzen vergessen. Schwimmend, ohne Ziel, ohne Wünsche und ohne Sehnsucht. Frei von Furcht.

Als die Forelle um die nächste Biegung geschwommen war, stand Klara auf und klopfte sich die Erde aus ihrem Kleid. Dann schlug sie den Weg zu Agnes' Hütte ein.

Es war schon Abend, als Klara die Tür öffnete. Für einen Moment blieb sie stehen und sog den scharfen Geruch der Kräuter ein. Die Luft war abgestanden, aber mit dem Duft kam die Erinnerung an Agnes. Sie rechnete fast damit, dass ihre alte Lehrerin jeden Moment mit ihrem Korb hereinkommen und ihre Kräuter auf dem Tisch ausbreiten würde. Dann würden sie wieder über die Wirksamkeit von Zaunrüben, gelbem Enzian und Sonnentau reden. Agnes würde ihr zeigen, wie man Kräuter aufkochte und Pflanzen trocknete, ohne dass sie ihre Wirksamkeit verloren. Ihre sanfte Stimme würde sie beruhigen, wenn sie wütend war, und ihre weisen Worte würden Klara über ihre Sorgen hinweghelfen.

Doch Agnes war tot, und diese Zeit würde nie mehr zu ihr zurückkommen. Klara war sich nicht sicher, was sie hier wollte. Dies war der einzige Ort, an dem sie wirklich glücklich gewesen war, aber mit dem Tod von Agnes war auch das Besondere dieser Hütte verloren gegangen. Die Möbel waren jetzt nur noch Möbel, und der Duft der Kräuter hatte seine hypnotische Wirkung verloren. Dies war nicht mehr ihr Heim, nur noch ein Ort, an dem sie das Gedenken an ihre einzige Freundin aufrechterhalten konnte.

Klara senkte den Kopf und erinnerte sich an die mahnenden Worte ihrer Lehrerin:

»Zähme deinen Übermut«, hätte sie wieder zu ihr gesagt. »Handle bewusst. Lass dich nicht von Zorn, Trauer und Stolz leiten.«

Sie hatte versucht, sich Agnes würdig zu erweisen, aber sie war gescheitert. Sie wusste nicht weiter, aber sie wollte noch nicht aufgeben, denn das konnte nicht Gottes Wille sein. Irgendwo gab es ein irdisches Geheimnis um diese Vorfälle. Vielleicht konnte die Ruine von Jakobs Haus ihr einen Hinweis geben. Mit einem letzten Blick in den dunklen Raum stand Klara auf und ging nach Hause.

Markus stand am Fenster seines Schlafzimmers und sah besorgt hinaus. Er machte sich Sorgen, dass Klara sich wieder in Schwierigkeiten gebracht haben könnte, aber als er ihre zierliche Gestalt aus dem Wald kommen sah, atmete er beruhigt aus. Er ging zwei Schritte vom Fenster weg und hörte, wie sich die Tür öffnete. Leise stieg Klara die Treppe hinauf und begab sich in ihr Zimmer. Nachdem sie die Tür geschlossen hatte, legte sich Markus auf sein Bett und schloss die Augen. Jetzt konnte er beruhigt schlafen.

Die ersten Sonnenstrahlen des neuen Tages zeigten sich, als Klara aus dem Wald zu der noch schwelenden Ruine kam. Sie hatte nicht schlafen können, also war sie vor dem Morgengrauen aufgebrochen. Sie hatte Jakobs Haus immer gemocht. Es war groß, hatte einen einladenden Eingangsbereich und einen kleinen, gepflegten Blumengarten. Jakob war ein beliebter Mann in Reheim gewesen. Nachdem seine Frau gestorben war, hatte er sich in sein Haus zurückgezogen und sich um seine Tochter gekümmert. Er war immer ein zuvorkommender Mann gewesen. Jetzt hatte man ihn wie einen tollen Hund totgeschlagen und sein Haus niedergebrannt. Die Nachricht vom Tod der kleinen Familie hatte sich schnell herumgesprochen. Einige Männer hatten damit geprahlt, dass sie den alten Mann verprügelt und in das brennende Haus geworfen hatten. Nur wenige hatten sich betroffen abgewandt und vor Trauer den Kopf gesenkt.

Sie wandte sich von den brennenden Überresten des Hauses ab und ging zu der kleinen Hütte. Auf dem Weg dorthin fand sie wieder ein Huhn mit hellem Gefieder, das so typisch für die Tiere von Bauer Heinrich war. Der Kopf war abgerissen worden.

Klara ließ den Kadaver liegen und öffnete die Tür zur Hütte. Was sie darin sah, überraschte sie nicht. Die Wände waren voller ketzerischer Symbole, ähnlich denen, die sie schon bei Friedrich Birsch und Edmund Fragner gesehen hatte. Das Blut an den Wänden war noch einigermaßen frisch, daher konnten diese Schmierereien nicht älter als zwei Tage sein.

Wenn Klara jemals daran gezweifelt hatte, dass Friedrich und Edmund unschuldig waren, jetzt wusste sie es. Wer diese Symbole an die Wand gemalt hatte, lebte noch, und er hatte dies auch bei Friedrich und Edmund getan.

Klara eilte nach Hause. Morgen würde sie wieder ins Rathaus gehen. Irgendwo in den Papieren musste es einen Hinweis auf den Mörder geben. Sie würde nicht ruhen, bevor sie ihn gefunden hatte.

Der grausame Tod von Jakob Zauer, seiner Tochter und seinem Enkel ließ Klara und Markus auch noch Tage später während des Frühstücks betreten schweigen. Klaras Entsetzen über diese Tat war längst wieder dem Zorn gewichen.

Sie war wütend über sich selbst, weil sie dem Geheimnis um die ketzerischen Schmierereien kaum näher gekommen war. Sie hatte alle Papiere durchgelesen, und mit Jakob Zauer endete die Linie derjenigen, die ihr noch mehr über die Anhörung sagen konnten. Aber war es wirklich die Anhörung, die jemanden zu diesen Taten bewog? Wer nutzte die Anwesenheit der Inquisitoren für sein tödliches Spiel, und warum ließen sich die Dominikanerpriester so leicht hineinziehen? Wer immer dahintersteckte, schien das von langer Hand geplant zu haben. Die trüben Gedanken hatten ihr den Appetit genommen. Klara wollte aufstehen, als ihr Onkel sie ansprach.

»Heute Morgen werden wir die Arbeit ruhen lassen«, sagte Markus mit ernster Stimme. »Die Zeiten sind gefährlicher geworden, daher zeige ich dir, wie du dich wehren kannst.«

Klara blickte ihren Onkel unsicher an.

»Ich habe noch einen kleinen Dolch aus meiner Zeit als Söldner«, sagte Markus und zog eine kurze Klinge aus einer Lederscheide. Klara starrte die Waffe fasziniert an. Sie hatte einen schmalen Holzgriff und eine kleine Parierstange. Die Klinge war schmal und sehr spitz. Das Metall war schon etwas matt, aber das Messer machte noch einen sehr scharfen Eindruck. Dies war kein Messer zum Arbeiten, dies war eine Waffe zum Töten.

»Der Dolch ist klein und lässt sich gut unter der Kleidung verstecken. Die Klinge ist spitz und scharf. Ein gut platzierter Hieb genügt, und du entledigst dich jedes Angreifers.«

Für einen Moment sah Markus abwesend auf den Dolch, fast als würde der Anblick der Waffe ihm ferne Erinnerungen an den Krieg zurückbringen. Dann schüttelte er leicht den Kopf und stand auf.

»Komm mit hinaus, dann zeige ich dir, wie man diese Waffe richtig nutzt.«

Klara folgte ihrem Onkel ohne ein weiteres Wort hinaus.

Vor der Tür stellte sich Markus ihr gegenüber. »Du musst den Griff unterhalb dieser kleinen Parierstange halten«, sagte er und drehte die Hand so, dass Klara seine Haltung sehen konnte. Anschließend machte Markus ein paar schnelle Bewegungen. Klara sah das erste Mal, wie geschickt Markus mit einer Waffe umgehen konnte, und schaute ihrem Onkel interessiert zu.

»Wir halten uns nicht mit komplizierten Abläufen auf. Ich zeige dir nur, wie man richtig steht und zusticht.«

Markus ging zu Klara und gab ihr den Dolch in die Hand.

»Pack den Griff fest mit deinen Händen, aber verkrampf dich nicht. Leg den Daumen über die Finger.«

Markus blickte kritisch auf Klaras rechte Hand.

»Jetzt öffne die Beine ein wenig, und stell dich gerade hin, die Füße nebeneinander. So stehst du sicher.«

Klara gab sich Mühe, den Anweisungen ihres Onkels zu folgen. Er korrigierte ein wenig ihre Fußhaltung, schien aber für den Anfang ganz zufrieden zu sein.

»Jetzt kommen wir zum Ausfallschritt. Heb deinen rechten Fuß, geh einen Schritt vor, aber lass dein linkes Bein stehen.«

Klara kam sich ob dieser einfachen Übung etwas komisch vor, aber ihr Onkel nahm die Sache sehr ernst, daher konzentrierte sie sich darauf, diesen einen Schritt zu machen.

»Mach den Schritt nicht zu groß, und heb den Fuß nicht zu hoch«, korrigierte sie ihr Onkel. »Du darfst deinen stabilen Stand nicht aufgeben.«

Klara machte noch ein paar Mal einen Schritt nach vorne, bis Markus zufrieden schien.

»Jetzt versuch bei dem Schritt, mit dem Dolch nach vorne zu stechen.«

Klara ging nach vorne und stach zu. Auch das schien ihr nicht sonderlich kompliziert zu sein, aber ihr Onkel betrachtete sie misstrauisch.

»Die Bewegungen von Bein und Arm müssen fließend sein. Du nimmst den Schwung der Bewegung nach vorne mit, um mehr Wucht hinter den Stich zu bekommen. Dein Schritt und dein Stich arbeiten noch unabhängig voneinander. Versuch, es gleichzeitig zu machen.«

Klara machte den Angriff noch mal.

»Du bist zu schnell und zu hektisch.«

»Ich dachte, der Stich soll schnell kommen?«

»Natürlich«, antwortete Markus mit einem Stirnrunzeln. »Aber die Übungen werden grundsätzlich langsam ausgeführt, damit die Bewegung in Fleisch und Blut übergeht.«

»Ich denke schon, dass ich einen solchen Angriff hinbekommen würde«, wandte Klara ein.

»Du sollst aber nicht denken«, sagte Markus streng. »Wenn dich jemand angreift, hast du keine Möglichkeit zum Überlegen, daher üben wir diese Attacke so lange, bis sie im Schlaf funktioniert.«

Klara atmete hörbar aus. Ihr Arm wurde schon ein wenig müde, aber ihr Onkel trieb sie unerbittlich an. Unzählige Male musste sie einen Schritt nach vorne machen und dabei mit dem Dolch zustoßen. Immer und immer wieder ließ er sie diese Übung machen. Erst als sie glaubte, den Arm nie mehr heben zu können, und ihr die Tränen in die Augen schossen, ließ ihr Onkel von ihr ab.

»Das war nicht schlecht für das erste Mal«, sagte er zufrieden. »Morgen machen wir weiter.«

Klara stöhnte leise, während Markus ihr den Dolch abnahm und wieder in die kleine Lederscheide steckte.

Klara sah aus dem Fenster und wartete, bis Markus außer Sicht war. Mit ihrem schmerzenden Arm nahm sie ihren Korb und begab sich auf den Weg ins Dorf. Kaum hatte sie den Wald hinter sich gelassen, spürte sie, wie ihre Anspannung zunahm. Sie hielt sich auf den kleinen Nebengassen und vermied die große Straße zum Marktplatz.

Es waren nur wenige Menschen unterwegs. Keiner von ihnen blieb stehen, um mit einem Nachbarn zu reden oder einen Freund zu grüßen. Jeder schien erpicht darauf zu sein, die Straße so schnell es ging wieder zu verlassen, um sich in die vermeintliche Sicherheit seines Hauses zurückziehen zu können.

Bald darauf war auch Klara an ihrem Ziel angekommen. Sie betrat einen kleinen Hof und erblickte eine vertraute Gestalt, die gerade den Boden kehrte.

»Guten Morgen, Bauer Heinrich«, sagte Klara und setzte ein strahlendes Lächeln auf. Der Mann unterbrach seine Arbeit und sah seine Besucherin an. Dann lächelte auch er.

»Guten Morgen, Klara. Brauchst du wieder ein paar Eier?«

Klara nickte. »Dieses Mal aber nur vier Stück.«

Der Bauer winkte ihr und ging dann in den Stall. Klara folgte ihm in das dunkle, muffige Gebäude. Staub wirbelte in der Luft, und es stank erbärmlich.

»Eure Hühner geben wirklich gute Eier«, sagte Klara. »Es ist wirklich schade, dass ein Fuchs zwei von ihnen geholt hat.«

Der Bauer brummte nur kurz und begann, vier Eier abzuzählen. Klara überlegte, wie sie die gewünschte Information aus dem Mann herausbekommen konnte. Auf die erste Bemerkung hatte er nicht so reagiert, wie sie es erwartet hatte.

Dann ging sie den großen Käfig entlang und schaute den Hühnern beim Picken zu.

»Wie schön die Tiere sind«, sagte sie fasziniert. »Aber ist dort nicht eine Henne weniger, seitdem ich das letzte Mal bei Euch war?«

Bauer Heinrich war sichtlich überrascht. Er öffnete den Hühnerkäfig und ging hinein. Dann stellte er sich in die Mitte der aufgeschreckten Tiere und begann zu zählen. Anscheinend gehörte das nicht zu seinen Stärken, denn er musste mehrmals anfangen, weil er sich immer wieder verzählte.

Klara stand neben dem Käfig und hatte Mühe, ihre Ungeduld zu unterdrücken. Ihr Lächeln wurde immer gequälter. Endlich schien der Bauer fertig gezählt zu haben.

»Du hast recht«, sagte er atemlos. »Eine Henne is' weg.«

Er schlug mit der Faust an die Wand.

»Dieser verfluchte Pfaffe Liborius«, sagte er zornig und gab seiner Wut nochmals nach. Dann schien er sich der Anwesenheit von Klara wieder bewusst zu werden und lächelte entschuldigend.

»Hat Vater Liborius Eure Henne gestohlen?«, fragte Klara überrascht.

Bauer Heinrich schien um die Antwort verlegen.

»Gestern Abend habe ich 'n Geräusch im Stall gehört. Ich dachte, der Fuchs wollte sich wieder eine Henne schnappen. Deshalb habe ich meine Axt genommen und mich hineingeschlichen. Als ich mit meiner Lampe in den Stall geleuchtet habe, entdeckte ich Vater Liborius, wie er sich an dem Hühnerstall zu schaffen machte. Wär vor Schreck beinahe gestorben, als er mich sah.

Was er in der Nacht in meinem Stall zu tun hat, hab ich ihn gefragt. 'N paar Eier würd' er brauchen, hat er gesagt. Wollt mich aber nicht wecken. Hab ihm drei Eier gegeben, und er ging seiner Wege.«

Bauer Heinrich schüttelte den Kopf.

»Is' wohl wieder zurückgekommen und hat sich noch eine Henne genommen, damit er in Zukunft nichts mehr dafür zahlen muss.«

Klara blickte den Mann an, der zwischen Unsicherheit und Wut schwankte.

»Was habt Ihr vor?«

»Jedem anderen hätt' ich das Fell gegerbt, aber einem Geistlichen, noch dazu, wenn die Inquisition hier ist? Nee, Klara. Ich will nich' verbrannt werden.«

Ohne ein weiteres Wort nahm Bauer Heinrich den Besen wieder in die Hand und begann zu kehren. Die Enttäuschung über den Verlust seiner Henne war ihm anzusehen.

Klara gab ihm das Geld für die Eier und ging wieder nach Hause. Der Mann tat ihr leid, aber sie hatte etwas sehr Wichtiges erfahren.

Klara hatte das Abendessen gemacht und saß mit Markus am Tisch. Sie aßen schweigend. Markus schien nicht so viel Hunger zu haben wie sonst. Seine Augen waren halb geschlossen, und er wirkte müde.

»Was ist mit dir, Onkel?«, fragte Klara.

»Nichts weiter, Klara. Ich habe heute Nacht nur schlecht geschlafen. Ich werde zeitig zu Bett gehen, dann bin ich morgen wieder munter.«

Klara aß weiter, aber ihr lag eine Frage auf dem Herzen, die sie nicht länger unterdrücken wollte.

»Warum will jemand drei Stadträte aus Reheim umbringen?«

Markus hörte auf zu essen und legte sein Messer hin. »Ich verstehe nicht.«

»Friedrich Birsch, Edmund Fragner und Jakob Zauer waren alle einmal im Stadtrat von Reheim.«

»Und du glaubst, die Verurteilungen wegen Ketzerei haben etwas damit zu tun?«

»Ist dieser Zusammenhang nicht offensichtlich?«

»Nun, Edmund Fragner wurde noch vor deiner Geburt Stadtrat. Auch an Jakob Zauer kann ich mich kaum noch in diesem Amt erinnern. Das muss mindestens zehn Jahre her sein. Davor gab es noch viele Stadträte, und keiner von ihnen wurde bisher der Ketzerei verdächtigt.«

»Ich glaube trotzdem nicht an Zufall.«

»Aber Agnes war kein Stadtrat«, sagte Markus mit trauriger Stimme. Er blickte Klara in die Augen. Für einen Moment schien sie die Erinnerung an ihre alte Mentorin zu überwältigen, aber sie fasste sich schnell wieder.

»Hast du schon einmal einer Anhörung beigewohnt?«

Markus wirkte überrascht. »Wie kommst du von den Stadträten jetzt zu einer Anhörung?«

»Seit ich mich erinnern kann, hat es so etwas nicht gegeben, daher wollte ich wissen, ob du schon einmal dabei gewesen bist?«

»Anhörungen waren schon immer sehr selten, sie werden nur in schwerwiegenden Streitfällen einberufen. Ich kann mich an keine erinnern.«

Klara schwieg für einen Moment und schüttelte den Kopf. Irgendwie schien sie nicht weiterzukommen. Sie räumte unter den etwas verwunderten Blicken ihres Onkels das Geschirr zur Seite und nahm den Eimer zur Hand. Dann ging sie aus dem Haus und holte Wasser aus dem Trog. Als sie wieder hereinkam, war ihr Onkel schon auf dem Weg nach oben. Noch bevor Klara die Teller abgewaschen hatte, war er eingeschlafen.

Peter lag in seiner Zelle und versuchte, Schlaf zu finden. Die Tage schienen sich fast endlos hinzuziehen und wurden nur von den kalten, einsamen Nächten unterbrochen. Auch wenn er im Gefängnis von der Gemeinschaft Reheims ausgeschlossen war, bekam er doch einiges von den Geschehnissen mit. Die Wache prahlte gerne mit ihren Verhaftungen, und so war es ein Leichtes für ihn, durch Schmeicheleien mehr herauszufinden.

Peter schloss die Augen und versuchte, den kalten Wind zu vergessen. Der Boden war kalt und feucht. Er legte die Arme an seine Brust und zog die Beine an, als ihn ein Stein am Kopf traf. Mehr vor Überraschung als vor Schmerz sprang er auf.

»Verflucht«, rief er und versuchte, seinen Schrecken unter Kontrolle zu bekommen.

»Schrei nicht so laut«, hörte er Klaras Stimme.

Peter schüttelte den Kopf und versuchte, sich zu beruhigen.

»Du hast mir einen ganz schönen Schrecken eingejagt«, sagte Peter und ging zum Fenster. »Bekomme ich wieder etwas Kuchen?«

»Heute musst du dich mit kaltem Braten zufriedengeben«, antwortete Klara und reichte ihm ein Stück Fleisch hinein. Peter nahm gierig einen Bissen und schmatzte zufrieden.

Klara konnte ihn nicht gut erkennen, aber die Geräusche

und das zufriedene Seufzen zeigten ihr, dass es ihm zu schmecken schien.

»Was gibt es als Nachtisch?«, fragte Peter, nachdem er das Fleisch gegessen hatte.

Klara runzelte die Stirn.

»Ich kann hier nicht die ganze Nacht bleiben, daher musst du mir ein paar Fragen beantworten.«

Peter gab einen abfälligen Laut von sich, schwieg aber weiterhin.

»Hat dir dein Vater einmal von einer Anhörung erzählt?«

»Was für eine Anhörung?«

»Bei besonders schwerwiegenden Entscheidungen rufen die Stadträte immer eine Zusammenkunft ein, bei der alle drei gemeinsam entscheiden müssen. Oft werden auch Zeugen gehört.«

»Tut mir leid, Klara. Du weißt, dass mich solche Dinge nicht interessiert haben.«

Klara schüttelte enttäuscht den Kopf.

»Kannst du dich an eine Familie Lewenstein erinnern?«

»Haben die hier gewohnt?«

»Ja. Sie scheinen vor dreizehn Jahren, kurz nach der Anhörung, aus der Stadt verschwunden zu sein.«

»Vor dreizehn Jahren? War das nicht die Zeit, als wir im Sommer nicht spielen gehen durften, weil alle Angst hatten, man könnte sich mit Aussatz anstecken?«

Klara hielt für einen Moment die Luft an. Sie konnte sich an die alten Geschichten erinnern, denen zufolge es einen Fall von Aussatz in der Region gegeben haben sollte. Damals war kaum einer nach draußen gegangen. Die Arbeit auf den Feldern war liegen geblieben, und der Handel mit den anderen Dörfern war fast zum Erliegen gekommen. Klara war noch klein gewesen.

»Danke«, sagte Klara fröhlich und sprang auf.

Peter hörte, wie sich ihre Schritte entfernten. Dann war er wieder allein. Er schüttelte etwas verwundert den Kopf, freute sich aber über das wohlige Gefühl in seinem Magen, das von Klaras Braten herrührte – und wohl auch von ihrem Besuch.

9
Eine dunkle Nacht

Den Weg zum Rathaus fand Klara mittlerweile selbst in finsterster Nacht. Sie ging zur Rückseite des Gebäudes und stellte sich neben das Fenster. Dann sah sie sich nochmals um, stieß das Fenster auf und kletterte hinein. Sie holte ihre Ausrüstung aus einem kleinen Versteck und legte die Decke über den Rahmen. Anschließend zündete sie die Lampe an und nahm sich ungeduldig den ersten Papierstapel vor. Alles, was in dem Jahr der Anhörung geschehen war, und sollte es noch so unbedeutend sein, legte sie auf einen kleinen Tisch. Den Rest sortierte sie aus. Sie arbeitete schnell, denn inzwischen war sie vertraut mit der Ordnung des Archivs und kannte alle Unterlagen. Am Ende blieb ein kleiner Stapel, der kaum zwei Handbreit hoch war. Sie nahm das erste Papier in die Hand und las es durch, als ihr Blick an einer kleinen Notiz hängen blieb.

In Dursmark, einem Dorf westlich von Reheim, war ein Fall von Aussatz bekannt geworden. Der Landvogt hatte daraufhin beschlossen, dass alle von Aussatz betroffenen Familien gemeldet und in ein Aussätzigenlager gebracht werden mussten.

Klara schaute gebannt auf das Datum. Es war nur wenige Wochen vor der Anhörung gewesen. Vielleicht war das der Grund, warum die Lewensteins plötzlich verschwunden waren. Vielleicht hatte man Aussatz bei ihnen festgestellt und sie des Dorfes verwiesen. Das würde auch Agnes' Anwesenheit bei der Anhörung erklären, denn von allen Dorfbewohnern war sie schon damals die beste Heilerin gewesen. Klaras Verstand war wieder hellwach. Sie nahm die Unterlagen zur Hand und suchte nach weiteren Hinweisen.

Thomas wälzte sich im Schlaf. Er hielt seine Hände erhoben, als würde er einen unsichtbaren Gegner abwehren. Sein Nachtgewand war schweißgetränkt, und die Decke hatte er aus dem Bett gestrampelt. Ab und zu rief er einen Namen oder gab einen wimmernden Laut von sich, aber der Schlaf hielt ihn weiter gefangen und ließ ihn einen schrecklichen Albtraum durchleben.

Klara wäre beinahe wieder im Rathaus eingeschlafen. Doch kurz bevor ihr die Augen zuzufallen drohten, verstaute sie alles wieder sicher, machte die Lampe aus und nahm die Decke vom Fenster. Im Halbschlaf ging sie nach Hause, wie schon viele Nächte zuvor. Sie war unaufmerksam, daher war ihr auch der große Schatten nicht aufgefallen. Sie bemerkte zu spät, dass sie unachtsam über den Marktplatz gelaufen war, als eine dunkle Stimme sie herumfahren ließ.

»Na, mein Kind. So spät noch unterwegs?«

Klara hätte vor Schreck beinahe aufgeschrien. Sie stolperte und fiel zu Boden, während sie den großen Mann ängstlich ansah. Er gehörte zur Wache der Inquisition. Das Zeichen der Dominikaner war groß auf dem Überwurf zu sehen. Er hielt eine Hellebarde in der Hand und lächelte. Das Mondlicht schien kaum durch die Wolken, spiegelte sich aber in den Augen des Mannes, die gierig aufleuchteten.

»Es ist sehr unklug, in der Nacht alleine durch die Gassen zu laufen«, sagte der Mann und verzog die Lippen zu einem bösartigen Grinsen.

»Verzeiht. Ich bin in Eile«, sagte Klara und versuchte, sich an dem Mann vorbeizudrängen.

»Einen Moment«, sagte die Wache und packte Klara an ihrem Umhang.

»Lasst mich gehen«, schrie sie und versuchte, sich loszureißen.

Der Mann lachte nur, packte Klara an den Haaren und zog sie hinter sich her.

Klara schrie laut auf vor Schmerzen. Sie krallte ihre Finger in den starken Arm des Mannes, wurde aber unerbittlich von ihm weitergezogen. Irgendjemand musste doch ihre Rufe hören! Doch nirgends ging ein Licht an, kein Fensterladen wurde geöffnet, und niemand kam ihr zu Hilfe. Klara schrie weiter, doch da hob der Mann ihren Kopf hoch und schlug ihr mit der flachen Hand ins Gesicht. Der Schlag war so hart, dass ihr kurz schwarz vor Augen wurde. Sie sank auf den Boden, aber der Mann riss sie brutal wieder hoch und zog sie weiter. Die Welt drehte sich um sie. Klara wusste nicht, wo sie war. Dann hörte sie das Knarren einer Tür, und es wurde dunkler. Sie nahm den Duft von frischem Stroh wahr, als der Mann sie losließ. Sie spürte seine groben Hände auf ihrem Umhang. Die Wache zog hart an dem Kleidungsstück und riss es ihr von der Schulter.

»Nur nicht so schüchtern«, sagte er und schien bei den Worten zu grinsen. Klara kroch weiter zurück, während der Mann sich vor ihr aufbaute und sich an seinem Gürtel zu schaffen machte.

Er war eben im Begriff, seine Hose herunterzulassen, als er plötzlich seinen Rücken durchbog und einen erstickten

Schrei von sich gab. Eine Klinge durchbohrte seinen Körper und ragte armlang aus seiner Brust hervor. Blut spritzte aus der Wunde und aus seinem Mund. Klara schlug die Hände vors Gesicht und wandte sich von dem schrecklichen Anblick ab.

Sie hörte, wie der Soldat tot zu Boden fiel, traute sich aber nicht, nach vorne zu sehen.

»Klara, schau mich an«, hörte sie eine vertraute Stimme. Sie zog die Hände vom Gesicht. Vor ihr stand ihr Onkel Markus, das blutige Schwert noch immer in der Hand.

»Wir müssen hier verschwinden«, sagte er eindringlich. »Sicher werden seine Kameraden bald nach ihm suchen.«

Klara zitterte am ganzen Körper. Markus ging in die Knie und hielt ihr seine Hand hin. Sein Gesicht war von Sorge gezeichnet.

»Komm. Steh auf.«

Klara nahm die angebotene Hand und ließ sich auf die Beine ziehen. Ihr Onkel führte sie behutsam aus dem Stall. Klara blickte nur nach vorne und versuchte, den toten Körper auf dem Boden zu ignorieren. Das Laufen fiel ihr sichtlich schwer, aber irgendwann hatten sie die Gassen von Reheim hinter sich gelassen und waren auf dem Weg nach Hause.

Klaras Hände zitterten, als sie eine Tasse Kräutertee von Markus entgegennahm. Er hatte viel zu viel Honig hineingetan, aber sie war dankbar für das warme Getränk. Ihre Augen waren noch immer vor Schreck geweitet. Markus kannte diesen Blick. Er hatte ihn bei unzähligen Frauen gesehen, nachdem die Soldaten sich die Rechte des Siegers genommen hatten. Sein Zorn über den Soldaten war der Sorge um Klara gewichen. Manche Frauen erholten sich nie mehr davon. Irgendetwas in ihrer sanften Seele zerbrach, ohne jemals heil zu werden.

»Du bist in Sicherheit, Klara. Der Soldat wird dir nie wieder etwas tun«, sagte Markus beruhigend. Er hätte sie gerne in den Arm genommen, aber er wusste, dass körperlicher Kontakt das Letzte war, was einer Frau nach einem solchen Erlebnis helfen würde.

Klara trank einen Schluck des heißen Tees. Sie schloss die Augen, als versuchte sie, ihre Angst zu vertreiben.

»Wie konntest du mir so schnell zu Hilfe kommen?«, fragte sie mit zitternder Stimme.

Markus lächelte.

»Ich habe dich seit deinem ersten überstürzten Gefängnisbesuch bei Peter ständig verfolgt. Mir war klar, dass du nicht ruhig sitzen bleiben und warten würdest, bis die Inquisition aus Reheim verschwindet.«

Dann bekamen seine Augen einen verträumten Ausdruck.

»Schon als wir Kinder waren, musste ich immer auf deine Mutter aufpassen. Sie hat sich oft im Wald verlaufen oder sich auf andere Art in Schwierigkeiten gebracht.«

»Ich habe dich nie bemerkt«, antwortete sie flüsternd.

»Natürlich nicht«, sagte Markus fast beleidigt. »Zu meiner Zeit als Soldat war ich bei den Spähern. Wir haben oft Tage inmitten der feindlichen Linien verbracht, ohne dass uns jemand bemerkt hätte. Würde mich meine Verletzung nicht behindern, könnte ich einen Schritt hinter dir laufen, ohne dass du mich sehen würdest. So musste ich immer einen größeren Abstand zu dir bewahren. Das war auch der Grund, warum ich so lange gebraucht habe, bis ich dir zu Hilfe kommen konnte.«

Klara begann wieder zu zittern. Markus stand auf und kniete sich vor seine Nichte hin.

»Morgen können wir weiterreden, aber du musst dich jetzt ins Bett legen. Du hast eine schlimme Nacht hinter dir. Wenn du ausgeschlafen bist, wird es dir wieder besser gehen.«

Klara nickte, stand auf und ließ sich in ihr Zimmer führen. Dort angekommen, zog sie die Schuhe aus und legte sich bekleidet in ihr Bett. Markus deckte sie zu und verließ das Zimmer. Er wusste, dass es Zeit brauchen würde, um die Erinnerungen verblassen zu lassen, aber Klara hatte die Stärke ihrer Mutter geerbt. Er hoffte, dass diese Stärke sie durch diese dunkle Nacht begleiten würde.

Der Marktplatz war von Lampen erleuchtet. Die Soldaten der Inquisition liefen durch die Gassen von Reheim und suchten ihren vermissten Kameraden. Haus für Haus klopften sie an die Türen und verlangten rüde Einlass. Dann gingen sie durch die Zimmer, suchten unter Betten und öffneten Schränke.

Es dauerte nicht lange, bis sie auch in die Scheune kamen und dort den Toten fanden. Sofort lief einer der Soldaten zurück zum Wirtshaus und meldete den beiden Dominikanerpriestern den Mord. Es würde eine lange Nacht werden.

Markus ging wieder nach unten und setzte sich an den Tisch. Er nahm sein Schwert und säuberte die Klinge mit einem Tuch. Eine eigenartige Ruhe überkam ihn. Es war schon viele Jahre her, dass er Blut von seiner Waffe gewischt hatte. In diesem Moment fühlte er sich wieder wie nach der Schlacht, wenn die Wunden seiner Kameraden geflickt und die Toten der Erde übergeben waren. Dann hatte er vor dem Feuer gesessen, das Blut weggewischt und die Scharten entfernt.

Es gab Dinge, die verlernte man nie. Der Soldat in der Scheune war schnell gestorben. Markus hatte sein Schwert mit der Sicherheit eines tödlichen Kämpfers geschwungen. Er war ihm leicht von der Hand gegangen, als hätte er erst gestern sein Söldnerdasein aufgegeben.

Während er mit seiner Waffe beschäftigt war, dachte Markus über seine Tat nach. Der Soldat hatte kein Mitleid verdient gehabt. Er bedauerte den Mord nicht. Aber Klaras Umhang war in der Scheune zurückgeblieben. Ein erfahrener Kämpfer würde auch schnell erkennen, dass die tödliche Wunde von einem Schwert stammte. Nur wenige in Reheim hatten eine solche Waffe. Kaum jemand wusste, dass Markus ein Schwert besaß, aber er würde kein Risiko eingehen. Er musste die Waffe verstecken. Wenn die Männer der Inquisition das Haus durchsuchten, durften sie nichts Verdächtiges finden.

Mit einem letzten Blick prüfte Markus die Klinge. Das Blut war weggewischt. Er nickte zufrieden, steckte das Schwert zurück in die Scheide und wickelte diese in ein großes Tuch. Dann stand er auf, ging hinaus und nahm eine Schaufel. Er lief einige Schritte hinter das Haus zum Misthaufen und begann zu graben.

Baselius ließ sich in die kleine Scheune hineinführen. Es roch nach altem Stroh und dem durchdringenden Gestank von Petroleumlampen. In dem Raum herrschte Unruhe. Männer gingen umher, Befehle wurden gerufen, und irgendwo vernahm er das Schluchzen einer Frau.

»Was war hier los?«, fragte Baselius in den Raum hinein, ohne jemanden direkt anzusprechen.

Sofort kehrte Ruhe ein.

»Einer unserer Soldaten wurde hier ermordet«, antwortete eine dunkle Stimme, die er dem Hauptmann der Wache, Simon, zuordnete.

»Wer wurde getötet?«

»Ruther, Prior Baselius.«

»Ruther war für den Wachdienst am Gefängnis eingeteilt. Wieso findet man ihn so weit davon entfernt?«

Baselius spürte eine aufkommende Nervosität. Die Männer bewegten sich unruhig, und niemand schien auf die Frage antworten zu wollen.

»Ich höre«, sagte Baselius und wandte sein Gesicht dem Hauptmann zu.

»Wir wissen es nicht genau, aber wir haben einen zerrissenen Umhang gefunden. Der Größe nach könnte er einer Frau gehören.«

»Wie ist er gestorben?«

»Er wurde von hinten erstochen. Wahrscheinlich mit einem großen Messer oder einem Schwert.«

»Hat jemand die Tat beobachtet?«

»Nein, Eminenz. Aber wir haben die Eigentümer der Scheune hier. Vielleicht wollt Ihr sie befragen.«

Baselius hörte, wie zwei Personen nach vorne geschoben wurden.

»Wir haben nichts getan, Eure Eminenz.« Die Stimme des Mannes zitterte vor Angst und enthielt einen flehentlichen Unterton.

»Wer hat den Soldaten ermordet?«

»Wir wissen es nicht, Eminenz. Wir haben heute Nacht nur die Schreie einer Frau gehört. Mein Weib und ich sind schon alt, und aus Angst vor einem Räuber haben wir uns nicht aus dem Haus getraut.«

»Wie hörten sich die Schreie der Frau an?«

»Eminenz?«, fragte der Mann verwirrt.

Baselius atmete hörbar aus.

»Flehte sie um Gnade, schrie sie um Hilfe, waren es Schreie der Lust …?«

»Sie schrie ›Lasst mich los‹, wenn es das ist, was ihr wissen wollt.«

Baselius nickte nur kurz.

»Bringt die beiden wieder zurück«, sagte der Prior und machte eine kurze Geste mit der Hand.

»Sollen wir sie nicht im Gefängnis behalten?«, fragte Thomas neben ihm. »Vielleicht fällt ihnen dort wieder etwas ein.«

»Nicht nötig«, sagte Baselius, ohne weitere Erklärungen abzugeben. Er wartete, bis die Schritte der Bewohner verklungen waren.

»Hauptmann Simon?«

»Prior Baselius«, antwortete der Soldat.

»Hört mir genau zu. Ich weiß, dass heute einer Eurer Männer ermordet worden ist. Ein Angriff auf die Soldaten der Inquisition ist ein Angriff auf die heilige Mutter Kirche. Aber wir beide wissen, dass Ruther kein Mann ohne Fehl war. Obwohl er Besserung gelobt hatte, hat er sich wieder während seines Dienstes einer anrüchigen Dirne hingegeben. Wahrscheinlich hat er sogar versucht, eine Unschuldige zu schänden.«

»Verzeiht, Eminenz …«, fuhr der Hauptmann dazwischen, aber Baselius brachte ihn mit einer kurzen Geste zum Schweigen.

»Der Mörder muss gefunden werden, aber ich verlange, dass ihr mit Rücksicht vorgeht«, sagte er unnachgiebig. »Ihr habt die Erlaubnis, alle Häuser zu durchsuchen, aber ich verbiete Euch, die Bürger zu schlagen oder in irgendeiner anderen Weise zu bedrohen, es sei denn, sie verweigern Euch den Zutritt.«

»Prior Baselius«, sagte Thomas. »Wäre es nicht besser, zum Zwecke der Einschüchterung …«

»Genug«, unterbrach ihn der alte Mann ärgerlich.

»Die Tat von Ruther war schändlich und beschämt uns alle«, wandte er sich wieder an den Hauptmann. »Wir sind keine mordende Söldnertruppe, daher verlange ich, dass meine Anordnungen befolgt werden. Er war Euer Mann, und Ihr seid für sein Verhalten verantwortlich. Bei einem weiteren Vorfall dieser Art werde ich Euch zur Rechenschaft ziehen.«

»Sehr wohl«, sagte der Hauptmann. Baselius spürte die unterdrückte Wut in den Worten des Soldaten, aber in ihnen schwang auch ein wenig Furcht mit.

»Auch wir dürfen nicht alle Gebote Gottes außer Acht lassen«, sagte der Prior mahnend.

Baselius drehte sich um und ließ sich von Thomas zurück ins Wirtshaus führen. Er hörte, wie der Hauptmann seine Leute zusammenrief und leise mit ihnen sprach. Für einen Moment genehmigte er sich ein zufriedenes Lächeln.

Es hatte lange gedauert, bis Klara endlich eingeschlafen war. Noch immer roch sie den stinkenden Atem des Soldaten und fühlte seine Hände auf ihrem Körper. Das lüsterne Grinsen des Mannes verfolgte sie bis in den Schlaf. Ihr Geist ließ ihr keine Ruhe. In ihren Träumen war sie wieder in der Scheune, schrie um Hilfe und versuchte, sich aus dem Griff des Soldaten zu befreien, doch seine Hände hielten sie unbarmherzig gefangen. Dann spürte sie, wie ihr der Umhang vom Körper gerissen wurde. Sie drehte sich zu dem Mann um und erwartete den Schwertstoß ihres Onkels, aber niemand kam, um ihr zu helfen. Stück für Stück riss der Soldat ihr die Kleidung vom Leib und schien sich an ihrer Qual zu erfreuen. Als sie schließlich nackt und gedemütigt vor ihm lag, wachte sie auf.

Es dauerte einen Augenblick, bis sie verstand, dass sie nur geträumt hatte. Der Schweiß hatte ihre Kleidung durchnässt. Ihr Kopf schmerzte, und die Kälte der Nacht ließ sie zittern. Tränen liefen ihr die Wangen hinunter und hinterließen einen salzigen Geschmack auf ihren Lippen.

Klara stieg aus dem Bett und legte ihre nasse Kleidung ab. Sie nahm sich ein frisches Nachthemd aus einer Kiste und zog es an. Dann legte sie sich wieder hin. Die Decke war noch feucht von ihrem Schweiß, aber sie sehnte sich nach der Wärme ihres Bettes, das ihr immer ein Gefühl von Geborgenheit gab. Sie spürte die Müdigkeit in ihren Knochen, aber ihre Erlebnisse ließen ihr keine Ruhe. Sie versuchte, sich abzulenken, konzentrierte ihre Gedanken auf etwas Schönes, aber ihr Geist war noch immer in der Scheune und sollte sie in dieser Nacht nicht mehr schlafen lassen.

Die Angst war nach Reheim zurückgekehrt. Die Soldaten der Inquisition durchsuchten in drei Gruppen die Häuser. Meist warteten die Bewohner schon vor der Tür, bevor die Soldaten bei ihnen anklopften. Mit ängstlichen Blicken standen sie dann in ihren Räumen und sahen hilflos mit an, wie die Männer ihre Kleidung durchwühlten, Geschirr aus den Schränken nahmen und auch die kleinste Kammer mit ihren Lampen ausleuchteten. Meist war die Überprüfung schnell vorbei, aber diese Zeit kam den Bewohnern wie eine Ewigkeit vor. Sie standen wie bereits Verurteilte in ihren Häusern, als warteten sie auf den Todesstoß. Selbst als die Soldaten wieder abgezogen waren, wurde ihre Furcht nicht weniger. In dieser Nacht würde kein Bürger Reheims Ruhe finden.

Baselius lag in seinem Bett. Er hatte das Fenster geöffnet und lauschte den Geräuschen der Nacht. Die Schritte der Soldaten hallten laut durch die Gassen, doch er vernahm kein Schreien und kein Waffengeklirr. Er hatte den Männern zu viele Freiheiten gelassen, und sie hatten es ihm mit Nachlässigkeit und Lüsternheit vergolten.

Baselius hätte die Soldaten niemals vor einfachen Bürgern zurechtgewiesen, aber die Verfehlung von Ruther und somit auch von Hauptmann Simon war unverzeihlich. Er erwartete nicht, dass der Mörder heute gefasst wurde, aber die Suche nach ihm würde die ganze Nacht und vielleicht bis in den Morgen andauern. Der Schlaf würde den Soldaten fehlen, und die von ihm befohlene Höflichkeit würde sie vielleicht die Disziplin lehren, die Ruther hatte vermissen lassen.

Baselius bekreuzigte sich und betete für die verstorbene Seele. Dann schlief er ein.

Klara schwebte in einem dämmrigen Zustand zwischen Wachen und Schlafen. Die ersten Sonnenstrahlen drangen in ihr Zimmer, und mit ihnen kam der Gesang der Vögel. Ein sanfter Wind ließ die Blätter des Waldes rauschen. Sie hatte den frühen Morgen immer geliebt, wenn die Natur erwachte und der Nebel sich auflöste. Doch heute schien er ihr nicht die Freude zu geben, nach der sie sich sehnte.

Sie wälzte sich unruhig in ihrem Bett, als sie Schritte vor dem Haus vernahm. Es waren laute Schritte von zwei oder drei Personen, die sich zielstrebig ihrem Haus näherten. Klaras Sinne waren sofort hellwach. Sie sprang aus dem Bett, zog ihr Nachthemd aus und ihre Kleidung über. Noch bevor sie in ihre Schuhe steigen konnte, klopfte es laut an der Tür. Sie hörte, wie ihr Onkel eilig die Treppe hinunterlief, um den frühen Besuchern zu öffnen. Einen Moment später folgte sie ihm.

Markus öffnete die Tür und erblickte zwei Soldaten der Inquisition. Er ließ sich seine Überraschung nicht anmerken und verneigte sich kurz.

»Seid willkommen in meinem bescheidenen Heim. Was kann ich für Euch tun?«, fragte er.

»In der Stadt hat es einen Mord an einem unserer Kameraden gegeben. Wir durchsuchen jedes Haus nach verdächtigen Personen und Waffen.«

Markus machte einen Schritt zur Seite und winkte die beiden Männer hinein. Sie traten ein und blickten sich interessiert in der Küche um. Markus schloss die Tür und ging zum Ofen. Mit einem Blick schätzte er die Soldaten ab. Sie waren kräftig, aber ihre Augen waren gerötet, und sie schlurften leicht beim Gehen. Sie waren wahrscheinlich schon die ganze Nacht auf. Ihre Reflexe würden verlangsamt sein und ihre Aufmerksamkeit gering. Der ältere der beiden bewegte sich wie ein erfahrener Krieger. Wenn es zum Kampf kommen sollte, musste er ihn zuerst ausschalten.

Markus sah sich nach Waffen um. In der Schublade neben dem Herd waren die großen Fleischmesser. Neben dem Kamin lagen große Scheite Feuerholz, die gut in seine große Hand passten. Noch machten die Männer nicht den Eindruck, als wüssten sie, dass sie den Mörder ihres Kameraden vor sich hatten, daher spielte Markus weiter den harmlosen Viehbauern.

»Ich habe noch etwas Bier von gestern«, sagte er. »Darf ich einem von Ihnen einen Schluck anbieten?«

Für einen Moment schien in den Augen der Männer Interesse aufzublitzen. Dann wehrte der ältere von ihnen dankend ab und wandte sich an seinen Kameraden. »Durchsuch die oberen Räume«, sagte er zu ihm. »Ich suche hier unten.«

Der jüngere Mann nickte und ging nach oben. Markus ließ sich von der ablehnenden Antwort nicht aufhalten und schenkte zwei Krüge mit Bier ein. Er trank einen Schluck und reichte den zweiten Krug dem Soldaten, der ihn regungslos nahm, ebenfalls einen Schluck trank und sich dann gelangweilt in der Küche umsah. Lustlos schob er ein paar Töpfe zur Seite und schaute hinter das aufgestapelte Holz, aber die Müdigkeit in seinen Augen war offensichtlich. Markus wusste, wie es war, die ganze Nacht auf den Beinen zu sein. Er war sich sicher, dass die Männer das Haus nicht gründlich durchsuchen würden, sondern froh sein würden, endlich nach Reheim zurückkehren zu dürfen.

Nachdem der Soldat einen zweiten Schluck getrunken hatte, begann Markus ein belangloses Gespräch.

»Reheim war früher ein wirklich ruhiger Ort, doch jetzt scheint es hier von Ketzern und Mördern nur so zu wimmeln.«

Der Soldat gab ein zustimmendes Brummen von sich und trank weiter. Markus lächelte. Das Gebräu war ein Starkbier. Selbst einem kräftigen Mann konnten auf nüchternen Magen damit die Knie weich werden.

»So etwas habe ich nur selten erlebt«, antwortete der Soldat. »Fast jeden Tag finden wir Anzeichen für Ketzerei, und jetzt haben diese verfluchten Satansjünger noch einen von uns ermordet.«

»Eine Schande. Niemand sollte einen Kameraden so verlieren. Wart Ihr gut befreundet?«

»Pah«, spuckte der Soldat verächtlich aus. »Ruther war ein verdammter Hurensohn. Wer immer ihm ein Schwert in den Rücken gerammt hat, sollte einen Orden dafür bekommen. Aber trotzdem können wir das nicht ungestraft lassen.«

»Sicher haben die Inquisitoren schon eine Vergeltungsmaßnahme geplant?«

Der Soldat schnaubte nur und trank wieder von dem Bier.

»Der Prior wird auf seine alten Tage weich. Andere hätten das ganze Dorf niederbrennen lassen, aber er erklärt, dass wir die Bürger nur belangen dürfen, wenn sie wirklich schuldig sind.«

»Habt ihr schon einen Verdacht?«

»Wer ist denn so dumm und lässt ein blutiges Schwert offen auf dem Tisch liegen, wenn wir sein Haus durchsuchen?«, antwortete der Soldat und trank das restliche Bier aus. Dann knallte er den Krug auf den Tisch und rülpste laut.

»Hast du was gefunden?«, schrie er nach oben. Einen Moment später waren Schritte zu hören. Der jüngere Soldat kam die Treppe heruntergelaufen.

»Ich habe ein zweites Bett gesehen. Wer wohnt hier noch?«

»Nur meine Nichte Klara.«

»Wo ist sie?«

Markus hatte eigentlich erwartet, dass sie im Bett liegen würde, aber er ließ sich seine Überraschung nicht anmerken.

»Sie ist schon vor Sonnenaufgang aufgestanden und treibt das Vieh auf die Weide.«

Die Antwort schien den jüngeren Mann zufriedenzustellen. Er gähnte ausgiebig und rieb sich müde die Augen.

»Lass uns verschwinden«, sagte der ältere. Seine Stimme hatte schon etwas Lallendes, und sein Gang wirkte unsicher.

Markus öffnete die Tür und ließ die Männer hinaus. Er nickte ihnen nochmals freundlich zu, bevor er die Tür wieder schloss. Dann stellte er sich an das Fenster und beobachtete, wie die Soldaten zurück ins Dorf liefen.

Seine feinen Ohren vernahmen leise Schritte hinter ihm.

»Du warst schon immer geschickt darin, dich zu verstecken«, sagte Markus mit einem Lächeln, ohne sich umzudrehen.

»Glaubst du, dass sie Verdacht geschöpft haben?«, fragte Klara.

»Nein. Für Soldaten der Inquisition waren sie außergewöhnlich friedlich und freundlich. Anscheinend hat dieser Prior Baselius die Zügel angezogen.«

Die Soldaten waren im Wald verschwunden.

»Wer hätte das gedacht?«, murmelte er vor sich hin.

Es war noch früher Morgen, als die Glocken der Kirche zu einer Zusammenkunft läuteten. Es dauerte nicht lange, bis die Bürger aus ihren Häusern und von den Weiden gekommen waren, um sich auf dem Marktplatz zu versammeln. Die Soldaten hatten ein kleines Podest aufgebaut. Die Nervosität der Anwesenden war spürbar. Die Neuigkeit über den Mord an dem Soldaten hatte sich schnell herumgesprochen. Manche erwarteten, dass der Mörder gefunden worden war, andere rechneten mit Vergeltungsmaßnahmen. Die Unruhe wuchs, je mehr Bürger sich einfanden.

Klara war mit ihrem Onkel gekommen, hielt sich aber am Rande des Marktplatzes. Markus hatte sie gebeten, zu Hause zu bleiben und sich noch etwas auszuruhen, aber Klara hatte sich nicht umstimmen lassen.

Als der größte Teil der Bürger anwesend zu sein schien, hörten die Glocken auf zu läuten. Sofort verstummten die Gespräche. Alle blickten gespannt zum Wirtshaus. Einen Augenblick später kam der jüngere der beiden Inquisitoren hinaus und ging gemächlichen Schrittes zum Podest. Sein Gesicht war ernst, als er die beiden Stufen des Podestes erklomm.

Er blieb einen Moment ruhig stehen und ließ seinen Blick über den Marktplatz schweifen. Dann begann er zu sprechen.

»Heute Nacht wurde einer unserer Männer Opfer eines feigen Mordes. Dies kann nicht toleriert werden, denn ein Angriff auf einen Soldaten der Inquisition ist ein Angriff auf die heilige Mutter Kirche.«

Thomas' Stimme wurde zornerfüllt.

»Wir verlangen, dass der Mörder gefasst wird, damit er seiner gerechten Strafe zugeführt werden kann. Jeder Hinweis, der uns beim Auffinden dieses Verbrechers hilft, wird mit unserem Segen und der Vergebung der Sünden vergolten. Jeder Bürger, der Wissen über diesen Fall zurückhält, macht sich des Mordes mitschuldig.«

Thomas hielt für einen Moment mit seiner Rede inne.

»Ich warne Euch. Bisher sind wir umsichtig mit Euch umgegangen. Trotz der schändlichen Ketzerei in Reheim haben wir Gnade walten lassen. Ihr tut gut daran, uns den Mörder auszuliefern.«

Ohne ein weiteres Wort drehte sich Thomas um und ging wieder in das Wirtshaus. Bald darauf zerstreuten sich die Bürger und verließen den Marktplatz. Auch Klara und Markus traten den Rückweg an.

Eine Weile gingen sie schweigend nebeneinander her, bis Klara plötzlich fragte:

»Warum hast du mich in all den Nächten verfolgt?«

Markus wandte den Blick kurz zu Klara. »Ich habe deiner Mutter versprochen, auf dich aufzupassen, deshalb bin ich dir gefolgt.«

»Warum hast du mich nicht aufgehalten, wenn du dir solche Sorgen gemacht hast?«

»Das wäre sinnlos gewesen. Wenn du dir etwas in den Kopf gesetzt hast, dann willst du es unbedingt tun. Irgendwann hättest du einen Weg gefunden, mir zu entkommen. Daher war es die bessere Entscheidung, dich über mein Wissen um deine nächtlichen Ausflüge im Unklaren zu lassen und dir heimlich zu folgen. Wie wir gestern Nacht gesehen haben, war das eine kluge Entscheidung.«

»Ich war unvorsichtig«, sagte Klara beschämt.

»Das ist kein Spiel, Klara«, sagte Markus ernst. »Du hast gesehen, wie gefährlich der kleinste Fehler ist. Der Soldat hätte dich getötet, damit du sein Geheimnis nicht ausplauderst«, sagte Markus und blickte ihr in die Augen. »Hätte dich die Inquisition gefasst, würdest du jetzt im Gefängnis sitzen und auf deine Hinrichtung warten.«

»Aber wir müssen doch etwas gegen diese Ungerechtigkeit tun«, sagte Klara fast verzweifelt.

»Manchmal steht man einer Macht gegenüber, gegen die man nichts unternehmen kann. Dann kann man sich nur verstecken und hoffen, dass sie vorübergeht, ohne dass sie einen sieht.«

Klara verstand den Sinn dieser Worte, aber tief in ihrem Inneren sträubte sich etwas dagegen, einfach dazusitzen und nichts zu tun. So schrecklich die Begegnung mit dem Soldaten war, sie würde nicht aufgeben.

Thomas suchte Baselius in seinem Zimmer auf. Der Prior hatte vom Fenster aus den Worten des jungen Inquisitors gelauscht.

»Eure Worte waren gut gewählt«, sagte Baselius. »Sie haben ihren Zweck erfüllt, wenngleich sie voller Zorn waren.«

»Ich bin kein Freund von Worten«, antwortete Thomas. »Sie alleine verschaffen einem nur selten Respekt. Es sind die Taten, die uns den Einfluss geben, den wir brauchen.«

»Was hättet ihr denn getan?«, fragte Baselius interessiert.

»Wir hätten die Bürger verhören sollen. Ich hätte die Besitzer des Stalls, bei denen Ruther gefunden worden ist, einer Befragung unterzogen. Sie hätten uns den Mörder genannt.«

»Wir haben sie gestern Nacht befragt. Sie haben ausgesagt, dass sie nichts gesehen haben. Einzig die Schreie einer Frau haben sie vernommen.«

»Wäre ein anderer Mann als Ruther ermordet worden, wärt Ihr sicher mit mehr Leidenschaft auf der Suche nach dem Verbrecher.«

Für einen Moment verzog sich Baselius' Gesicht im Zorn. Er wurde nicht gern zurechtgewiesen. Aber sein Ausdruck wurde schnell wieder milder. Er lehnte sich auf seinem Stuhl zurück und faltete die Hände vor seiner Brust.

»Vielleicht habt Ihr recht. Ich mochte Ruther nicht. Er war grob und hatte Freude an der Gewalt.«

Baselius drehte seinen Kopf zu Thomas.

»Tod und Gewalt sind Teil unserer Bestimmung, die uns die heilige Mutter Kirche auferlegt hat. Trotzdem macht es mir keine Freude, Menschen einer peinlichen Befragung zu unterziehen oder sie auf den Scheiterhaufen zu schicken, auch wenn ich mir der unausweichlichen Erfordernis dieser Taten bewusst bin.«

»Egal, ob Ruther ein guter Mann war«, sagte Thomas, »der Mord an ihm war ein Angriff auf uns.«

»Ich würde Euch recht geben, Thomas, wenn nicht mehrere Bürger die Schreie einer Frau gehört hätten.«

»Irgendeine Hure, die sich ein paar Münzen verdienen wollte«, sagte der jüngere Inquisitor verächtlich.

»Selbst wenn es eine Hure war, so hätte Ruther seinen Posten nicht verlassen dürfen. Das war nicht das erste Mal, dass wir ihn bei einer solchen Verfehlung gestellt haben. Wäre er am Gefängnis geblieben, wäre ihm nichts passiert.«

Thomas gab ein mürrisches Grunzen von sich.

»Lasst uns heute und morgen abwarten«, sagte Baselius beschwichtigend. »Vielleicht kommt einer der Bürger Reheims noch zu uns und nennt uns den Namen des Mörders. Solange werden wir ruhen und beobachten.«

Dann hob Baselius seine Hand. Thomas stand auf, stellte seinen Stuhl wieder an den kleinen Tisch und verließ das Zimmer. Wäre der ältere Mann nicht blind gewesen, so hätte er die Unzufriedenheit über diese Entscheidung im Gesicht von Thomas sehen können.

Der Abend senkte sich über das Land. Klara nahm das gebrauchte Geschirr vom Tisch und legte es in einen Eimer mit Wasser. Sie hatten schweigend gespeist. Sonst erzählte Klara von ihren Erlebnissen des Tages oder berichtete freudig über seltene Pflanzen, die sie im Wald gefunden hatte. Doch die Leichtigkeit dieser Gespräche war verflogen. Die letzte Nacht war noch zu nah, als dass sie sich nicht auf ihr Gemüt legen würde.

»Bleib heute Nacht zu Hause, Klara«, sagte Markus ernst, während er Klara bei der Arbeit zusah. »Was immer du mit deiner Sucherei in den Unterlagen des Rathauses und den Gesprächen mit Peter erreichen willst, heute Nacht ist es zu gefährlich. Die Soldaten werden noch immer durch Reheim patrouillieren und jeden festnehmen, der sich dort herumtreibt.«

Klara hielt für einen Moment in ihrer Arbeit inne. Dann nickte sie, drehte sich zu ihrem Onkel um und lächelte ihn an. »Ich denke, wir beide könnten heute Nacht etwas Schlaf gebrauchen.«

Markus erwiderte das Lächeln. »Ja, es wäre schön, wenn ich dir heute nicht hinterherschleichen müsste. Meine alten Knochen haben etwas Ruhe nötig.«

Klara erwähnte nicht, dass sie noch immer Angst hatte, nach Reheim zu gehen. Sie hatte heute Morgen alle Kraft gebraucht, um zur Versammlung auf dem Marktplatz zu gehen. Während der ganzen Zeit hatte sie den Blick nicht ein einziges Mal auf die Scheune gerichtet. Es war ihr sehr schwergefallen, dort hinzugehen. Sie lächelte aber ein wenig, als sie sich der Sorge ihres Onkels bewusst wurde. Es war schön zu wissen, wie sehr er sich um ihr Wohl Gedanken machte. Heute Nacht würde sie zu Hause bleiben.

Prior Baselius bekreuzigte sich und stand auf. Er stellte sich an das Fenster und atmete die frische Luft des Abends ein. Seine Augen konnten nichts sehen, aber trotzdem nahm er das Dorf wahr. Jede Stadt, jeder Ort hatte seine eigene Ausstrahlung. Auch wenn es fast still war, so hörte er doch den Wind durch die Straßen ziehen, Blätter rascheln und die Grillen zirpen. Manchmal hörte er das Schnüffeln streunender Hunde oder das leise Tippeln von Ratten, die in der Nacht auf Futtersuche waren.

Manche Städte kamen nie zur Ruhe. Ständig fuhren Wagen, und man hörte das Klappern von Pferdehufen, doch je weiter man sich von den großen Ansiedlungen entfernte, desto näher kam man Orten wie Reheim. Hier war noch die Natur mit all ihren Geräuschen gegenwärtig, fast so, als befände man sich auf einer kleinen Waldlichtung. Die Menschen waren einfach und genügsam, und nur wenige wandten sich wirklich von Gott ab. Es gab immer Einsiedler wie Agnes Barand, die ihre eigenen Gebote hatten und glaubten, dass man ohne die Kirche leben konnte, aber noch nie hatte er in einem Dorf wie diesem so viele Fälle von Ketzerei vorgefunden.

Baselius atmete tief ein und versuchte, den Geruch von Reheim in sich aufzunehmen. Wo waren sie hier? Sie hatten nach wenigen Tagen schon vier untrügliche Fälle von Ketzerei gehabt und einen Mord an einem ihrer Soldaten. Was lag hier verborgen? Manchmal gab es Sekten, die sich dem Teufel verschrieben hatten, doch nichts, was er hier gesehen hatte, deutete auf eine solche dunkle Vereinigung hin.

Die Fälle der Gotteslästerung waren eindeutig, und die Urteile waren gerechtfertigt, aber trotzdem waren diese Männer anders. Sie waren augenscheinlich zu klug für dumme Satansjünger, aber nicht subtil genug, um aufwieglerische Freidenker zu sein. Ketzer handelten oft unüberlegt und wenig umsichtig, aber diese Männer hatten sich einer Dummheit schuldig gemacht, die kaum zu glauben war. Der Prior ging zu seinem Bett und legte sich hin. Er schloss die Augen und versuchte, hinter all dem einen Sinn zu sehen. Vielleicht gab es keinen. Möglicherweise war dies alles ein großer Zufall, und seine Grübeleien führten zu nichts, aber er hatte das untrügliche Gefühl, dass er etwas übersah.

10
Liborius

Erst als die Sonne auch den letzten Rest der Dunkelheit vertrieben hatte, kamen die Menschen aus ihren Häusern. Die Kühe in den Ställen mussten heute länger warten, und die Felder blieben vorerst unbestellt. Die ganze Nacht waren die Schritte der Soldaten durch die Straßen gehallt. Auch wenn keine der Wachen wirklich glaubte, dass der Mörder ihres Kameraden sich zeigen würde, hatte diese Maßnahme ihre Wirkung nicht verfehlt. Mit der Dämmerung hatten die Bewohner von Reheim ihre Türen und Läden geschlossen. Während der Nacht hatte es kaum einer gewagt, aus dem Fenster zu sehen oder die Straßen zu betreten, und sei es nur, um in den Stall zu gehen. Und solange die Inquisition noch in Reheim verweilte, würde es keiner von ihnen tun.

Markus war auf der Weide, und es war jetzt fast Mittag. Klara hatte ihre Arbeit für den heutigen Tag getan. Die warme Sonne hatte ihre Laune etwas gebessert. Sie spürte die Angst der vorletzten Nacht immer noch, aber der Drang, die Wahrheit zu erfahren, war stärker. So zog sie ein Tuch über ihre Haare, nahm ihren Korb und lief nach Reheim. Obwohl sie versuchte, sich nur auf den Weg vor sich und auf den schönen Tag zu konzentrieren, wuchs ihre Angst mit jedem Schritt. Sie umging den Marktplatz weiträumig, aber sie musste ihre Füße mit all ihrer Kraft zwingen, nicht stehen zu bleiben. Der Weg kam ihr unendlich weit vor, doch als sie glaubte, nicht mehr weitergehen zu können, sah sie das große hölzerne Kreuz auf dem Dach der Kirche.

Ängstlich sah Klara sich um, aber außer ihr waren nur wenige Menschen unterwegs. Keiner von ihnen trug die Uniform eines Soldaten. Sie schloss die Augen und versuchte, ihr pochendes Herz zu beruhigen. Dann ging sie um die Kirche herum. Hinter dem Gotteshaus lag eine kleine Hütte, in der Vater Liborius wohnte. Klara schlich sich an das Holzgebäude heran. Als sie näher kam, nahm sie den beißenden Geruch von Zwiebeln und Knoblauch wahr. Anscheinend aß Vater Liborius gerade zu Mittag. Sie näherte sich gerade dem Eingang, als plötzlich die Vordertür mit einem knirschenden Geräusch aufschwang. Klara war so überrascht, dass sie rückwärts auf ihr Hinterteil fiel. Aus der Tür kam Vater Liborius, doch sein Blick war starr nach vorne gerichtet. Der Priester war keine zwei Schritte von ihr entfernt aus dem Haus getreten, aber die sich öffnende Tür hatte sie für einen Moment verdeckt. Er hatte sie nicht bemerkt. Klara blieb regungslos auf dem Boden liegen und wartete, bis er außer Sichtweite war. Dann stand sie auf und klopfte sich den Schmutz aus ihren Kleidern. Für einen Moment überlegte sie, ob sie einen Blick in seine Hütte werfen sollte, aber irgendetwas an seinem ungewöhnlich zielstrebigen Gang sagte ihr, dass sie dem alten Priester folgen sollte.

Sie raffte ihren Rock zusammen und lief ihm hinterher. Ihre Neugier trieb sie an und siegte für den Moment über ihre Angst.

Vater Liborius ging mürrisch die Straße entlang. Er kam dem Verräter nicht näher. Zuerst hatte er viel mit den Bürgern geredet und ihren Beichten genau gelauscht. Er hatte gehofft, dass sich die Person, die die Inquisition gerufen hatte, verraten würde. Zumindest aber hatte er erwartet, einen Verdächtigen herausdeuten zu können.

Die Gespräche hatten nicht viel gebracht, daher war er eines Abends selbst tätig geworden und hatte alle Bauern mit Hühnerställen beobachtet. Die ganze Nacht war er wie ein gemeiner Dieb umhergeschlichen, in der Hoffnung, jemanden zu überraschen, der sich ein neues Tier für seine Schmierereien suchte. Als Heinrich ihn in seinem Stall erwischt hatte, war er beschämt in seine Hütte zurückgekehrt. Glücklicherweise hatte der Bauer niemandem davon erzählt.

Er wusste nicht, was er noch tun konnte, und so war er fast froh, dass der Prior ihn zu sich gebeten hatte. Auch wenn ihm die Inquisitoren bisher nicht viel erzählt hatten, so hoffte er, bei diesem Gespräch mehr erfahren zu können.

Baselius saß in seinem kleinen Raum und trank den Kräutertee, den ihm der Wirt gebracht hatte. Das Getränk verströmte ein angenehmes Aroma, und der frische Duft erhellte die Miene des Priors.

»Ich bin immer noch der Meinung, dass wir Vater Liborius nicht in unsere Arbeit einbeziehen sollten«, sagte Thomas, der auf einem kleinen Stuhl neben Baselius saß. Es war ihm anzusehen, dass er von einem erneuten Treffen mit dem Priester nicht begeistert war.

Der Prior ließ sich in seiner Wonne nicht stören und trank genüsslich einen Schluck Tee. »Wir haben uns darüber schon ausreichend unterhalten, Thomas. Wir brauchen einen Mann aus Reheim, der uns bei der Arbeit hilft. Verbündete unter der Bevölkerung erleichtern unsere Aufgabe.«

Thomas brummte nur mürrisch und schwieg dann.

»Ihr seid noch beleidigt, weil ich unsere Wachen an die Leine genommen habe«, ergänzte Baselius. »Wenn Ihr einmal alleine für Eure Entscheidungen verantwortlich seid und ich Euch nicht mehr helfen kann, dann werdet Ihr vielleicht verstehen, dass es nicht nur darum geht, die Ketzer zu finden, sondern ebenso wichtig ist, die Unschuldigen zu schützen.«

Thomas ballte die Faust. Er hatte die ewigen Belehrungen seines Mentors satt. Er sehnte sich nach dem Tag, an dem er das Joch seines Meisters endlich abwerfen konnte. Es durfte nicht mehr zu lange dauern, sonst würde er noch den Verstand verlieren.

Es war nicht schwer, Vater Liborius unauffällig zu folgen. Er ging durch die Gassen von Reheim, ohne sich umzudrehen. Seine Haltung war starr, und er grüßte keinen der Bürger, die ihm entgegenkamen. Ohne sich ablenken zu lassen, ging er zum Marktplatz. Vater Liborius betrat das Wirtshaus, neigte den Kopf kurz vor der Wache und stieg dann die Treppen zu den Räumen der Inquisitoren hinauf.

Klara spazierte am Wirtshaus vorbei, als wäre sie nur zufällig hier vorbeigekommen. Ein kalter Schauer lief ihr über den Rücken, als sie an dem wachhabenden Soldaten vorbeiging, der sie aber kaum eines Blickes würdigte. Ohne Eile bog sie in eine kleine Gasse ab, die sie auf die Rückseite des Wirtshauses führte. Es stank nach verbranntem Fett, verdorbenem Fleisch und Exkrementen. Sie wusste, dass das Zimmer des älteren Inquisitors an der Ecke lag, also schlich sie zu einem kleinen Busch unterhalb des Erkers. Sie ging in die Hocke, zog den Rock eng um ihre Knie und verbarg sich. Man würde schon nach ihr suchen müssen, um sie zu sehen. Sie schloss die Augen und versuchte, die Worte aus dem Zimmer zu verstehen.

»Wir sind zu umsichtig mit den Bewohnern«, sagte Thomas. »Wir sollten einige Verdächtige verhaften und befragen.«

»Wir haben dieses Thema schon besprochen«, antwortete Baselius verärgert. »Und ich habe meine Meinung seitdem nicht geändert.«

Der Prior wandte sich an Vater Liborius. »Habt Ihr eine Ahnung, wer zu einer solchen Tat fähig ist?«

»Einen Soldaten von hinten zu erstechen, während er sich mit einer Dirne beschäftigt, ist nicht schwer, kann ich mir vorstellen«, sagte der alte Priester. »Sicher wäre jeder kräftige Mann dazu in der Lage.«

»Doch wie viele von ihnen haben ein Schwert?«

»Auch wenn es verboten ist, eine solche Waffe zu besitzen, waren einige Bauern Milizionäre oder Söldner«, antwortete Liborius. »In der Zeit der Dürre war dies oft ihre einzige Einnahmequelle.«

»Habt Ihr einen Verdacht?«

»Ich glaube nicht, dass es überhaupt eine Dirne war. Keine der Dorfbewohnerinnen geht einem solchen Gewerbe nach. Vielleicht hat sich Euer Soldat wirklich an einer Unschuldigen vergriffen. Dann müsst Ihr nach deren Bruder, Mann oder Vater suchen. Wenn Ihr die Frau findet, dann ist es bis zum Mörder nicht mehr weit.«

»Habt Ihr den Umhang gesehen, den wir im Stall gefunden haben?«, fragte Thomas.

»Ja«, antwortete Liborius, »aber der ist nichts Besonderes. Die meisten unserer Stoffe kaufen wir von zwei fahrenden Händlern, die öfter durch Reheim kommen. Kaum einer hat Kleidungsstücke aus anderen Materialien. Der Umhang hat nichts Bemerkenswertes an sich.«

»Hm«, sagte Baselius nachdenklich und nickte dankend. »Ich denke, wir werden im Moment nicht mehr tun können. Vielleicht hat ja eines Eurer Gemeindeglieder etwas gesehen.«

»Sobald sich mir jemand anvertraut, werde ich Euch Bescheid geben«, sagte Liborius.

Baselius nickte kurz und wandte sich dann an Thomas.

»Die Soldaten dürfen nur noch zu zweit Wache halten und durch die Straßen patrouillieren, bis der Mörder gefasst ist. Macht ihnen aber klar, dass keine Ablenkungen, seien es Alkohol oder das andere Geschlecht, geduldet werden.«

Thomas war über die Anweisungen nicht glücklich, fügte sich aber dennoch mit unzufriedenem Gesicht. »Sehr wohl.«

Baselius drehte sich wieder zu Liborius und wollte ihn etwas fragen, als Thomas nochmals seine Stimme erhob: »Was machen wir mit dem jungen Birsch, der mich angegriffen hat?«

Der Prior wandte sich seinem Stellvertreter zu. Für einen Moment schien er verwundert. »Wir lassen ihn für seine Tat noch eine Weile im Gefängnis. Solange wir keine Anzeichen von teuflischem Einfluss sehen, gedenke ich nicht, das zu ändern.«

»Sollte er nicht befragt werden, nur um sicherzugehen, dass nicht auch er in die Ketzereien seines Vaters verwickelt war?«

»Sein Vater hat seine Taten gestanden und öffentlich bekannt, dass er alleine verantwortlich war. Ich sehe keinen Grund für eine Befragung.«

»Aber er hat mich geschlagen«, fuhr Thomas zornig auf. »Das ist nicht hinnehmbar. Allein dafür müsste er im Feuer brennen.«

Baselius schwieg für einen Moment und kniff seine grauen Augen zusammen. »Das Feuer soll die Seele eines überführten Ketzers reinigen, auf dass alle schändlichen Einflüsse aus ihr entfernt werden und sie hernach in das Himmelreich fahren kann. Es ist keine Strafe für heißblütige junge Männer, die sich aus Wut über die Verhaftung ihres Vaters vergessen haben.« Baselius' Stimme wurde ungeduldig. »Ich warne Euch ein letztes Mal, Thomas, Eure Autorität nicht zu missbrauchen und Eure persönlichen Gefühle zurückzustellen. Hebt Euch Euren Zorn für die wahren Feinde der Kirche auf, und lasst Euch nicht von Eitelkeiten mitreißen.«

Vater Liborius saß unsicher auf seinem Stuhl. Man sah ihm an, dass ihm nicht wohl bei diesem Streit war.

»Der junge Birsch bleibt in Haft«, fuhr der Prior fort, »aber ich verlange, dass er in Ruhe gelassen wird. Ich möchte Euch nicht in seiner Nähe sehen.« Der Prior drehte sein Gesicht von Thomas weg. »Vater Liborius, ich danke Euch für Euer Kommen«, sagte er mit freundlicher Stimme. »Ich bitte Euch, Eure Schäfchen genau zu beobachten. Falls Euch jemand im Zusammenhang mit dem Mord an unserem Soldaten verdächtig vorkommt, so wendet Euch bitte gleich an mich.«

Vater Liborius stand auf und verneigte sich. »Das werde ich, Prior.«

»Thomas wird Euch hinausbegleiten«, sagte Baselius und winkte dem jungen Priester.

Immer noch zornig, stand Thomas ruckartig auf und wollte zur Tür gehen. Aber sein Fuß blieb am Stuhlbein hängen, und er stolperte. Er versuchte noch, sich an dem kleinen Tisch festzuhalten, doch er fand keinen Halt und fiel zu Boden. Dabei rutschte sein Gewand nach oben und gab einen Blick auf seine dürren Beine frei. Quer über seinem Fußgelenk war eine große, sternförmige Narbe zu sehen. Fluchend stand Thomas auf und zog seine Kleidung wieder zurecht. Er hatte erwartet, dass Vater Liborius ihm helfen würde, und drehte sich zu dem älteren Mann um. Doch dessen Augen waren vor Schreck geweitet, und er hielt den Atem an.

»Mit geht es gut«, sagte Thomas ungehalten. »Kein Grund, in Todesangst zu erstarren.«

»Verzeiht«, sagte Liborius zerstreut und ging mit Thomas zur Tür. Von alledem unbeeindruckt, saß Baselius noch auf seinem Stuhl und wartete, bis die beiden Männer gegangen waren. Dann seufzte er und rieb sich müde das Gesicht. Er wunderte sich über den jungen Inquisitor. Warum war er nur so voller Zorn?

Als sie die Tür zufallen hörte, erhob sich Klara und ging vorsichtig zurück zur Straße. Sie klopfte gerade den Schmutz aus ihrem Kleid, als Vater Liborius an ihr vorbeilief. Sie grüßte ihn freundlich, doch der alte Mann schien sie nicht zu bemerken. Während er vorher in Gedanken versunken wie mit Scheuklappen durch den Ort geeilt war, schien er nun verändert, erschreckt. Er hatte einen ängstlichen Gesichtsausdruck und drehte sich um, als würde er verfolgt. Kurz nach ihm bog Thomas um die Ecke und sah dem Priester misstrauisch nach. Als Vater Liborius den jungen Inquisitor bemerkte, schreckte er zusammen. Er hob seine Kutte und eilte zur Kirche. Thomas sah Liborius noch lange nach. Erst als der alte Mann außer Sichtweite war, drehte er sich um und ging zurück zum Wirtshaus.

Klara schüttelte den Kopf. Sie war von dem Verhalten der beiden Männer völlig überrascht. Irgendetwas musste zwischen ihnen vorgefallen sein, doch nichts von dem, was sie gehört hatte, ließ ein solches Ereignis vermuten. Vater Liborius musste etwas gesehen haben, das ihn in Todesangst versetzt hatte.

Vater Liborius hastete die Straße zur Kirche hinunter. Sein Atem ging keuchend, und Schweiß stand auf seiner Stirn. Er riss die Augen weit auf, als wäre der Leibhaftige hinter ihm her. Einige Bürger grüßten ihn etwas verwundert, aber er hielt sich nicht mit freundlichen Gesten auf. Stattdessen bog er vom Weg ab, lief die Treppe zur Kirche hoch und schloss die Tür mit einem lauten Knall. Dann legte er den Riegel davor. Ohne innezuhalten, rannte er zu dem großen Kruzifix hinter dem Altar und warf sich auf den Boden. Er streckte seine Arme zur Seite und begann mit leiser, zittriger Stimme ein Gebet zu sprechen.

Es war schon Abend, als Markus und Klara zu Tisch saßen. Sie hatten etwas Brot mit Käse zu sich genommen und tranken ihren noch warmen Tee aus. Klara starrte abwesend auf ihren Becher und sprach kaum ein Wort.

»Was hast du heute Nacht vor?«, fragte Markus unvermittelt.

Klara schreckte wie aus einem Dämmerschlaf hoch.

»Wie kommst du darauf, dass ich etwas vorhabe?«

»Ich kenne diesen Gesichtsausdruck. Immer wenn du so angestrengt nachdenkst und abwesend wirkst, heckst du wieder einen Plan aus.«

Klara seufzte. »Ich würde Peter gerne wieder einmal besuchen. Ich habe ihn schon lange nicht mehr gesehen. Außerdem habe ich ein Gespräch der Inquisitoren belauscht, bei dem sich der ältere Dominikaner für Peter eingesetzt und ihn vor Folter bewahrt hat.« Sie schüttelte den Kopf. »Es ist eigenartig. Ich dachte, alle Inquisitoren sind brutale, egoistische Menschen mit einer Freude an Unterdrückung und Gewalt.«

Markus lehnte sich auf seinem Stuhl zurück. »Nicht alle Kirchenmänner sind so. Auch wenn ich viel Blut und Tod gesehen habe, so bin ich auch Priestern begegnet, deren Liebe und Großzügigkeit jeden beschämen würde.« Markus trank einen Schluck Tee. »Einmal führten wir einen Ausfall gegen ein Regiment feindlicher Gardisten, die einen wichtigen Handelsweg hielten. Es war eine erbitterte Schlacht mit vielen Toten und noch mehr Verletzten. Als wir uns nach dem ersten Angriff zurückzogen, versuchten wir, unsere Verwundeten zu bergen, aber die gegnerischen Armbrustschützen warteten nur darauf, dass sich einer von uns auf dem Schlachtfeld zeigte.

Wir nahmen unsere Schilde und versuchten vorzurücken, aber der Beschuss war gnadenlos. Wir konnten es uns nicht leisten, noch mehr Männer zu verlieren, daher mussten wir uns nach wenigen Metern wieder zurückziehen. Es war erst Mittag. Die schützende Dunkelheit der Nacht war noch fern, und wir wussten, dass unsere Verwundeten bis dahin tot sein würden.

Dann kam Vater Cristan. Er war von schmächtiger Statur und trug das einfache Gewand der Franziskaner. Er hatte einen großen Wasserschlauch und etwas Verbandsmaterial in der Hand. Er lächelte mich an und ging ruhigen Schrittes auf das Schlachtfeld. Wir riefen ihm hinterher, warnten ihn vor den Schützen und versuchten, ihn umzustimmen, aber er ließ sich nicht aufhalten.

Ohne Angst ging er zu den Verletzten und umsorgte sie. Es war ihm egal, ob es unsere Männer oder unsere Gegner waren. Er arbeitete gewissenhaft und kümmerte sich aufopferungsvoll um die Leidenden.

Kein Pfeil flog, und niemand hinderte ihn bei seiner Arbeit. Ich stand den ganzen Tag am Rande des Schlachtfelds, ohne mich zu rühren, und sah Vater Cristan zu. Er schien wie von Gott beseelt, als er die Verwundeten pflegte, und ich denke, dass es diese Ausstrahlung war, die unsere Feinde davon abhielt, ihn niederzustrecken. Ich weiß nicht, wie viele Leben er durch diese Tat gerettet hat, aber es war eine Tat, die jeden von uns beschämte.«

Markus sah Klara an. »Vielleicht war der Prior auch einmal ein liebender, leidenschaftlicher Priester, der nur von der Dunkelheit, die diese Welt hervorbringt, verschluckt worden ist. Möglicherweise hatte er einen Moment der Klarheit, der Peter vor der Folter bewahrt hat.«

Klara lauschte der Geschichte gebannt, als sich Markus' Tonfall änderte.

»Wenn du aber heute Nacht wieder nach Reheim gehst, obwohl die Soldaten immer noch den Mörder ihres Kameraden suchen, dann habe ich einige Bedingungen. Zuerst wirst du wieder mit mir hinter das Haus gehen und mit dem Dolch üben.«

Klara wollte etwas dagegen einwenden, aber Markus hob die Hand und erstickte jedwede Diskussion im Keim.

»Keine Ausflüchte«, sagte er streng. »Weiterhin wirst du dich früh ins Bett legen und einige Stunden schlafen. Die sicherste Zeit, um sich an Wachen vorbeizuschleichen, liegt nach Mitternacht. Dann sind sie müde und unaufmerksam. Außerdem«, sagte er mit einem Lächeln, »merkt man dir deine Müdigkeit an, wenn du nachts durch die Straßen schleichst. Du bist tollpatschig und würdest noch nicht einmal merken, wenn dich ein Ochse verfolgt.«

Klara setzte erneut an, aber Markus kam ihr wieder zuvor. »Keine Zeit für Streit. Ich hole deinen Dolch, und dann gehen wir üben.«

Er stand auf und ging die Treppe hoch. Klara erhob sich einen Moment später und räumte das Geschirr ab. Allein bei dem Gedanken an die Übungen schmerzte ihr der Arm.

Erst als die Nacht die Kirche in völliges Dunkel getaucht hatte, stand Vater Liborius von seiner demütigen Position vor dem Kruzifix auf. Die Kälte des Bodens hatte ihm die Wärme geraubt. Er zitterte am ganzen Körper. Seine Augen waren rot gerändert, als hätte er während des Betens geweint. Vorsichtig ging er in die kleine Sakristei hinter dem Altar, in der er sich auf die Gottesdienste vorbereitete. Er öffnete die Tür nach draußen und blickte furchtsam in die dunkle Nacht. Gehetzt sah er sich um, als erwartete er, dass etwas Tödliches in der Schwärze auf ihn lauern würde. Unsicher setzte er einen Fuß vor den anderen, bis er den kurzen Weg zu seiner Hütte zurückgelegt hatte. Dann schlug er die Tür zu und rückte einen kleinen Tisch davor. Verängstigt setzte er sich auf seine Pritsche und starrte auf die geschlossene Tür. Er versuchte, sich wach zu halten, doch die Aufregung des Tages war zu viel für seinen alten Körper gewesen. Bald darauf fiel er in einen unruhigen, traumlosen Schlaf.

Mitternacht war vorbei, als Klara sich aus dem Bett quälte. Sie schlüpfte in ihr Kleid und zog einen dunklen Schal und einen fast schwarzen Umhang an. Um Markus nicht zu wecken, schlich sie leise die Treppen hinunter und ging zur Tür hinaus. Auf dem Weg nach Reheim blickte sie immer wieder hinter sich, aber sie konnte ihren Onkel nicht sehen. Einerseits war sie froh gewesen, dass er sie heimlich verfolgt und beschützt hatte, andererseits wollte sie ihn nicht in Gefahr bringen. Sie würde es sich nie verzeihen, wenn ihm um ihretwillen etwas zustoßen sollte.

Das Mondlicht drang kaum durch die Wolken. Es war eine trübe, dunkle Nacht, was ihren Plänen sehr zugutekam. Mit fast schlafwandlerischer Sicherheit lief Klara durch die Gassen von Reheim, aber sie war vorsichtiger geworden. Sie setzte ihre Schritte langsamer und erlaubte sich keinen Augenblick der Unachtsamkeit. Ihr Dolch war unter ihrem Kleid verborgen. Auch wenn ihr Arm immer noch schmerzte, so fühlte sie sich nach den Übungen mit ihrem Onkel gestärkt. Er hatte sie aber ermahnt, nicht übermütig zu werden. Gegen einen kräftigen Mann hatte sie noch immer keine Chance, aber der versteckte Dolch könnte ihr vielleicht den Vorsprung verschaffen, den sie für eine Flucht benötigte.

Klara bog in die Straße zum Gefängnis ein und blieb einen Moment stehen. Sie überprüfte den Sitz ihres Umhangs und ihres Schals. Dann versuchte sie, sich noch bewusster auf die Geräusche der Nacht zu konzentrieren. Sie vernahm nur das leise Rascheln von Blättern. Ab und an hörte sie auch das feine Trippeln von Ratten, aber keines der Geräusche kam ihr ungewöhnlich vor. Vorsichtig ging sie an der Wand entlang weiter und nutzte jedes nur mögliche Versteck, um kurz anzuhalten und zu lauschen. Schritt um Schritt näherte sie sich dem Gefängnis. Dort angekommen, duckte sie sich, nahm wie immer einen Kieselstein vom Boden und warf ihn in die Zelle, in der Peter die letzten Tage verbracht hatte. Nach einem Moment hörte sie, wie sich jemand dem Gitter näherte.

»Klara?«, fragte Peter leise.

Sie verkniff sich eine bissige Bemerkung. Wer sonst

würde es wagen, ihn in der tiefsten Nacht zu besuchen, obwohl es die Inquisitoren verboten hatten? Als sich Peter den Gitterstäben näherte, stieg Klara ein beißender Gestank nach Schweiß und Exkrementen in die Nase. Eigentlich hätte sie sich nicht wundern dürfen, dass Peters Zelle nach all den Tagen so abstoßend roch, aber sie hatte trotzdem Mühe, nicht zu würgen. Gott sei Dank konnte er ihren Gesichtsausdruck nicht sehen.

»Du hast sicher Hunger«, sagte sie und hielt Peter ein Paket mit gekochtem Fleisch hin. Der junge Mann riss es ihr fast aus den Händen. Dann hörte sie ein zufriedenes Schmatzen und genehmigte sich ein Lächeln.

»Wie geht es dir?«, fragte sie besorgt. »Wie kannst du es in diesem zugigen, kalten Loch nur so lange aushalten?«

»Mir bleibt ja doch keine Wahl«, antwortete Peter kauend. »Hier drin liegen ist immer noch besser, als verbrannt zu werden. Ich friere nicht mehr so sehr. Anscheinend haben mich die letzten Tage abgehärtet.«

Klara wartete, bis Peter aufgegessen hatte.

»Ich habe ein Gespräch der Inquisitoren belauscht.«

Peter hielt merklich die Luft an, sagte aber nichts weiter dazu.

»Anscheinend hängt dein Wohl von der Durchsetzungskraft des älteren Inquisitors ab.«

»Wie meinst du das?«, fragte Peter.

»Der jüngere von beiden, derjenige, den du angegriffen hast, würde dich gerne auf dem Scheiterhaufen sehen. Nur die mäßigenden Worte des Priors scheinen dich noch davor zu bewahren.«

»Das sind ja gute Nachrichten«, sagte Peter spöttisch. »Da schlafe ich gleich besser.«

»Kein Grund, mir Vorwürfe zu machen«, antwortete

Klara abwehrend. »Ich wollte dir nur sagen, wie es um dich steht.«

»Wieso sollte der alte Inquisitor mir gutgesinnt sein?«

»Ich weiß es nicht genau«, sagte Klara nachdenklich, »aber hinter all dem Töten und der Jagd auf Ketzer scheint er sich einen letzten Rest an Würde und Grundsätzen bewahrt zu haben.«

Peter gab ein missbilligendes Grunzen von sich. Klara konnte es selbst kaum glauben, aber irgendetwas an den Worten des Priors machte sie zuversichtlich, dass Peter vielleicht doch lebend aus dem Gefängnis entlassen werden würde.

»Gab es noch weitere Fälle von Ketzerei in der letzten Zeit?«, unterbrach Peter ihre Grübeleien.

»Momentan ist es ruhig. Aber einer der Wachleute wurde ermordet.«

»Davon habe ich auch gehört. Die Wachen vor dem Gefängnis reden viel, und ihre Stimmen hallen durch den Gang.«

Klara schwieg. Wäre sie nicht unaufmerksam gewesen, hätte der Soldat sie nicht zu fassen bekommen. Ihr Onkel hätte keinen Mord begehen müssen, um sie vor dem Mann zu beschützen. Vielleicht wären die Inquisitoren schon wieder in der nächsten Stadt, und Peter wäre frei. Gerade als ihr die Tränen kamen, unterbrach Peter die Stille.

»Was hast du jetzt vor?«, fragte er.

»Ich werde zu Vater Liborius gehen. Er hat sich heute sehr seltsam verhalten. Ich bin mir sicher, er weiß mehr über die Vorgänge in Reheim, als er zugibt.«

»Sei vorsichtig, Klara«, sagte Peter und streckte die Hand aus den Gitterstäben.

Klara fasste die Hand und führte sie sanft an ihre Wange.

Für einen Moment erfreute sie sich der Wärme seiner Berührung. Dann küsste sie flüchtig seine Finger, stand auf und entfernte sich.

Nachdem Klara gegangen war, drückte Peter seine Hand auf seinen Mund, als könnte er ihre Nähe noch fühlen. In Momenten wie diesen spürte er, wie wichtig ihm seine Freiheit war. Er würde hier unten nicht mehr lange bei klarem Verstand bleiben. Er redete sich immer ein, dass es besser war, im Gefängnis zu sitzen, als hingerichtet zu werden, aber manchmal wünschte er sich, dass dieses Elend bald vorbei wäre. In solchen Momenten verlor der Tod seinen Schrecken. Doch er wollte leben. Er wollte, dass alles wieder so war wie früher, als er sorglos mit Klara durch die Wälder laufen konnte, als der Marktplatz ein Ort der Freude war und als die Bürger ohne Angst durch die Straßen gehen konnten.

Seine Gedanken wanderten zu Klara. Vater Liborius war ein netter, alter Mann, Priester von Reheim, seit Peter sich erinnern konnte. Doch mit der Ankunft der Dominikaner schien er sich auf ihre Seite geschlagen zu haben. »Schoßhund der Inquisition« hatten ihn die Soldaten genannt und brüllend über diese Bezeichnung gelacht. Da waren Peter Zweifel gekommen, ob sich Vater Liborius nicht von ihnen abgewandt hatte. Er hoffte nur, dass Klara dies auch wusste.

Klara war auf dem Weg zur Kirche, als sie leise Schritte in ihre Richtung vernahm. Die nächste Gasse war zu weit, um hineinzulaufen, also sprang sie schnell zu einem Wassertrog und kniete sich daneben nieder. Sie zog ihren Umhang über den Kopf und machte sich so klein sie konnte. Wenn sie sich nicht bewegte, würde sie nur einem sehr aufmerksamen Betrachter auffallen, doch der dicht gewebte Umhang verwehrte auch ihr den Blick. Wer immer die Straße entlangkam, sie konnte ihn nicht sehen. Klara hielt den Atem an und verharrte regungslos. Ihre Hand glitt zum Griff des Dolchs. Das Metall gab ihr ein beruhigendes Gefühl. Sie schloss die Augen und versuchte, die Angst zu verdrängen. Die Schritte gehörten nicht zu einem Soldaten. Ihre Stiefel hatten harte Sohlen und hallten laut auf dem Stein. Diese Stiefel waren weich. Wer immer die Gasse herunterkam, er schien sich Mühe zu geben, leise zu sein. Klara konnte den nächtlichen Spaziergänger keuchen hören, er hatte es eilig. Er schien nur eine Handbreit entfernt an ihr vorbeizugehen. Dann wurden die Geräusche wieder leiser, bis sie schließlich ganz verhallten.

Klara atmete beruhigt aus und nahm ihre verkrampfte Hand vom Dolch. Dann richtete sie sich vorsichtig auf und blickte sich um. Die Dunkelheit der Nacht hatte den Schemen wieder verschluckt. Sie bedauerte es, dass sie niemanden hatte erkennen können, war aber glücklich darüber, selbst nicht entdeckt worden zu sein. Vorsichtig setzte sie ihren Weg fort.

Sie wählte jeden Schritt mit Bedacht, daher dauerte es etwas, bis sie an der Kirche angekommen war. Sie wusste, dass das Eingangstor laut quietschte, deshalb kletterte sie über die kleine Mauer. An der Hütte von Vater Liborius angekommen, blieb sie kurz stehen und lauschte. Die Nacht war still. Ein Licht erhellte den Innenraum. Der Priester war also noch wach. Vorsichtig ging sie weiter.

Als sie sich der Tür näherte, öffnete sich diese mit einem lauten Knall, und Vater Liborius stand vor ihr. Klara sprang vor Schreck zurück. Der Mann schien ihr etwas sagen zu wollen, bekam aber nur ein leises Röcheln heraus. Seine rechte Hand war um seinen Hals verkrampft, während seine Linke irgendetwas festhielt. Klara war starr vor Angst und konnte sich kaum bewegen. Vater Liborius kam einen Schritt auf sie zu, doch dann ging er in die Knie und brach vor Klara zusammen. Die Hand löste sich von seinem Hals. Ein Schwall Blut ergoss sich auf den Boden. Vater Liborius streckte seine linke Hand vor, als wollte er Klara den Gegenstand geben, den er festhielt. Dann wurden seine Glieder schwach. Er zuckte noch einmal und lag dann ruhig, während sich die Blutlache vor ihm weiter ausbreitete.

Klara schossen die Tränen in die Augen. Einen Augenblick gab sie sich der Verzweiflung hin, dann erhob sie sich und ging zu Vater Liborius. Man hatte ihm den Hals aufgeschnitten. Doch der Schnitt war schlecht platziert gewesen und hatte nur eine kleine Wunde gerissen. Der Priester war qualvoll gestorben.

Klara sah sich den Gegenstand in seiner linken Hand an. Es war ein langes Brett mit einem Loch in der Mitte. An der Seite war ein hölzerner Hebel mit einem Griff, den man drehen konnte. Klara nahm dem Toten vorsichtig das Holz aus der Hand und versuchte, nicht an das Blut zu denken, das diesen Gegenstand bereits beschmutzt hatte. Dann drehte sie die Kurbel. Die Drehung erzeugte ein lautes, klapperndes Geräusch, das durch die Nacht hallte. Klara schrak zusammen und legte das Brett wieder neben den toten Priester.

Sie blickte sich um und hoffte, dass niemand etwas gehört hatte. Sie musste hier weg. Der Mörder musste noch immer in der Nähe sein. Sie stand auf und zog den Umhang über ihren Kopf, lief an der Kirche vorbei und kletterte über die kleine Mauer. Während sie durch die Gassen von Reheim schlich, überschlugen sich ihre Gedanken. Was hatte Vater

Liborius mit diesem Gegenstand gewollt? Warum hatte er mit einer letzten, verzweifelten Geste versucht, ihn ihr – oder einem anderen zufälligen Passanten – zu geben? Warum war er ermordet worden? Wer hegte einen solchen Groll gegen ihn? Hatte er seinen Tod heute Mittag bereits geahnt, als er panisch nach Hause gelaufen war? War der nächtliche Spaziergänger der Mörder von Vater Liborius gewesen?

In dieser Nacht ging sie so vorsichtig wie noch nie nach Hause. Während der ganzen Zeit ruhte ihre rechte Hand auf dem Dolch. Hätte sie noch etwas länger gewartet, wäre ihr die dunkle Gestalt aufgefallen, die sich vorsichtig von der Kirche entfernte und wieder zurück nach Reheim ging.

Das Gesicht von Baselius war grimmig, als er sich den Bericht des Hauptmanns über den Tod von Vater Liborius anhörte.

»Eine Frau, die früh in die Kirche wollte, hat ihn heute Morgen gefunden. Man hat ihm den Hals aufgeschnitten und ihn verbluten lassen«, beendete der Soldat seinen Bericht.

»Hat man irgendetwas gefunden, das auf den Mörder hinweisen könnte?«

»Nein, Prior.«

Baselius schüttelte den Kopf. Nur selten in seinem Leben hatte er sich so geirrt. War der Mord an Ruther am Ende doch nicht die Rache eines Ehemanns oder Vaters gewesen? War diese Tat nur aus der Lust am Töten entstanden, und hatte der Mörder dem Soldaten eine Falle gestellt? War die Frau vielleicht nur der Köder gewesen? Hatte dies alles mit der ungewöhnlichen Häufung an Ketzerfällen zu tun?

Baselius unterbrach seine Grübeleien und wandte sich an den Hauptmann. Er spürte, wie ihm die Kontrolle über diese Fälle entglitt. Er musste härter durchgreifen. »Reitet zur nächsten größeren Stadt und holt Euch Verstärkung. Unsere kleine Truppe ist nicht ausreichend.« Dann wandte der Prior seine Aufmerksamkeit Thomas zu.

»Gebt dem Hauptmann eine Vollmacht, dass er im Namen der Inquisition einen Trupp Soldaten rekrutieren darf. Alle Auslagen werden von der Kirche übernommen. Außerdem befehle ich eine völlige Ausgangssperre von der Dämmerung bis zum Morgen. Jeder Bürger Reheims, der dieses Verbot missachtet, wird unter dem Verdacht der Ketzerei und des Mordes verhaftet. Verkündet meine Worte noch heute auf dem Marktplatz.«

»Sehr wohl«, sagte Thomas.

»Weiterhin möchte ich, dass der Leichnam von Vater Liborius mit allen Ehren bestattet wird. Morgen werdet Ihr die Messe für ihn halten.«

Baselius winkte mit der Hand und entließ die Männer.

Als die Tür sich hinter ihnen geschlossen hatte, schlug er ärgerlich mit der Faust auf den kleinen Tisch. Nichts schien einen Sinn zu ergeben. Er hatte es mit verrückten Ketzern zu tun, die ihre Gottlosigkeit fast aufreizend zur Schau stellten, indem sie ihre Scheunen mit ketzerischen Symbolen beschmierten. Dann schien ein wahnsinniger Mörder sein Unwesen zu treiben. Wenn er versucht hätte, Thomas oder ihn zu töten, vielleicht aus Rache für die auf dem Scheiterhaufen verbrannten Ketzer, dann hätte er einen Sinn hinter einer solchen Tat gesehen. Aber Vater Liborius?

Baselius atmete aus und versuchte, sich zu beruhigen. Er spürte, wie der Zorn seine Sinne benebelte und ihm das klare Denken erschwerte. Noch immer konnte er sich nicht des Gefühls erwehren, dass er etwas übersah, und dieser Gedanke machte ihn fast wahnsinnig. Er kniete sich auf den

Boden und widmete sich dem Gebet. Vielleicht konnte der Herr ihn auf den richtigen Weg leiten.

Als sie mit ihrem Bericht über die Erlebnisse der letzten Nacht geendet hatte, blickte Klara müde zu Boden. Markus hatte ihr die Hand auf die Schulter gelegt und versuchte, sie zu trösten.

»Warum bringt jemand Vater Liborius um?«

»Vielleicht aus Rache«, antwortete ihr Onkel. »Er ist seit ihrer Ankunft mehrmals bei den Inquisitoren gewesen. Manche glauben sicher, dass er mit ihnen gemeinsame Sache gemacht hat. Möglicherweise geben ihm einige die Mitschuld am Tod von Agnes, Maria, Friedrich, Edmund oder Jakob.«

Klara schüttelte den Kopf. »Das wäre zu einfach. Auch wenn er Agnes der Hexerei bezichtigt hat, so verstehe ich seine Beweggründe, selbst wenn ich sie für feige und eines Mannes der Kirche unwürdig halte. Ich glaube, dass er bei den Verhaftungen keine Rolle gespielt hat. Und wenn man wegen des Todes der Bürger wütend ist, warum ermordet man ihn und nicht die Inquisitoren?«

Markus schwieg nachdenklich. »So viele Tote«, sagte er leise und schlug seine Augen in Trauer nieder.

»Was hat es mit diesem eigenartigen Brett auf sich?«, unterbrach Klara seine Grübeleien.

»Das ist eine Aussatzrätsche«, antwortete Markus. »Jeder Aussätzige musste eine tragen, um andere vor seiner Krankheit zu warnen. Sie macht ein lautes, knarrendes Geräusch, bei dem sich mir die Nackenhaare aufstellen.«

Langsam erfasste Klara die Zusammenhänge.

»Kannst du dich an einen Fall in Reheim erinnern? Es müsste ungefähr dreizehn Jahre her sein. Damals wurde die

Familie Lewenstein des Dorfes verwiesen, weil man an ihnen Zeichen für Aussatz gefunden hatte.«

Markus blickte nachdenklich zur Decke. »Es ist schon lange her, aber ich kann mich daran erinnern. Damals hatten wir noch eine Stadtwache, bei der ich angestellt war. Ich musste die Lewensteins an den Stadtrand führen, wo wir auf eine Kutsche warteten, die die Familie in ein Aussatzlager brachte.«

Klara biss sich vor Zorn auf die Lippen. Hätte sie ihren Onkel doch schon früher in ihre Suche eingeweiht. »Erzähl mir alles, was du weißt«, bat sie ihn gespannt.

»Es gibt nicht viel zu berichten«, antwortete Markus. »Anzeichen von Aussatz wurden mit strenger Geheimhaltung behandelt. Man wollte die Bürger nicht aufbringen und auch den Handel mit anderen Dörfern nicht gefährden, daher wurden Fälle dieser Krankheit nicht öffentlich besprochen. Wer mit den verräterischen Malen aufgefunden wurde, hatte sofort das Dorf zu verlassen und durfte nie mehr zurückkommen. Er musste eine Rätsche tragen, die er ständig zu betätigen hatte, sollte er sich einer Person nähern.«

»Die Lewensteins waren von Aussatz befallen?«

»Nur die Frau und der Mann«, antwortete Markus. »Anscheinend hatte man die Erkrankung bei den Lewensteins entdeckt, also verwies man sie aus Reheim und brachte sie in ein Aussatzlager.«

»Waren sie schlimm entstellt?«

»Ich habe sie nur kurz gesehen und konnte nichts erkennen. Die Frau hat mich immer angefleht, wenigstens ihren Sohn ziehen zu lassen, aber das Gesetz war unnachgiebig. Alle mussten in das Lager, denn die Krankheit erfasste meist die ganze Familie, dann ihre Nachbarn und schließlich die ganze Ansiedlung.«

»Aber hätten sie nicht vielleicht geheilt werden können?«

Markus schüttelte energisch den Kopf. »Ich habe noch nie von jemandem gehört, der sich davon erholt hat.«

»Vielleicht war der Junge nicht krank.«

»Das spielt keine Rolle. Wer immer das Lager betrat, durfte nie wieder heraus.« Markus blickte seinem Mündel ernst in die Augen, fast als überlegte er, ob er weitererzählen sollte. »Ein Kamerad hat mir einmal von den Zuständen in einem solchen Lager erzählt, Klara. Es gibt kaum etwas zu essen. Die Menschen bringen sich schon wegen des kleinsten Stücks schimmeligen Brotes um. Wer nicht am Aussatz zugrunde geht, wird erstochen, erschlagen oder verhungert schlicht.« Markus schüttelte seinen Kopf. »Die Lewensteins sind tot, Klara. Niemand überlebt ein Aussatzlager.«

Die Glocken der Kirche läuteten wieder eine Zusammenkunft ein. Schnell fanden sich die Bürger auf dem Marktplatz zusammen, denn sie erhofften sich Neuigkeiten über den Tod von Vater Liborius. Thomas stand auf dem Podest und schaute ungeduldig der wachsenden Menge zu. Sein Gesicht war ernst. Als der Marktplatz fast voll war, hob der Inquisitor die Hände. Sofort verstummten die Gespräche der Bürger, und es wurde still. »Bürger von Reheim«, begann er mit lauter Stimme. »Vor zwei Nächten wurde einer unserer treuen Soldaten Opfer eines feigen Mordes. Als ob diese schändliche Tat nicht genug sei, wurde gestern Nacht Vater Liborius vor der Kirche ermordet.«

Wenn Thomas einen Ausruf des Entsetzens erwartet hatte, so wurde er enttäuscht. Die Nachricht hatte sich in Windeseile herumgesprochen. Niemand war von diesen Worten überrascht.

»Ein Mörder treibt sich in Reheim herum«, schrie Thomas. »Dieser hat einen Diener der Inquisition und einen Mann der Kirche getötet. Auch wenn ihn Gott für diese Taten schrecklich richten wird, so muss er der weltlichen Gerichtsbarkeit überstellt werden. Jedem, der etwas beobachtet hat, befehle ich, sich uns mitzuteilen. Jeder noch so kleine Hinweis ist wichtig und muss uns unbedingt weitergegeben werden. Eine Weigerung wird schwer bestraft.«

Die Menschenmenge vor ihm wurde unruhig. Thomas genehmigte sich ein kurzes Lächeln. Seine Einschüchterung wirkte. »Weiterhin befehlen wir ab heute eine Ausgangssperre in der Nacht. Von Beginn der Nacht bis zum ersten Sonnenschein ist es jedem Bürger von Reheim verboten, sein Haus zu verlassen.«

Ein Aufstöhnen ging durch die Menge.

»Ich warne euch alle davor, unsere Befehle zu missachten«, fuhr Thomas zornig auf. »In den nächsten Tagen wird ein größerer Trupp Soldaten der heiligen Inquisition in Reheim ankommen, damit alle unsere Gebote befolgt werden und das Morden endlich ein Ende hat. Unsere Großzügigkeit und Güte haben ab heute ein Ende.«

Ohne ein weiteres Wort verließ Thomas das Podest und drängte sich durch die Menge ins Wirtshaus. Die Bürger zerstreuten sich, und bald war der Marktplatz wieder verlassen, doch die Straßen hallten noch lange wider von sorgenvollen Gesprächen.

Baselius hatte sich das Mittagessen auf sein Zimmer bringen lassen. Er saß an dem kleinen Tisch und löffelte eine Suppe. Das Essen machte ihm keine Freude, denn seine Gedanken drehten sich noch immer um die Geschehnisse in Reheim. Es war schon viele Jahre her, dass er die Pflicht des Inquisitors übernommen hatte. Er hatte diese Aufgabe immer sehr ernst genommen und seine persönlichen Gefühle dabei zurückgestellt. Manche Fälle waren befremdlich gewesen, aber in einem Dorf wie Reheim eine solche Häufung von Ketzerei und Mord zu finden war außerordentlich.

Was hatte er falsch gemacht? War es ein Fehler zu glauben, dass es auch redliche Menschen unter den Bürgern gab? Gab es wirklich eine große Verschwörung von Ketzern, die hier ihr Unwesen trieben? Warum stellten sie sich dann so ungeschickt an? Baselius hatte auf die Stimmen der Verurteilten geachtet. Die Männer hatten Angst gehabt, doch war es die Furcht des Ketzers vor dem nahen Tod, oder war es doch die Hilflosigkeit des Unschuldigen?

Der Prior legte den Löffel ab. Sobald die Verstärkung eintraf, würden sie Gewissheit haben. Vielleicht war Reheim doch bis zur Wurzel verdorben. Dann wäre ein härteres Vorgehen gut, um diese Schädlichkeit wieder zu entfernen. Ein Klopfen durchbrach seine Gedanken. Baselius drehte sich zur Tür. »Herein«, rief er, ungehalten ob dieser Unterbrechung. Normalerweise wurde er nicht beim Essen gestört. Wer immer jetzt etwas von ihm wollte, sollte besser hoffen, dass es wichtig war. Die Tür öffnete sich.

»Prior«, sagte Thomas mit ernster Stimme. »Ich muss mit Euch reden.«

Klara war zur Kirche gegangen. In dem kleinen Innenhof hatten sich viele Bürger versammelt. Sie hatten kleine Gruppen gebildet und sprachen miteinander. Allen gemeinsam schien der Schrecken über diese blutige Tat zu sein. Wie immer, wenn ein Dorfbewohner gestorben war, erinnerte man sich an die guten Zeiten mit ihm. Man redete über seine Wohltaten und welche Lücke der Tote in der Gemeinschaft hinterlassen würde.

An diesem Tag mischten sich aber auch wilde Spekulationen in die Gespräche. Einige glaubten, dass die Geister der Ketzer Vater Liborius heimgesucht und sich für ihren Tod gerächt hatten. Andere erzählten Geschichten von einem Ungeheuer, das im Wald hauste und den Priester angegriffen haben sollte.

Klara hätte gerne die Hütte von Vater Liborius durchsucht, aber bei diesen vielen Leuten war es unmöglich, heimlich in seine Unterkunft zu kommen. Sie wollte sich gerade wieder umdrehen und nach Hause gehen, als ein Mann auf sie zukam.

»Klara«, sagte er freundlich. »Es ist schön, dass du auch gekommen bist, um dich an Vater Liborius zu erinnern.«

Klara machte ein niedergeschlagenes Gesicht. »Ich habe ihn sehr gemocht, Stadtrat Peeren. Er wird mir fehlen.« Sie wunderte sich, wie leicht ihr diese Lüge über die Lippen kam.

Der Stadtrat legte ihr tröstend die Hand auf die Schulter. »Er ist jetzt an einem besseren Ort. Mir, aber auch dem Stadtrat wird er mit seiner Weisheit fehlen.«

»Wieso dem Stadtrat?«, fragte Klara verwundert.

»Nun, bei wichtigen Entscheidungen haben wir immer auch die Meinung der Kirche eingeholt. Vater Liborius hatte dann ebenso eine Stimme wie wir auch.«

Klara drehte sich um und rannte die Straße entlang. Stadtrat Peeren schüttelte den Kopf und blickte ihr einen Moment verwirrt hinterher. Was war bloß in die junge Frau gefahren? Dann ging er wieder zu den Menschen vor der Kirche zurück.

11
Markus

Die Angst beflügelte Klara. Sie hatte doch recht gehabt. Alles hing mit der Anhörung zusammen. Die drei Stadträte, die damals die Zusammenkunft einberufen hatten, waren der Ketzerei angeklagt worden und zu Tode gekommen. Agnes, deren Meinung als Heilerin eine Rolle gespielt haben musste, war auf dem Scheiterhaufen verbrannt worden. Vater Liborius, der zu dieser Zeit schon Priester in Reheim war, war gestern Nacht ermordet worden. Es gab nur noch einen Überlebenden, der mit der Ausweisung der Lewensteins zu tun hatte.

Klara lief, als wäre der Leibhaftige hinter ihr her. Sie spürte ein Stechen in ihrer Brust, als sie die Gassen hinter sich ließ. Ihre Beine schmerzten, und der Schweiß perlte auf ihrer Stirn, aber sie durfte nicht langsamer werden. Sie musste nach Hause. Ihr Onkel war in tödlicher Gefahr.

Als sie den kleinen Weg hinaufrannte, sah sie Sterne vor den Augen. Sie stolperte die letzten Schritte zur Hütte und riss die Tür auf. »Onkel«, schrie sie fast hysterisch. Sie hielt sich die schmerzende Seite und versuchte, wieder zu Atem zu kommen. Erneut rief sie nach Markus, aber niemand antwortete ihr. Sie ging um das Haus herum und hoffte, dass er beim Gemüsebeet war, aber auch dort konnte sie ihn nicht finden.

Sie rannte zur Scheune und stieß die große Tür auf. Staub wirbelte auf. Die Luft war abgestanden. Heu und Stroh lagen auf dem Boden. Klara wollte wieder nach ihrem Onkel rufen, aber dann sah sie mit Blut gemalte Symbole an der Wand. Sie zeigten eine teuflische Fratze mit Hörnern, umgedrehte Kreuze und andere blasphemische Zeichen. Klara blieb die Luft weg. Fassungslos starrte sie die Schmierereien an. Der Mörder war hier gewesen, und er wollte auch sie ins Verderben stürzen. Sicher hatten die Inquisitoren hiervon schon erfahren.

Was sollte sie tun? Sollte sie weglaufen und hoffen, dass niemand diese Symbole finden würde? Sollte sie sie wegwaschen oder gar die ganze Scheune in Brand setzen und so die verräterischen Zeichen vernichten?

Dann hörte sie Pferdegetrappel. Klara wollte aus der Scheune laufen, als ein kräftiger Arm sie packte und eine Hand sich auf ihren Mund legte. Sie wollte schreien, aber dann hörte sie die Stimme ihres Onkels.

»Sei leise, Klara«, sagte er flüsternd und nahm die Hand weg. »Wir haben nicht viel Zeit.«

»Was ist hier passiert?«, fragte Klara, den Tränen nahe.

»Ich weiß es nicht«, sagte Markus niedergeschlagen. »Aber es ist zu spät. Du musst fliehen. Lauf in den Wald, und versteck dich dort. Agnes hat dir genug beigebracht, damit du überleben kannst.«

»Ich lasse dich nicht im Stich.«

»Doch, mein kleines Mädchen«, sagte Markus mit milder Stimme und einem Lächeln. »Meine Zeit ist gekommen. Irgendjemand hat diese Wand vollgeschmiert und den Inquisitoren davon erzählt. Sie werden einen Schuldigen haben wollen, und das wirst nicht du sein.«

»Komm mit mir«, flehte Klara. »Ich verstecke uns beide.«

»Nein, Klara«, antwortete Markus und strich ihr übers Haar. »Ich bin zu alt und gebrechlich. Sie würden uns fangen.«

Das Hufgetrappel wurde lauter. Die ersten Rufe drangen zu ihnen.

Markus küsste Klara sanft auf die Stirn. »Lauf, Klara, und versuch, am Leben zu bleiben.«

Klara liefen die Tränen über die Wangen. Sie umarmte ihren Onkel und schluchzte hemmungslos. Dann riss sie sich los und sah ihm noch einmal in die Augen. Auch er weinte, aber das sanfte Lächeln ließ sein Gesicht noch immer warm leuchten. Dann nickte er aufmunternd, und Klara rannte aus dem hinteren Tor.

Die Soldaten zügelten ihre Pferde vor dem Holzhaus. Sie sprangen ab und bildeten einen Kreis um den Inquisitor, der sich gemächlich aus dem Sattel gleiten ließ.

»Durchsucht das Haus und die Scheune«, sagte Thomas bestimmt. »Haltet jeden fest, der sich auf diesem Grundstück befindet. Der Hinweis, den ich heute Nacht bekommen habe, spricht von Ketzerei und gotteslästerlichem Verhalten. Außerdem«, sagte Thomas mahnend, »suchen wir noch immer einen Mörder.«

Die sechs Soldaten verteilten sich auf dem Gelände. Zwei gingen in das Haus, während sich die beiden anderen zur nahen Scheune begaben. Thomas blieb mit den restlichen Soldaten bei den Pferden. Alle hatten ihre Schwerter gezogen, und ihre Augen blickten wachsam umher.

Plötzlich hallte das laute Geräusch des sich öffnenden Scheunentors durch die Stille. Die Männer drehten sich sofort um. Sie stellten sich mit erhobenen Waffen auf und blickten gespannt auf die Scheune.

Aus dem Gebäude kam ein großer Mann, der eine Axt und einen großen Holzknüppel in seinen Händen hielt. Sein herausforderndes Grinsen ließ nichts Gutes erahnen. Er hatte breite Schultern und einen mächtigen Brustkorb. Die Waffen wirkten in seinen kräftigen Händen fast winzig. Thomas war von der Gestalt einen Moment eingeschüchtert, doch seine Soldaten wichen nicht zurück. Der Mann blieb am Eingang zur Scheune stehen. Rauch schlängelte sich den Boden entlang und umspielte seine Füße.

»Wir sind von der heiligen Inquisition«, sagte Thomas und versuchte, seiner Stimme einen strengen Ton zu geben. »Ich befehle Euch, Eure Waffen niederzulegen und Euch zu ergeben.«

Thomas war sich nicht sicher, ob der Mann die Worte gehört hatte. Einzig sein Grinsen schien noch etwas breiter zu werden.

»Wie könnt Ihr es wagen, Euch zu widersetzen? Legt Eure Waffen nieder, oder die Soldaten werden Euch angreifen.«

Der Rauch wurde stärker. Irgendetwas in der Scheune hatte Feuer gefangen. Im Inneren konnte er sehen, wie die Flammen auf das Stroh übergriffen.

Thomas trat einen Schritt zurück. »Ergreift ihn.«

Markus atmete tief ein. Er roch die Frische des Waldes und wusste, er würde gleich sterben, doch statt in Angst zu erstarren, fühlte er sich frei. Hinter ihm griff das Feuer auf das Stroh über. Die Scheune würde bald vollends abgebrannt sein und keine verräterischen Spuren mehr hinterlassen. Er hätte noch gerne gewusst, wer ihm diese Schmierereien an die Wand gemalt hatte, aber er wollte Klara so viel Vorsprung wie möglich geben.

Er sah die Soldaten auf sich zukommen. Es waren harte

Männer, ohne Angst in ihrem Blick und mit sicherem Stand. Er würde mit den lächerlichen Waffen in seinen Händen nicht lange gegen sie überleben. Einen Augenblick lang überlegte Markus, ob er sich zu dem schmächtigen Inquisitor durchschlagen sollte, um wenigstens ihn mit in den Tod zu reißen, aber er verdrängte seinen Wunsch nach Rache. Es ging hier nur um Klara. Sie war so klug und sehr viel tapferer, als sie es vielleicht ahnte. Stolz erfüllte seine Brust, als er daran dachte, was aus ihr geworden war.

Der Inquisitor schrie ihm etwas entgegen. Markus hörte das leichte Zittern in seiner Stimme, was ihn amüsierte. Der Dominikaner war nichts anderes als ein ängstliches Kind, das sich hinter den Soldaten versteckte. Er ignorierte den Priester und konzentrierte sich ganz auf die Bewegungen seiner Gegner. Alles andere blendete er aus. Dann richtete er seine Waffen kurz zu Boden. Ein Gruß unter Kriegern, kurz vor dem bevorstehenden Duell.

Der erste Mann griff an. Markus unterlief seinen Schlag, wehrte die Klinge mit dem Knüppel ab und rammte ihm mit der gleichen Bewegung den Ellbogen ins Gesicht. Ein Knirschen ließ ihn zufrieden grunzen. Er nahm den Schwung dieses Angriffs mit, drehte sich und schlug mit seiner Axt auf den zweiten heranstürmenden Mann ein. Der Soldat konnte im letzten Moment das Schwert hochreißen und verhindern, dass ihm der Schädel gespalten wurde. Doch er hatte einen schlechten Stand, also trat Markus ihm mit ausgestrecktem Fuß ans Knie. Der Mann ging mit einem Schmerzensschrei zu Boden.

Im Augenwinkel sah Markus eine Bewegung. Sofort ließ er sich zu Boden fallen, doch seine Reaktion kam zu spät. Das Schwert des dritten Soldaten ritzte ihm die linke Schulter auf. Markus spürte den Schmerz kaum und brachte sich rollend außer Reichweite der Waffe. Er stand auf und lachte schallend. Er fühlte, wie ihn eine unbändige Kraft durchfuhr, als wäre er wieder ein junger Mann von 20 Jahren. Die Soldaten rückten näher. Ein weiteres Mal würde er sie nicht überraschen können, also lief er ihnen entgegen, und sein lautes Lachen war noch weit zu hören.

Klara rannte, so schnell sie konnte. Hinter der Scheune begann der Wald, und das Unterholz wurde rasch dichter. Wenn sie sich nicht allzu ungeschickt verhielt, würde nur ein Bluthund ihre Spur aufnehmen können. Sie achtete nicht auf die dornenbesetzten Ranken, die ihr über die Arme schrammten, sondern hastete einen kleinen Hügel hinauf. Ihre Brust drohte fast zu bersten, aber sie wollte den Tod ihres Onkels nicht damit beschmutzen, dass sie irgendeine Schwäche zeigte. Schweiß durchtränkte ihre Kleidung, und jeder Atemzug schmerzte. Sie blickte nicht zurück, sondern konzentrierte sich nur auf den nächsten Schritt.

Sie hörte den Inquisitor rufen. Dann wurden die Worte von Kampflärm unterbrochen. Sie hörte die Schreie von Männern und das Klirren von Stahl. Klara unterdrückte ihren Drang, sich umzudrehen, und lief weiter. Als sie mit ihren Kräften fast am Ende war, hatte sie die Kuppe des kleinen Hügels erreicht. Sie lehnte sich an einen Baum und blickte hinunter zu ihrem Hof.

Die Scheune stand in hellen Flammen. Der Rauch stach wie eine dunkle Säule in den Himmel. Neben der Scheune sah sie den jungen Inquisitor, wie er sich über einen am Boden liegenden Soldaten beugte. Er schüttelte den Kopf. Vier Mann lagen dort und rührten sich nicht mehr. Einer von ihnen trug keine Uniform, es war Markus, noch immer die Axt in der Hand.

Ihr Onkel war ihr immer ein treuer Freund gewesen und hatte sie vor allem Leid zu bewahren versucht. Am Ende war er sogar für sie gestorben, und es war nur ein schwacher Trost, dass er dabei drei seiner Feinde mit in den Tod genommen hatte. Klara setzte sich zu Boden und überließ sich ihrer Trauer. Tränen liefen ihr über die Wangen, und ihr Körper krampfte sich im Schmerz des Verlustes zusammen.

Der Hauptmann hielt sich seine schmerzende Schulter und blickte auf den toten Bauern. Sein Körper war von mehreren Schwerthieben durchbohrt, und eine große Lache von Blut bildete sich um ihn. Er hielt die Axt immer noch fest in seinen Händen. Ein Lächeln zierte sein Gesicht, und seine Augen waren im Triumph geweitet, auch wenn ihr Licht jetzt verloschen war.

Er verstand das alles nicht. Warum stellte sich ein einfacher Mann seinen Soldaten entgegen, in der Gewissheit, den Tod zu finden, während hinter ihm seine Scheune abbrannte? Was brachte einen Menschen dazu, sein Leben auf solche Art wegzuwerfen?

Der Hauptmann blickte zu dem Inquisitor, der sich zu seinem Pferd aufmachte. Als er sich unbeobachtet fühlte, neigte der Soldat kurz den Kopf und berührte mit seinem Schwert die Stirn des Bauern. »Tapfer gekämpft, alter Mann«, sagte er leise.

»Hauptmann«, unterbrach ihn die Stimme des Inquisitors. »Werft den Toten in die Flammen, und folgt mir.« Der Soldat nickte kurz. Dann galoppierte der Priester davon.

Der Hauptmann winkte einen seiner Männer zu sich. Er faltete die Hände des Toten auf der Brust und legte die Axt darunter. Dann trugen sie ihn vorsichtig zur Scheune. Die Flammen stoben brüllend zum Himmel. Sie legten die Leiche auf einen kleinen Wagen und schoben ihn in das Feuer. Der Hauptmann drehte sich nochmals um. Er wollte sichergehen, dass der Inquisitor außer Sicht war. Dann faltete er die Hände vor dem Bauch und sprach ein leises Gebet.

»Dieses Dorf ist ein Nest des Teufels«, schrie Thomas und schlug auf den Tisch vor sich.

»Habt Ihr Anzeichen von Ketzerei gefunden?«, fragte Baselius ruhig und ignorierte den Zornesausbruch.

»Wahrscheinlich waren sie in der Scheune«, antwortete Thomas. »Welchen Grund hat ein Mann sonst, seine eigene Scheune anzuzünden und sich den Soldaten entgegenzustellen, wenn er nicht etwas zu verbergen hat?«

»Aber warum hat er dann nicht nur die Scheune abgebrannt und die Beweise für seine Gotteslästerung vernichtet? Warum hat er sein Leben weggeworfen?«

»Ihr hättet seine Augen sehen sollen. Er war besessen. Der Teufel hatte ihn schon längst in Besitz genommen. Während er einen Soldaten niederstreckte, lachte er brüllend, als würden ihm die Schmerzen seiner Gegner Wonne bereiten.«

Baselius schwieg.

»Wir müssen noch heute ein Exempel statuieren.«

Der Prior war verärgert. »Wir haben noch vier Soldaten. Ich rechne zwar morgen mit Verstärkung, aber bis dahin werden wir gar nichts unternehmen und das Wirtshaus nicht verlassen.«

»Ich fürchte mich nicht vor den Schergen des Teufels«, sagte Thomas mit Stolz in seiner Stimme.

»Dann seid Ihr ein Narr«, fuhr ihn Baselius an. »Unterschätzt niemals die Macht derer, die sich von Gott abgewandt haben.« Der Prior rieb sich die Augen. »Lasst uns heute ruhen und warten, bis die Verstärkung kommt. Ein wenig Schlaf wird uns guttun.«

Thomas' Gesicht war immer noch vom Zorn gerötet. Es fiel ihm sichtlich schwer, ruhig zu bleiben. Dann stand er auf und sagte nur: »Sehr wohl.« Ohne ein weiteres Wort verließ er das Zimmer.

Der Hauptmann verschnaufte einen Moment und blickte in das Grab seiner Kameraden. Er hatte seine Rüstung ausgezogen und mit einem seiner Männer eine Grube ausgehoben, in die er die toten Soldaten hineingelegt hatte. Seine Arme schmerzten vom Graben in der harten Erde, aber er hatte nicht nachgelassen, bis die Grube tief genug gewesen war. Der Priester des Dorfes war tot, und die beiden Inquisitoren fanden anscheinend keine Zeit, sich um das Schicksal ihrer getöteten Männer zu kümmern. Also hatte der Hauptmann seine toten Kameraden auf einen Wagen gelegt und war mir ihnen zum Friedhof gefahren, damit sie dort ihre verdiente Ruhe fanden.

Die Augen der Toten waren geschlossen. Er hatte das Blut weggewischt, sodass sie aussahen, als würden sie nach einer schweren Schlacht ruhen. Der Hauptmann blickte noch einen Moment in die Gesichter der Männer, mit denen er jeden Tag der letzten vier Jahre verbracht hatte. Dann bekreuzigte er sich und begann die Erde in das Loch zu schaufeln. Mochten ihre Seelen den Frieden bekommen, der ihnen im Leben oft verwehrt gewesen war.

Thomas war den ganzen Tag in seinem Zimmer geblieben. Erst als die Dämmerung hereinbrach, zog er seine Kutte über und verließ das Wirtshaus. »Ich mache noch einen kurzen Spaziergang, bevor es dunkel wird. Ich bin noch vor

Einbruch der Nacht zurück«, wandte er sich an den wachhabenden Soldaten.

Der Wachmann salutierte kurz, machte aber keine Anstalten, seinen Posten zu verlassen. Thomas ging über den Marktplatz. Die Straßen waren leer. Kaum ein Bürger war noch unterwegs, und die wenigen Nachzügler machten sich eilig auf den Weg nach Hause, um nicht gegen das Ausgehverbot zu verstoßen. Als sie den jungen Inquisitor sahen, beschleunigten sie ihre Schritte noch.

Thomas aber hatte keine Augen für sie. Er schlenderte in Richtung des Waldes und schlug einen kleinen Feldweg ein. Nach einem kurzen Marsch kam er zu einem Garten, den ein kleiner Holzzaun umgab, der die wilden Tiere abhalten sollte. Er stieg auf einen Baumstumpf und schwang sich über den Zaun. Dort verharrte er noch einen Moment und blickte sich um, bevor er zielstrebig zu einem kleinen Busch mit gezackten Blättern ging. Kleine weiße Blüten sprossen aus dem üppigen Grün der Äste hervor. Als er das Gewächs sah, legte sich ein Grinsen auf sein sonst so ernstes Gesicht. Er nahm ein Tuch in die Hand, pflückte einige Blütenblätter und steckte sie sich unter sein Gewand. Dann schob er die Blätter etwas zur Seite und pflückte eine Frucht, die an eine Kastanie erinnerte. Die kleine grüne Kapsel war mit vielen kleinen Spitzen versehen, die noch hart und stechend waren. Dann steckte er auch diese in seine Kutte. Als er alles sicher verstaut hatte, verließ er den Garten und kletterte über den kleinen Holzzaun zurück in den Wald.

Er blieb einen Moment stehen und sah sich um, ob jemand seine heimliche Ernte bemerkt hatte, doch er war allein auf dem kleinen Feldweg. Dann ging er zurück nach Reheim. Er senkte den Kopf und erweckte so den Eindruck, als wäre er in innerer Einkehr. Ohne ein weiteres

Wort ging er an den Wachen vor dem Wirtshaus vorbei. Während der ganzen Zeit hielt er das Tuch mit den Blüten fest umschlossen, als wären sie ein kostbarer Schatz.

Es war schon später Abend, als Baselius noch immer in demütiger Position in der Kirche kniete. Bis auf den Soldaten, der vor dem Eingang Wache hielt, war er allein. Die Bürger wagten es nicht, gegen das nächtliche Ausgehverbot zu verstoßen, daher war er froh, die Gelegenheit zu haben, allein mit Gott Zwiesprache halten zu können. Seit dem Tod von Vater Liborius war die Kirche ein kälterer Ort geworden. Es brannten nur noch wenige Kerzen, und der Geruch von Weihrauch war schon längst verweht. Baselius hatte die Hände vor dem Gesicht gefaltet und kniete vor dem kleinen Altar. Der Prior betete für Weisheit und Führung. Er bat Gott, ihn zu leiten, auf dass er immer die richtigen Entscheidungen fällen würde. Es war lange her, dass er so sehr an sich und seinem Urteilsvermögen gezweifelt hatte. Hatte der junge Thomas am Ende recht? War er wirklich zu weich und zu nachgiebig mit den Bürgern von Reheim?

Erst als auch das letzte Licht des Tages verschwunden war, stand Baselius auf und tastete sich zum Eingang. Der Soldat fasste ihn am Arm und führte ihn den Weg zum Wirtshaus zurück. Dort würde er etwas essen und sich dann zur Ruhe begeben.

Die Nacht war kalt, aber Klara schien ihre Umwelt kaum wahrzunehmen. Noch immer fühlte sie sich wie in einem Albtraum gefangen. Sie war allein. Die Inquisitoren hatten ihr alles genommen, was ihr wichtig war. Vorbei waren die Tage, als sie mit Agnes durch die Wälder gelaufen war und Kräuter gesammelt hatte. Die Erinnerungen an die unzähligen Gerüche in ihrer Hütte waren schon fast verblasst. Als sie an Markus dachte, schossen ihr wieder die Tränen in die Augen. Ihr Onkel war erst ein paar Stunden tot, aber sie vermisste ihn schon jetzt. Es gab so viel, was sie ihm gerne noch gesagt hätte, doch in ihrem alltäglichen Leben war viel zu wenig Zeit, geschweige denn Anlass für diese Dinge gewesen. Erst jetzt wurde ihr klar, dass sie sich viel zu selten zusammengesetzt hatten, nur um sich an der Anwesenheit des anderen zu erfreuen.

Klara sank auf die Knie und faltete ihre Hände. So dringend und leidenschaftlich wie noch nie in ihrem Leben flehte sie Gott an und bat ihn, Agnes und Markus einen Platz im Paradies zu gewähren.

Baselius ließ sich die Treppe zu seinem Zimmer hochführen. Als er die Tür öffnete, hörte er Schritte in seinem Gemach. Noch bevor er etwas sagen konnte, vernahm er die Stimme von Thomas.

»Verzeiht, Prior«, sagte der junge Mann. »Ich wusste nicht, dass Ihr noch so spät unterwegs wart. Ich habe Euch das Essen gebracht und wollte es gerade auf den Tisch stellen.«

Baselius roch den Geruch von gebratenem Fleisch.

»Warum habt Ihr das nicht den Wirt machen lassen?«

»Der gute Mann war sehr beschäftigt«, sagte Thomas eilig. »Ich wollte ihm die Arbeit abnehmen, da ich selbst auf dem Weg nach oben war.«

Baselius ließ sich an den Tisch bringen. Er behielt den Gedanken für sich, dass der Wirt aufgrund der Ausgangssperre um diese Zeit keine Gäste mehr hatte.

»Warum seid Ihr so nervös, Thomas?«, fragte er stattdessen und legte seine Hände auf den Tisch.

»Ich bin nicht nervös«, antwortete dieser schnell. »Ich

möchte Euch nur nicht länger stören. Gottes Segen«, fügte er noch hinzu, bevor er aus dem Zimmer ging.

Baselius brummte missmutig, während die Tür zufiel. Der Prior bekreuzigte sich und dankte dem Herrn für die dargebrachten Speisen. Dann tauchte er den Löffel in den Eintopf und begann zu essen. Er schmeckte leicht bitter, aber Baselius' Hunger war zu groß, um sich davon abhalten zu lassen. Gierig aß er den Eintopf, bis die Schüssel leer war.

Dann legte er den Löffel zur Seite und streckte sich zufrieden. Er stand vom Tisch auf und tastete sich zum Bett. Als er die raue Decke spürte, ließ er sich langsam auf die Knie nieder und dankte in einem letzten Gebet für den Tag. Wie immer beendete er seine Andacht mit dem Vaterunser, bevor er sich wieder erhob. Dann zog er seine Kutte aus und legte sich aufs Bett. Er schloss die Augen und schlief bald darauf ein.

Klara schreckte hoch. Für einen Moment sah sie sich verwirrt um. Sie hatte erwartet, in ihrem Bett aufzuwachen, doch dann erblickte sie die Bäume, unter denen sie geschlafen hatte. Sie erhob sich von der kalten Erde und stand auf. Es war kühl und dunkel. Die Nacht war schon weit fortgeschritten, und ein leichter Nieselregen befeuchtete die Blätter. Klara trat aus dem Schutz der Bäume hervor und streckte ihr Gesicht gen Himmel. Die Feuchtigkeit erfrischte sie und vertrieb die Trägheit aus ihrem Kopf. Der Herbst nahte. Sie würde sich eine Unterkunft suchen müssen, solange die Inquisitoren noch in Reheim waren. Sicher suchten sie nach ihr. Das Haus ihres Onkels war zu gefährlich. Nach einem Moment des Überlegens schlug Klara den Weg zu Agnes' Hütte ein. Die Regenwolken verdeckten den Mond, aber Klara kannte sich im Wald gut aus und würde sich auch in der Nacht nicht verlaufen.

Langsam sortierten sich ihre Gedanken. Was sollte sie jetzt tun? Wie würde ihr Leben weitergehen? Wie sollte sie ohne Hilfe den Hof bewirtschaften? Wovon sollte sie leben? Je länger sie darüber nachdachte, umso weniger schön schien die Aussicht auf ihr weiteres Leben zu sein. Für einen Moment war der Tod verlockend. Aber dann dachte sie an ihren Onkel, der sein Leben gegeben hatte, damit sie in den Wald flüchten konnte. In dem Moment der Einsamkeit spürte sie, wie sehr sie auch Peter vermisste. Er war der einzige Mensch ihres Alters, bei dem sie sich wohlgefühlt hatte. Sie erinnerte sich an die Tage, an denen sie unbeschwert durch die Wälder gelaufen waren. Im Sommer hatten sie sich an den kleinen Bach gesetzt und die Füße im Wasser baumeln lassen. Dann hatten sie Blätter auf die kleinen Wellen geworfen und beobachtet, wie sie von der Strömung weggetragen wurden.

Vor ihr tauchte die Hütte auf. Klara öffnete das kleine Tor zum Vorgarten und trat ein. Für einen Moment blieb sie stehen und kam sich wie ein Eindringling vor. Doch dann stieß sie die Tür zur Hütte auf, die knarrend aufschwang. Sie ging zum Tisch in der Mitte und nahm eine Lampe in die Hand. Es dauerte einige Zeit, bis der Docht brannte, aber dann erfüllte ein warmes Licht die Hütte.

Klara sah sich um. Jeder Krug mit Kräutern und jeder Zweig an der Wand brachte unzählige Erinnerungen mit sich. Die gemeinsame Zeit schien so unendlich fern, aber als sie die Augen schloss und den Geruch der Hütte in sich einsog, sah sie das Bild ihrer alten Mentorin wieder vor sich. Für einen Moment erschien ein Lächeln auf ihrem Gesicht. Dann wurde ihr wieder bewusst, dass Agnes nie mehr zurückkommen würde. Sie öffnete die Augen, stellte die Lampe ab und legte sich auf die kleine Pritsche in der Ecke des

Raums. Die Schlafstatt war hart, aber die Decken darauf wärmten sie. Eine Zeit lang schwelgte Klara noch in den Erinnerungen an früher. Dann schlief sie ein.

Prior Baselius saß in der Ecke seines Zimmers und hatte die Hände zur Abwehr erhoben.

»Das Feuer verfolgt mich«, schrie er, die rot geränderten Augen weit aufgerissen. Sein Gewand war schweißdurchtränkt, und sein ganzer Körper zitterte.

Thomas schüttelte den Prior und versuchte, ihn aus seinem Wachtraum zu befreien. Doch sobald er ihn anfasste, schrie dieser vor Schmerzen.

»Prior«, versuchte der junge Priester zu ihm durchzudringen. »Könnt Ihr mich hören? Ich bin es, Thomas.«

Baselius schlug die Hände vor das Gesicht und begann leise vor sich hin zu murmeln. Das Zittern hielt aber unvermindert an.

Thomas wandte sich an einen der Soldaten. »Ich habe keine Ahnung, was mit ihm passiert ist, aber wir müssen Stillschweigen darüber bewahren. Niemand darf davon erfahren. Schließt Fenster und Türen. Bewacht den Eingang zu seinem Zimmer.«

Der Mann nickte und begann, die Läden der Fenster einzuklappen.

»Lasst ihn am besten in Frieden. Stellt einen weiteren Mann ab, der beim Prior im Zimmer bleibt. Vielleicht geht es ihm morgen früh wieder besser.«

Thomas blickte wieder zu Baselius. Er hätte nicht geglaubt, dass die kleine Frucht eine solche Wirkung haben könnte. Vielleicht war er zu weit gegangen. Er wollte den Prior nur aus dem Weg haben. Ein wahnsinniger, schreiender Inquisitor war das Letzte, was er jetzt gebrauchen konnte. Er würde den Stechapfel erst einmal aussetzen und warten, bis der Prior wieder zu sich gekommen war. Dann hatte er ja noch die Blätter, die er gepflückt hatte.

»Ich komme am Morgen wieder«, wandte er sich dem Soldaten zu. »Dann bringe ich ihm etwas Arznei. Kümmert Euch solange um ihn.«

Thomas drehte sich um und ging aus dem Zimmer hinaus. Er hatte Mühe, ein Lächeln zu unterdrücken. Endlich war er frei. Er würde keine seiner Entscheidungen mehr erklären müssen, und niemand sagte ihm mehr, was er zu tun hatte. Wenn am nächsten Tag die Verstärkung eintraf, dann würden die Bürger von Reheim das bekommen, was sie verdient hatten. Es würde keine Milde mehr geben.

Das Licht des Morgens schien durch die trüben, kleinen Fenster von Agnes' Hütte. Klara erwachte und rieb sich die Augen. Der Schlaf hatte ihr keine Erholung gebracht. Ihr Blick war starr und müde auf die Holzdecke über sich gerichtet. Sie fragte sich, warum sie überhaupt aufstehen sollte. Ein strahlender Morgen wie dieser hatte sie immer mit Freude erfüllt. Nachdem sie ihre Arbeit auf dem Hof erledigt hatte, war sie meistens zu Agnes gegangen. Auf dem Weg dorthin hatte sie oft Peter getroffen, der sich entweder vor einem wütenden Vater versteckte oder wieder irgendeinen Streich ausheckte. Auch wenn sie es sich nicht eingestehen wollte, hatte sie sich jedes Mal gefreut, ihn zu sehen. Seiner fröhlichen Art konnte man sich nicht entziehen. Wenn sie Agnes' Hütte erreicht hatten, war er weitergezogen. Die alte Frau hatte meist schon auf sie gewartet und sie mit einem Lächeln auf ihrem sonst so ernsten Gesicht begrüßt. Dann hatte sie ihr die Wirkung von Kräutern erklärt, war mit ihr in den Wald gegangen oder hatte sie laut vorlesen lassen. Die Lektionen im Lesen, Schreiben und Rechnen hatten ihr kaum Spaß gemacht, aber Agnes hatte darauf bestanden.

»Jeder kluge Mensch muss lesen, schreiben und rechnen können«, hatte sie mahnend gesagt, daher war Klara nichts anderes übrig geblieben, als sich zu fügen.

Sie schloss die Augen und versuchte, die Erinnerungen festzuhalten. Gerne hätte sie noch etwas geschlafen, aber dann wurde sie sich ihres knurrenden Magens bewusst. Sie hatte schon fast einen ganzen Tag lang nichts mehr gegessen und spürte, wie ihre Knie ein wenig zu zittern anfingen. Unwillig stand sie auf, schlüpfte in ihre Schuhe und blickte sich um.

Hier gab es nur wenig zu essen. Agnes war im Sommer jeden Tag in den Wald gegangen, um sich frische Kräuter und Waldbeeren zu holen, die sie dann mit dem Gemüse aus ihrem Garten kochte.

Sie öffnete die Tür und blickte über die sprießenden Pflanzen. Die Karotten und die Kartoffeln würden sie eine Zeit lang satt machen, aber dann dachte sie sehnsüchtig an die große Speisekammer ihres Hauses, die voll war mit Speck, Fleisch und Eiern. Ihr Onkel hatte wie jedes Jahr schon früh damit begonnen, Lebensmittel für den Winter einzulagern. In den vergangenen Jahren hatten sie meist zu Frühlingsanfang Gemüse und eingelegten Speck verkauft, weil zu viel davon übrig geblieben war.

Klara schüttelte den Kopf. Jetzt musste sie sich wie eine Verbrecherin hier im Wald verbergen, um nicht in die Fänge der Inquisition zu geraten. Als ihr die Bilder der verbrannten Agnes wieder ins Gedächtnis kamen, fühlte sie die Angst vor den Kirchenmännern erneut in sich aufsteigen. Die Furcht vor Folter und einem grausamen Tod auf dem Scheiterhaufen schien ihre Entschlusskraft lähmen zu wollen. Doch dann dachte sie an ihre alte Freundin, die trotz aller Schmerzen keine Angst gezeigt hatte und erhobenen Hauptes in den Tod gegangen war. Sie hatte sich, ihr Ende vor Augen, sogar noch Sorgen um Klara und ihr Wohlergehen gemacht.

Klara schlug mit der Faust auf den Rahmen der Pritsche. Sie wollte den Inquisitoren nicht mehr die Kontrolle über ihre Gedanken überlassen. Sie würde hier nicht hungernd und frierend abwarten, bis man sie entweder fand oder vergaß. Klara stand auf und zog ihren Umhang um ihre Schultern. Dann schlüpfte sie in ihre Schuhe und ging aus der Tür.

Die Kälte des Morgens war wie ein erfrischender Schock. Der Wald lag im Nebel, und der Tau hatte den Boden feucht werden lassen. Der erdige Geruch des Waldes wurde ein wenig von den Kräutern aus Agnes' Garten durchzogen. Klaras Stimmung besserte sich. Sie hatte heute noch viel vor, also schloss sie die Tür und begab sich auf den Weg zu ihrem Haus.

Die Kirche war bis auf den letzten Platz besetzt. Viele Bürger standen noch an den Wänden und lauschten Thomas' Worten. Trotz des kühlen Morgens war es stickig und warm. Den Anwesenden stand der Schweiß auf der Stirn. In der Mitte des großen Raums war der Sarg des toten Vater Liborius aufgebahrt. Der Geruch von Weihrauch durchzog die Kirche, während die letzten Worte des Lux aeterna durch den Raum hallten.

»Requiem aeternam dona eis, Domine, et lux perpetua luceat eis.«

Thomas bekreuzigte sich und richtete den Blick auf die Gemeinde.

»Wir tragen heute einen guten Mann zu Grabe«, sagte er

mit lauter Stimme, »dessen Leben nur dem Herrn gewidmet war. Er hat sich viele Jahre um diese Gemeinde gekümmert und war ein wohlmeinender Hirte. Zum Dank dafür«, Thomas schrie nun fast, »wurde er heimtückisch ermordet. Und zwar von einem Mitglied dieser Gemeinde, um die er sich so aufopferungsvoll gekümmert hat.«

Der junge Inquisitor schwieg für einen Moment. Keiner der Anwesenden erwiderte seinen zornigen Blick. »Wir haben lange Milde walten lassen, obwohl die Zustände in diesem Dorf unsere schlimmsten Erwartungen noch übertreffen. Ketzer treiben ihr Unwesen und treten unseren Glauben mit Füßen. Man hat einen unserer Soldaten getötet und Vater Liborius ermordet. Gestern verloren drei weitere gute Männer ihr Leben, weil sie einen Ketzer stellen wollten. Das ist untragbar«, er schlug mit der Faust auf den Altar. »Wir erwarten in den nächsten Tagen Verstärkung von einem nahen Kloster. Ich befehle, dass niemand mehr Reheim verlassen darf. Jeder Handel mit anderen Dörfern wird eingestellt. Es ist euch verboten, euch zu versammeln oder auf den Straßen zu verweilen. Ich warne euch«, sagte Thomas mit drohendem Unterton. »Solltet ihr euch noch eine Verfehlung erlauben, dann werde ich ganz Reheim bis auf die Grundmauern niederbrennen und dem gotteslästerlichen Treiben ein Ende setzen.«

Ein unterdrückter Schrei des Entsetzens entfuhr den Besuchern der Totenmesse. Thomas achtete nicht weiter darauf. Er hatte alles gesagt und gab den Trägern ein Zeichen. Vier Männer standen auf, hoben den Sarg hoch und gingen bedächtigen Schrittes zum Ausgang. Thomas nahm die Bibel in die Hand, faltete seine Hände und senkte den Kopf in Trauer, während er hinter dem Sarg herlief. Nur zögerlich ordneten sich die Bürger hinter ihm ein.

Nicht weit vom Eingang war ein großes Loch ausgehoben. Dort angekommen, setzten die Träger den Sarg ab, banden ein Seil um das Holz und ließen die sterblichen Überreste von Vater Liborius in das Grab hinunter. Während der ganzen Zeit sprach Thomas das Vaterunser.

Als der Sarg am Boden abgestellt war und die Seile wieder herausgezogen wurden, nahm Thomas eine Handvoll Erde und warf sie in das Loch.

»Und der Herr sprach: ›Im Schweiße deines Angesichts sollst du dein Brot essen, bis dass du wieder zu Erde werdest, davon du genommen bist. Denn du bist Erde und sollst zu Erde werden.‹« Er bekreuzigte sich erneut und verließ das Grab, um zurück in die Kirche zu gehen. Erst als der Inquisitor nicht mehr zu sehen war, begannen die Bürger, leise miteinander zu sprechen. Bald hatte sich die Menge aufgelöst, und der Totengräber war allein auf dem Friedhof, wo er den Sarg von Vater Liborius mit Erde bedeckte.

Klara wartete am Waldrand und blickte sich um. Um ihr Haus war es still. Sie sah keine Wache und kein Pferd. Anscheinend waren die Männer nicht hiergeblieben, sondern wieder nach Reheim zurückgekehrt. Sie hatte die Glocken der Kirche läuten hören. Vielleicht gab es eine weitere Zusammenkunft auf dem Marktplatz, was ihr die Gelegenheit geben würde, einige Sachen zu holen. Ihre Augen ruhten für einen Moment auf der Scheune. Nur noch einige verkohlte Holzreste waren übrig geblieben. Die Erde war schwarz verbrannt.

Am Ende hatte sie das Geheimnis um die Ketzersymbole beinahe gelöst, doch sie war zu spät gekommen. Nun waren alle an der Anhörung beteiligten Menschen tot, ermordet von einem rachsüchtigen Todesengel, der die Anwesenheit der Inquisition ausgenutzt hatte, um Vergeltung zu üben.

Und sie hatte das Rätsel eben nur beinahe gelöst. Wenn sie den Worten ihres Onkels vertrauen konnte, dann hatte keiner der verbannten Lewensteins das Aussatzlager überlebt. Wer hatte Interesse daran, nach dreizehn Jahren auf eine solch grausame Art und Weise Rache zu nehmen? Ein naher Verwandter oder ein ehemaliger Freund?

Wer auch immer hinter diesen Taten steckte, er hatte sein Ziel erreicht. Auch sie war jetzt eine Geächtete und würde es nicht mehr wagen können, sich in Reheim blicken zu lassen. Die Unterlagen im Rathaus hatte sie mehrmals gelesen, sie würden ihr keine neuen Erkenntnisse mehr liefern. Einen neuen Mord würde es nicht geben. Es war vorbei, und sie hatte verloren. Jetzt ging es nur noch ums nackte Überleben – um ihres und um Peters. Alle anderen Menschen waren ihr nicht mehr wichtig.

Nachdem sie den Blick nochmals über die Gegend um ihr Haus hatte schweifen lassen, stand sie auf und rannte darauf zu. Sie lief zu einem Fenster auf der Rückseite und sah hindurch. Als sie niemanden entdeckte, stieß sie es vorsichtig auf und sprang schnell hinein. Dann blieb sie für einen Moment unbewegt in der kleinen Kammer sitzen und lauschte angestrengt. Niemand schien im Haus zu sein.

Eilig lief sie die Treppen hinauf, ging in ihr Zimmer und griff sich einige warme Kleider. Sie rollte alles in eine große Decke und knotete das Bündel zusammen. Dann ging sie hinunter in die Küche und öffnete die Tür zur Speisekammer. Der Geruch nach Speck ließ ihr das Wasser im Munde zusammenlaufen, aber sie gönnte sich keinen Moment des Zögerns. Sie nahm einen großen Sack von der Wand und stopfte den Schinken und ein kleines Fass mit gesalzenem Fleisch hinein. Dann schulterte sie den Sack, klemmte sich ihre Kleider unter den Arm und kletterte wieder zum Fenster hinaus.

Während sie zum Waldrand lief, versuchte sie, die Erinnerungen an dieses Haus zu verdrängen. Sie durfte sich nicht der Verzweiflung hingeben. Sobald sie die Kleider und die Lebensmittel in Agnes' Hütte gebracht hatte, würde sie zurückkommen und die Tiere holen.

Thomas blickte auf den schlafenden Prior. Er sah immer noch erschöpft aus, schien aber keine Wahnvorstellungen mehr zu haben. Er stank nach Schweiß und Exkrementen. Sein Atem war ruhig. Keiner der Soldaten hatte es gewagt, den alten Mann anzufassen, aus Angst, dass er von einem Dämon besessen war.

Der Prior öffnete seine blinden Augen und schien wieder zu Bewusstsein zu kommen.

»Thomas?«, fragte der alte Mann flüsternd. Der junge Inquisitor und der Soldat kamen etwas näher.

»Ihr dürft nicht sprechen«, sagte Thomas fürsorglich. »Ihr wart krank und hattet einen Fiebertraum. Ich werde Euch etwas zu trinken bringen, damit Ihr Euch schnell wieder erholt.«

Der Prior murmelte noch etwas vor sich hin. Dann war er wieder eingeschlafen.

Thomas machte ein besorgtes Gesicht.

»Es scheint ihm besser zu gehen«, flüsterte er dem Soldaten zu. »Ich werde ihm einen Kräutertrunk machen lassen, der ihn kräftigen wird. Achtet darauf, dass er den Becher unbedingt leer trinkt.«

Der Soldat nickte. Thomas verließ das Zimmer und ging die Treppe hinunter. Dort wartete schon der sichtlich nervöse Wirt auf ihn, der von den nächtlichen Schreien des Priors verstört war.

»Braut mir einen Kräutertrunk«, sagte Thomas streng.

Der Wirt lief sofort in die Küche, stellte einen Kessel auf das Feuer und gab einige zermahlene Blätter in ein kleines Gefäß. Es roch nach Hagebutten und Kamille. Thomas wartete ungeduldig. Seine Finger spielten mit den Blättern, die er von dem Busch abgepflückt hatte.

Als das Wasser kochte, füllte der Wirt den Becher auf und übergab das dampfende Getränk an Thomas. Die Hände des Mannes zitterten, was Thomas zu einer verächtlichen Grimasse verleitete. Er ging mit dem Becher nach oben. Bevor er den Raum des Priors wieder betrat, griff er unter seine Tunika, zog ein paar weiße Blätter hervor und streute sie in den Tee. Er wartete, bis sie sich mit Wasser vollgesogen hatten und auf den Boden des Gefäßes gesunken waren. Dann öffnete er die Tür und trat in das Zimmer.

Es war dunkel, als Klara mit dem letzten Sack ihrer Kleider zu Agnes' Hütte zurückkam. Die Ziegen und Hühner waren in dem kleinen Stall untergebracht. Sie hatten etwas Heu und Wasser und waren für die nächsten Tage gut versorgt. Die Kühe und Rinder hatte sie auf der Weide zurücklassen müssen. Es hatte ihr fast das Herz gebrochen, die Tiere zu verlassen, denn sie waren Markus' ganzer Stolz gewesen. Aber der Winter war noch fern. Sie waren gut genährt, und wenn kein Unwetter über sie hereinbrach, würden sie noch lange im Freien überleben können. Vielleicht war die Inquisition bis dahin schon weitergezogen, und sie konnte zum Hof zurückkehren.

Klara war den Weg zu ihrem Haus und zurück zu Agnes mehr als acht Mal gegangen. Ihre Beine schmerzten, und sie war müde. Überall standen Kleidung und Lebensmittel in der kleinen Hütte und ließen ihr fast keinen Platz, sich zu bewegen. Das Bett in der Ecke war verlockend, aber sie hatte sich fest vorgenommen, heute Nacht Peter zu besuchen. Nachdem Markus und Agnes tot waren, wurde ihr bewusst, wie sehr sie sich nach menschlicher Nähe sehnte. Sie brauchte jemanden, mit dem sie reden konnte und der ihre Sorgen verstand. Peter war der einzige Freund, der ihr noch geblieben war. Noch schien er in Sicherheit zu sein. Es war kein neuer Scheiterhaufen errichtet worden. Nachdem sie sich nun auch nicht mehr in Reheim sehen lassen konnte, war Peter zudem der Einzige, von dem Klara noch Neuigkeiten erfahren konnte. Klara seufzte und rieb sich ihre müden Augen. Dann steckte sie ein Stück Schinken in ihre Tasche und ging los.

Baselius wälzte sich unruhig auf seinem Bett. Er wusste manchmal nicht, ob er wach war oder alles nur träumte. Nur einmal hatte er versucht, sich von seiner Schlafstatt zu erheben. Dabei war er auf den harten Boden gefallen und hatte sich die Knie angeschlagen. Er hatte den Schmerz für den Augenblick begrüßt, denn er hatte ihm die Gewissheit gegeben, wach zu sein. Kurz darauf hatte ihn jemand aufgehoben und wieder in das Bett gelegt. Es waren kräftige Arme gewesen, wahrscheinlich von einem der Soldaten. Dann hatte er nach Thomas gerufen, aber der junge Priester war nicht gekommen. Kurz darauf war er wieder erschöpft eingeschlafen.

Der Prior versuchte, sich zu orientieren. Er konnte nicht sagen, ob es Tag oder Nacht war. Er konzentrierte sich ganz auf sein Gehör, vernahm aber kein Geräusch. Mit schwacher Stimme rief er nach dem Soldaten, der ihn auf das Bett gehoben hatte, aber es kam niemand. Für einen Augenblick drohte ihn die Angst zu überwältigen. Dann atmete er tief durch und beruhigte sich. Er konnte sich an kaum etwas erinnern. Er war von der Kirche zum Wirtshaus gekommen und hatte etwas gegessen. Dann hatte er sich zu Bett gelegt. Ab diesem Moment hatten ihn die Erinnerungen verlassen.

Baselius fühlte sich schwach und müde. Seine Lippen waren aufgesprungen, und seine Kehle war trocken. Er tastete nach rechts, wo sich ein kleiner Nachttisch befinden musste. Dort hatte er immer einen Becher mit Wasser abgestellt. Er spürte das vertraute Gefühl des bearbeiteten Holzes und schloss seine Hand darum. Zitternd führte er das Gefäß zum Mund. Ihm lief ein wenig des kühlen Nasses über seine Lippen, doch es linderte kaum seinen Durst. Er wollte mehr Wasser und tastete wieder umher, konnte aber keinen weiteren Becher finden und auch keinen Krug, um das Gefäß aufzufüllen.

Baselius ließ den Becher fallen und wollte nach Thomas schreien, aber aus seinem Hals kam nur ein leises Krächzen. Wütend schlug er auf das Bett. Verflucht sollte sein blinder, alter, hilfloser Körper sein. Er spürte, wie sein Herz zu rasen anfing. Sein Atem ging schnell und keuchend. Seine Hände krallten sich in die Bettdecke, und sein Körper krampfte sich in Schmerzen. Dann bäumte er sich auf und erbrach sich auf die Bettdecke. Die Pein drohte seine Brust zu sprengen. Ein leises Wimmern entfuhr seiner Kehle, bevor er in eine gnädige Ohnmacht fiel.

Klara hielt am Rand von Reheim an und lauschte. Sie musste sich nicht nur vor den Soldaten der Inquisition in Acht nehmen. Ab heute war jeder Bürger ihr Feind. Sie hatte gesehen, wie leicht die Menschen ihren Nächsten verrieten, wenn sie sich davon einen Vorteil versprachen. Dies war nicht mehr ihre Heimat, und es gab nur noch einen Grund, hierher zurückzukehren.

Nachdem sie sicher sein konnte, dass niemand mehr auf den Straßen war, ging sie weiter in den Ort hinein. Sie blieb in den schmalen Gassen und mied die breiten Straßen. Wie immer stand am beleuchteten Gefängnistor eine Wache. Der Mann schien angespannter zu sein als sonst. Er blickte sich ständig um, vermied es aber, den Lichtkegel vor dem Eingang zu verlassen. Klara genehmigte sich ein Lächeln. Wenigstens hatte das Opfer ihres Onkels Wirkung gezeigt.

Sie umging den Eingang, kauerte sich neben der Zelle von Peter nieder und warf einen kleinen Kiesel hinein. Kurz darauf erschien das vertraute Gesicht an den Gitterstäben.

»Klara«, sagte Peter mit freudiger Stimme. Er griff nach ihrer Hand und drückte sie fest. »Ich habe dich vermisst. Es ist schön, dass du wieder da bist.«

Klara glaubte, Tränen in seinen Augen schimmern zu sehen. Sie erwiderte die Berührung. Es war das erste Mal, dass sie sich ihm wirklich verbunden fühlte. Sie verstand jetzt den Schmerz, den man empfindet, wenn man ein geliebtes Familienmitglied verloren hat. Hier an diesem Zellenfenster waren sie vereint im Leid. Klara spürte, dass sie einen Menschen gefunden hatte, der ihren Verlust verstehen konnte und dessen Herz ebenso mit Trauer erfüllt war wie das ihre.

»Wie geht es dir?«, fragte sie besorgt. Peter roch von Tag zu Tag schlimmer, und das wenige, was sie von seinem Gesicht erkennen konnte, ängstigte sie. Der einst so kräftige junge Mann war abgemagert. Die Haut spannte sich über sein Gesicht, und die Augen lagen tief in den Höhlen.

»Es tut mir leid«, sagte er, ohne auf die Frage einzugehen. »Dein Onkel war ein guter Mann. Auch wenn er mich für einen Nichtsnutz hielt, so mochte ich ihn trotzdem.«

Klara kämpfte mit den Tränen. Sie hatte den ganzen Tag versucht, den Verlust zu verdrängen, aber jetzt spürte sie wieder, wie groß die Leere war, die der Tod ihres Onkels hinterlassen hatte. Für einen Moment schwiegen beide und gaben sich der Erinnerung an ihre Liebsten hin. Dann griff Klara in ihre Tasche und zog ein Stück Schinken hervor.

»Iss erst«, sagte sie leise. »Wenn wir vorsichtig sind, haben wir noch die ganze Nacht zum Reden.«

Peter nahm ihr den Schinken aus der Hand und biss gierig hinein. Klara schüttelte den Kopf. Sie wusste, dass er ihr niemals sein Leid gestehen würde, obwohl sie sehen konnte, wie schlecht es ihm ging. Auf keinen Fall würde er eine Schwäche vor ihr zugeben. Er hielt sie noch immer für ein kleines, zartes Mädchen, das er beschützen musste. Sein Verhalten berührte etwas in ihrem Herzen. Er saß in einer zugigen Zelle, bekam kaum etwas zu essen und konnte jeden Tag von den Inquisitoren zum Tod auf dem Scheiterhaufen verurteilt werden. Er war hier, weil er seinen Vater gegen die Soldaten verteidigt hatte. Je länger sie darüber nachdachte, umso mehr wurde ihr bewusst, dass Peter der einzige Mensch in Reheim war, der sich seine Würde und seinen Mut bewahrt hatte.

Klara lauschte Peters hungrigem Schmatzen und lehnte sich ein wenig zurück. Es war seltsam. Sie saß vor einer Gefängniszelle, nicht weit von einem Soldaten der Inquisition entfernt, und doch fühlte sie eine eigenartige Zufriedenheit. Für einen Augenblick war es wie früher, als sie an ihrer Lieblingsstelle im Wald gesessen und ihre Füße im Wasser des Bachs gekühlt hatten. Peter hatte sich über ihre mitgebrachte Verpflegung hergemacht, während sie bei ihm gesessen und ihm beim Essen zugesehen hatte. Und sosehr Klara schon damals versucht hatte, ihre Gefühle zu verbergen, Peter hatte immer gewusst, ob sie traurig oder glücklich war. Keine Wut und kein Kummer konnten so tief sein, dass

Peter sie nicht zumindest ein wenig hätte trösten können. Die Last auf ihrer Seele war immer ein wenig leichter geworden, nachdem sie sich wieder getrennt hatten.

»Danke, Klara«, sagte Peter. »Ohne dich wäre ich schon verhungert.«

»Besuchen dich deine Mutter und deine Geschwister nicht?«, fragte sie.

»Meine Mutter kam einen Tag nach meiner Verhaftung zu mir und wollte mir etwas zu Essen bringen«, antwortete Peter. »Vor dem Gefängnis hat sie schon der junge Inquisitor erwartet und wieder nach Hause geschickt. Er sagte, wenn sie noch einmal in die Nähe des Gefängnisses kommen würde, würde er mich ohne Verhandlung aufhängen.«

Klara schüttelte den Kopf. Was trieb einen Menschen zu einer solchen Grausamkeit?

»Was hast du jetzt vor?«, unterbrach Peter ihre Grübeleien.

»Ich weiß es nicht. Ich werde mich in der Hütte von Agnes verstecken. Ich kann nur hoffen, dass die Inquisitoren mich dort nicht vermuten. Immerhin liegt das Haus auf einer Anhöhe, so kann ich die berittenen Soldaten schon früh sehen und hören. Wenn ich dann erst einmal im Wald verschwunden bin, findet mich keiner mehr.«

Peter griff wieder nach Klaras Hand.

»Es wird alles wieder gut«, sagte er zuversichtlich. »Die Inquisitoren werden bald aus Reheim abziehen. Dann bin ich wieder frei, und du kannst zurück zu deinem Hof gehen.«

Klara lächelte. Peter war ein unverbesserlicher Träumer. Sie erfreute sich noch einen Moment an seiner Berührung. Dann stand sie auf und sagte: »Ich komme morgen wieder.«

»Sei vorsichtig«, flüsterte Peter ihr leise hinterher.

Sie schlich vom Gefängnis weg und machte sich auf den Weg in den Wald.

Peter wartete, bis Klara außer Sichtweite war, dann schrie er seine unterdrückte Wut heraus. Ohne Klara hätte er wirklich schon längst den Verstand verloren. Seit sie ihn das erste Mal besucht hatte, war ihm bewusst geworden, wie sehr er sie vermisste. Er konnte sich an keinen Tag erinnern, an dem sie ihn nicht einen Taugenichts geschimpft und ihm zornig etwas hinterhergeworfen hatte. Er hätte alles dafür gegeben, nur um aus diesem Gefängnis zu kommen und sich wieder mit ihr zu streiten.

Klara war auf dem Weg zum Wald, als lautes Pferdegetrappel die Stille durchbrach. Instinktiv ging sie hinter einem kleinen Wagen in Deckung. Wenige Augenblicke später sah sie einen Trupp Soldaten, die auf ihren Pferden auf dem Weg zum Wirtshaus waren. Klara wusste nicht, was die Inquisitoren mit der Verstärkung vorhatten, aber mit den Männern konnten sie fast ganz Reheim besetzen. Sie musste mehr darüber erfahren. Eng an die Wände der Häuser gedrückt, ging sie wieder zurück und schob sich so nahe an den Marktplatz heran, dass sie die Vorgänge dort beobachten konnte.

12

Ausnahmezustand

Thomas erwachte vom Lärm der Pferdehufe, der durch die Gassen von Reheim hallte. Schnell schlüpfte er in sein Gewand, zog Schuhe an und lief die Treppen nach unten. Vor dem Wirtshaus wurden die ersten Lampen angezündet. Befehle erklangen, während der Wirt verschlafen versuchte, seine Hilfe in diesem Tumult anzubieten.

Der Hauptmann stieg von seinem Pferd ab und ging auf Thomas zu. »Ich habe eine Einheit von 20 Mann aus einem nahen Kloster mitgebracht«, begann er ohne Umschweife. »Viele von ihnen sind noch jung und wenig erfahren, aber sie werden uns helfen, den Ort unter Kontrolle zu bringen.«

»Gute Arbeit, Hauptmann«, sagte er. »Bringt die Pferde im Stall des Wirtshauses unter. Wenn der Platz nicht reicht, dann räumt die Ställe der Bewohner. Lasst die Männer heute Nacht noch ruhen. Morgen früh werden wir uns versammeln. Dann gebe ich Euch die ersten Befehle.«

Der Hauptmann nickte und wandte sich den Neuankömmlingen zu.

»Alles absteigen«, rief er laut.

Thomas lächelte zufrieden. Der Lärm der Soldaten war ihm eine Wohltat. Sollten die Bürger von Reheim nur hören, dass die Verstärkung gekommen war. Ab jetzt würde er keine Gnade mehr walten lassen.

Klara kauerte sich tiefer hinter ein großes Fass, als sie den jungen Inquisitor wieder in das Wirtshaus gehen sah. Die Worte des Mannes waren beunruhigend, doch mit größerer Sorge bemerkte sie, dass der ältere der beiden Geistlichen nicht aus seinem Zimmer gekommen war. Er schien ruhiger und gemäßigter zu sein als sein Untergebener. Klara wollte sich nicht vorstellen, was passieren würde, sollte der Priester mit Namen Thomas erst die Befehlsgewalt über diesen Trupp Soldaten haben.

Thomas war noch kurz zu Prior Baselius gegangen, bevor er sich in sein Zimmer zurückgezogen hatte, wo er unruhig dem Morgen entgegenfieberte. Der alte Mann war immer noch schwach und wollte kaum etwas zu sich nehmen.

Als die Sonne aufging, eilte Thomas nach unten, aß ein kurzes Frühstück und wies den Hauptmann an, die Soldaten zu rufen. Kurz darauf waren alle im Gastraum des Wirtshauses versammelt und blickten den jungen Inquisitor aufmerksam an.

»Hier in Reheim ist es in den letzten Tagen zu Ketzereien von unglaublichem Ausmaß gekommen«, fing Thomas an. »Einige eurer Kameraden mussten deswegen ihr Leben lassen. Nun liegt es an uns, ihr Opfer zu ehren und das Böse endgültig zu tilgen. Ich habe heute Nacht eine Liste mit den Namen derer angefertigt, die in den letzten Tagen in Fälle von Ketzerei verwickelt waren oder mit einem Gotteslästerer verwandt sind. Diese Personen sind umgehend zu verhaften und in das Gefängnis zu werfen.«

Thomas sah die Männer eindringlich an. »Ich erwarte, dass dies bis heute Abend erledigt ist. Weiterhin«, fuhr er fort, »müssen die Straßen nach Reheim bewacht werden. Kein Bürger darf diesen Ort verlassen, und niemand darf hinein.

In der Nacht erwarte ich, dass Patrouillen die Sperrstunden durchsetzen. Wer immer sich diesen Befehlen widersetzt, wird sofort verhaftet. Wir können uns keine Nachsicht mehr erlauben. Es steht euch frei, jede Form von Gewalt anzuwenden, um diese Anordnungen durchzusetzen.«

Thomas blickte nochmals über die entschlossenen Gesichter der Soldaten und genehmigte sich ein Lächeln. »Hauptmann«, sagte er zu dem großen Mann neben sich. »Alles Weitere überlasse ich Euch.«

Der Soldat nickte und fing an, seine Männer einzuteilen. »In Ordnung«, rief er. »Bildet Gruppen aus vier Männern. Wir beginnen mit den Verhaftungen. Bis heute Mittag will ich alle auf dieser Liste im Gefängnis sehen«, schrie der Hauptmann und hielt ein Pergament hoch, »ansonsten reiße ich euch eure stinkenden Gedärme heraus.«

Thomas zog sich etwas zurück und beobachtete zufrieden den Aufbruch der Soldaten.

Reheim war erfüllt von geschrienen Befehlen, von Weinen und dem Flehen um Gnade. Jeder Bürger, der auf der Liste des Inquisitors Thomas stand, wurde festgenommen und ins Gefängnis geworfen. Die Gitter des alten Gebäudes waren verrostet, und die Zellen rochen modrig, aber sie waren für viele Bürger die neue Heimat geworden. Es hatte nur bis zum Mittag gedauert, alle Verhaftungen durchzuführen. Mehr als 20 Männer und Frauen drängten sich in den engen Kerkern. Einzig ihre Kinder hatte man verschont und allein in den Häusern zurückgelassen, auf dass Freunde oder Verwandte sich um sie kümmern mochten.

Während dieser Zeit hatte Thomas zufrieden aus dem Fenster gesehen und die Arbeit der Soldaten betrachtet. Sie waren schnell und gnadenlos vorgegangen. Jede Form des

Widerstands hatten sie mit ihren Hellebarden oder Schwertern unterbunden. Doch die Verhaftungen kamen für viele so überraschend, dass sich die Türen der Zelle schon hinter ihnen geschlossen hatten, noch bevor sie wussten, wie ihnen geschah.

Ab und zu schüttelte Thomas den Kopf über die Unverfrorenheit mancher Bürger. Er beobachtete einen der neuen Soldaten, wie er einen Mann an seinen schütteren Haaren aus dem Haus zerrte.

»Ich bin kein Ketzer«, schrie dieser andauernd, während er sich aus dem eisernen Griff der Wache zu befreien versuchte. Der Soldat ließ sich aber weder von seinem Gejammer noch den flehentlichen Worten seiner Frau, die neben ihm herlief, irritieren. Als diese sich an seinem Bein festklammerte, blieb der Soldat stehen. Zuerst schlug er der Frau mit dem Handrücken ins Gesicht. Dann zog er den Mann hoch und rammte ihm seine Faust in den Magen. Der Gefangene knickte ein und rang hörbar nach Luft. Der Soldat packte ihn wieder bei den Haaren und zog ihn weiter.

Thomas wandte sich vom Fenster ab. Er würde dem Gefängnis einen kurzen Besuch abstatten. Vorher musste er aber noch nach Prior Baselius sehen.

Klara lugte vorsichtig hinter dem Busch hervor, der sie vor den Blicken der Soldaten schützen sollte. Sie hatte sich auf eine kleine Erhebung am Rand von Reheim geschlichen, von der aus sie einen Teil des Marktplatzes überblicken konnte. Ihre schlimmsten Befürchtungen wurden noch übertroffen. Wahllos wurden Menschen durch die Straßen getrieben. Manche wurden an den Haaren zum Gefängnis gezogen, andere mit Hellebarden geschlagen. Durch das flehentliche Geschrei der Gefangenen drang das Weinen der Kinder, die nicht verstanden, was mit ihren Vätern und Müttern geschah.

Eigentlich konnten Klara diese Vorfälle egal sein. Wenn sie sich nicht sehr ungeschickt anstellte, würden die Soldaten sie nie finden. Viele Reheimer hatten sich nach dem Tod von Agnes auf die Seite der Inquisition gestellt und den Tod von Friedrich Birsch, Edmund Fragner und Jakob Zauer gebilligt. Doch als sie sah, wie die Menschen durch die Straßen getrieben wurden, regte sich ihr Gefühl von Recht und Gerechtigkeit: Das durfte nicht passieren!

Klara versuchte, den Lärm auszublenden. Was konnte sie dagegen unternehmen? Der Vogt lebte weit weg. Ihn und seine Helfer hatte Klara nur einmal gesehen. Sie konnte sich noch nicht einmal an seinen vollständigen Namen erinnern. Ihr Onkel Markus war tot und Peter im Gefängnis. So angestrengt sie auch nachdachte, ihr fiel nur eine Person ein, die ihr vielleicht helfen würde, auch wenn sie sich damit in große Gefahr begab.

Baselius nahm kaum etwas war. Er spürte, dass er immer noch auf seiner Pritsche lag. Der Geruch seiner Umgebung war unverändert, daher musste er sich noch in seiner Kammer im Wirtshaus befinden. Schreie drangen an sein Ohr, aber er konnte nicht hören, was der Grund für diese Verzweiflung war. Ab und zu vernahm er das Geräusch von Stiefeln, die durch seinen Raum gingen. Dann hielt ihm jemand einen Becher an den Mund, und er trank gierig. Kurz darauf verließen ihn die Schritte wieder, und die Tür wurde geschlossen. Jetzt konnte er Stimmen in seiner Nähe hören. Zwei Männer unterhielten sich leise. Einer davon war Thomas; der hohe Klang seiner Stimme unterschied sich stark von dem dunklen Bass seines Gegenübers. Baselius versuchte sich zu konzentrieren, aber er konnte die Worte nicht fassen. Er fühlte sich noch immer schwach, und wenn er versuchte sich aufzurichten, dann kam es ihm vor, als würde sich das Bett unter ihm drehen. Er hob seine Hand, um auf sich aufmerksam zu machen, aber dann übermannte ihn die Schwäche, und er verlor das Bewusstsein.

»Ist er wieder zu sich gekommen?«, fragte Thomas den Soldaten.

»Kaum. Ab und zu scheint er wie aus einem Traum hochzufahren. Dann gebe ich ihm etwas Wasser, aber die meiste Zeit murmelt er leise vor sich hin. Wenn ich ihn dann anspreche, reagiert er nicht.«

Thomas schüttelte den Kopf und versuchte, ein besorgtes Gesicht zu machen. »Ich werde mich weiter um ihn kümmern«, sagte der junge Inquisitor. »Er braucht vor allem Ruhe, daher ist es besser, wenn keiner außer mir mehr das Zimmer betritt. Ihr könnt wieder zu Euren Kameraden gehen.«

»Jawohl«, antwortete der Soldat, salutierte und ging.

Thomas wartete, bis die Schritte des Mannes verklungen waren, und blickte dann zu Baselius. Er war bleich wie ein Toter. Nur der sich hebende und senkende Brustkorb zeigte dem jungen Mann, dass sein Mentor noch am Leben war.

Er setzte sich neben ihn an das Bett und lächelte sein blindes Gesicht an.

»Ihr hättet Euch nicht Gottes Willen entgegenstellen sollen«, sagte er leise. »Dieses Dorf ist des Teufels. Nach all den Ketzereien und Morden wart Ihr immer noch nicht gewillt, den Bewohnern zu geben, was sie verdienen. Und jetzt schaut Euch an«, sagte Thomas und deutete auf den alten

Inquisitor. »Ihr steht an der Schwelle des Todes und seid hilflos wie ein Neugeborenes. Ich kann mich leider nicht länger mit Euch unterhalten, denn ich muss der verdorbenen Bevölkerung ihre gerechte Strafe zukommen lassen.«

Dann ging er aus dem Raum und schloss die Tür, während ein zufriedenes Lächeln seine Lippen umspielte.

Klara lag auf der Pritsche in Agnes' Hütte und sah aus dem Fenster. Sie beobachtete, wie die Sonne hinter dem Horizont verschwand und den Wald in ein dunkles Rot tauchte. Auch als die letzten Strahlen verloschen waren, blieb sie liegen und richtete ihre Augen auf den dunklen Wald. Sie wurde ungeduldig, aber sie würde noch eine Weile warten müssen, bis die Nacht weiter fortgeschritten war. Unruhig stand sie auf und nahm den Dolch ihres Onkels vom Tisch. Sie übte noch einmal die Kampfhaltung ein, wie Markus sie ihr gezeigt hatte, und griff immer wieder einen unsichtbaren Gegner an. Ihr Arm war schon kräftiger geworden, und die Stiche kamen schneller und genauer. Unzählige Male ließ sie den Dolch vorschnellen, bis der Schweiß auf ihrer Stirn sie zu einer kurzen Pause veranlasste. Sie trank einen Schluck Wasser und wartete.

Bald würde sie ihren Plan in die Tat umsetzen.

Das Licht der Lampen erhellte den Gang im Gefängnis. Die Zellen waren voll. Der modrige Geruch des Kerkers wurde vom Gestank nach Schweiß und Exkrementen überdeckt. Der Lärm indes war ohrenbetäubend. Bitten um Gnade mischten sich in das Weinen einiger Gefangener. Nur wenige hatten wirklich den Mut, ihn und die Soldaten zu beschimpfen. Thomas lauschte noch einen Moment dieser Kakofonie. Dann schrie er: »Ruhe!«

Augenblicklich war es still, und alle Augen richteten sich auf den jungen Inquisitor.

»Wir sind hier nicht im Krieg«, rief Thomas mit lauter Stimme. »Ihr seid keine Gefangenen, weil ihr dem falschen Fürstentum angehört, sondern weil ihr der Ketzerei verdächtigt werdet. Erspart mir euer winselndes Flehen um Gnade, denn keiner von euch ist unschuldig.«

Die Gefangenen schwiegen und wandten ängstlich die Blicke ab.

»Ich rate euch, diese Nacht zu nutzen, um noch einmal in euch zu gehen. Es ist besser, ihr gesteht uns morgen eure verwerflichen Sünden, dann bleibt euch eine peinliche Befragung erspart.«

Ohne ein weiteres Wort drehte sich der Inquisitor um und verließ das Gefängnis.

Mitternacht war vorbei, als Klara ihren dunklen Umhang über die Schulter warf. Sie überprüfte den Sitz des Dolches unter ihrem Kleid und nahm den kleinen Beutel, den sie zuvor hergerichtet hatte. Sie öffnete die Tür und trat in die kühle Nacht hinaus. Es war still. Der Wind strich leise durch die Bäume. Einzig der Gesang der Grillen begleitete sie auf dem Weg ins Dorf. Ein Fremder hätte sich auf den kleinen und verworrenen Wegen schnell verirrt, aber der Wald war ihre Heimat, und sie kannte sich hier aus. Die Bäume und die Dunkelheit waren ihr Schild, das sie vor den Soldaten und den Inquisitoren schützen würde.

Klara kürzte den Weg quer durch den Wald ab. Die Äste und Blätter unter ihren Füßen raschelten, aber sie war noch zu weit von Reheim entfernt, als dass diese Geräusche jemandem aufgefallen wären. Sie hatte noch einen weiten Weg vor sich, aber ihre Pläne für diese Nacht lenkten sie von ihrer

Trauer ab. Endlich musste sie nicht mehr untätig mit ansehen, wie ihre Welt auseinanderbrach.

Die Stadt war zur Ruhe gekommen. Thomas war von den Ereignissen des Tages ermattet, aber er wollte noch nach Baselius sehen. Er nahm eine Lampe, schlich die Treppe hinunter und ging in die Küche. Der Wirt schien schon zu schlafen, also bediente er sich selbst an dem Kräutertee und goss ihn mit etwas Wasser auf. Er wartete, bis sich der typische Geruch der Kräuter verbreitete, dann warf er einige seiner weißen Blätter hinein und ging wieder nach oben. Vorsichtig öffnete er die Tür und leuchtete in den Raum von Prior Baselius. Der alte Mann lag noch im Bett. Seine Gesichtsfarbe war sogar wieder rosiger geworden. Thomas stellte den Tee ab und betrachtete den kranken Mann vor sich, der immer noch nicht bei Bewusstsein zu sein schien.

Der Hauptmann der Wache ging missmutig die dunkle Gasse vom Gefängnis zum Wirtshaus. Eigentlich wollte er schon längst schlafen, aber die verfluchten Gefangenen ließen ihm keine Ruhe. Warum brannte man das Dorf nicht einfach nieder? Dann könnte man endlich aus diesem Loch weiterziehen.

Wütend kickte er einen Stein aus dem Weg. Er musste Meldung machen, und der Inquisitor Thomas würde die Nachricht sicher nicht gerne hören. Er ging die Treppe zum Zimmer des jungen Priesters hoch, ordnete seine Kleidung und klopfte an die Tür. Er wartete einen Moment, hörte aber keine Reaktion. Dann klopfte er erneut, als sich links neben ihm die Zimmertür von Prior Baselius' Unterkunft öffnete. Doch statt des alten Mannes stand Thomas vor dem etwas überrascht wirkenden Soldaten.

»Was gibt es?«, fragte der Inquisitor ungehalten.

»Verzeiht«, antwortete der Mann. »Ich wusste nicht, dass Ihr bei Prior Baselius wart.«

»Ich habe ihm seine Medizin gegeben. Warum stört Ihr uns?«

»Einer der älteren Männer ist heute Nacht im Gefängnis gestorben. Was sollen wir tun?«

»Wegen dieser unbedeutenden Sache kommt Ihr so spät am Abend zu mir?«, fragte Thomas zornig. Der Soldat senkte betroffen den Kopf. »Verscharrt die Leiche außerhalb der Stadt. Alle, die zurzeit in diesem Gefängnis sitzen, haben sich der Ketzerei verdächtig gemacht, daher gedenke ich nicht, Rücksicht zu nehmen und ihm ein ordentliches Begräbnis zu gewähren.«

»Jawohl«, sagte der Soldat. Er salutierte kurz und ging dann zurück zum Gefängnis. Er hatte den jungen Inquisitor nie wirklich gemocht, aber er war jetzt sein neuer Herr, also hatte er sich zu fügen.

Klara beobachtete die Soldaten, die durch die Gassen patrouillierten. Mit den Lampen wirkten sie wie kleine Inseln des Lichts, die sich durch ein Feld der Dunkelheit bewegten. Klara hatte versucht, sich eine Art Muster in ihren Bewegungen einzuprägen, aber anscheinend liefen die Soldaten nach Belieben durch die Straßen. Heute Nacht würde sie vorsichtiger sein müssen, aber solange die Männer immer eine Lampe bei sich trugen, würde sie früh genug gewarnt werden.

Baselius befand sich in einem Dämmerzustand zwischen Wachen und Schlafen. Er roch ein paar milde Kräuter, deren Aroma ihm ein beruhigendes Gefühl vermittelte. Jemand hob seinen Kopf und flößte ihm etwas zu trinken ein. Baselius schluckte gierig, denn seine Kehle war ausgedörrt. Statt des gewohnten Kräutertees schmeckte er einen abstoßend salzigen Trunk auf seiner Zunge. Sein Magen verkrampfte sich, und er musste sich übergeben. Der Schmerz war kaum auszuhalten, als die bittere Flüssigkeit wieder nach oben kam. Er hustete und hielt sich den Bauch. Es dauerte einen Moment, bis er wieder zur Ruhe kam. Der Geschmack von Erbrochenem war in seinem Mund. Er keuchte angestrengt. Dann roch er wieder die Kräuter.

»Ihr müsst diesen Trank zu Euch nehmen«, sagte eine sanfte Stimme, »sonst werdet Ihr sterben.«

Baselius war schwindelig. Er hörte die Stimme wie durch eine dicke Wand. Sein Kopf schmerzte. »Thomas?«, fragte er heiser. »Seid Ihr das?«

Er bekam keine Antwort und spürte stattdessen, wie ihn wieder jemand anhob und ihm einen Becher an den Mund hielt. Er wollte sich wehren, aber er war zu schwach dafür. Er erwartete, wieder den salzigen Geschmack zu spüren, aber stattdessen rann ihm eine süße, nach Kamille schmeckende Flüssigkeit die Kehle hinunter. Der Prior trank genussvoll, bis der Becher leer war. Dann wurde sein Kopf sanft auf das Kissen gelegt, und Baselius genoss den herben Nachgeschmack, den dieses Gebräu bei ihm hinterließ. Einen Augenblick später war er eingeschlafen.

Peter kauerte sich an der Wand der Zelle zusammen. Er hatte oft seine Einsamkeit verflucht, aber heute Nacht musste er in einer drangvollen Enge mit vier Zellengenossen nächtigen. Das Gefängnis war voll. Viele Bürger von Reheim waren festgenommen worden, darunter auch seine Mutter, die sie in die gegenüberliegende Zelle verlegt hatten.

Das Geschrei und das verzweifelte Weinen seiner Mitinsassen waren kaum zu ertragen gewesen. Als er dann gesehen hatte, wie seine Mutter von den Wachen in dieses Loch geworfen wurde, war seine Wut kaum zu besänftigen gewesen. Er hatte die Soldaten beschimpft und versucht, die Gitterstäbe herauszureißen, aber sein Toben war kaum beachtet worden. Es hatte lange gedauert, bis er sich wieder beruhigt hatte. Dann hatte er sich mit seiner Mutter unterhalten.

Sie hatte ihm die neuesten Geschichten von seinen Geschwistern erzählt. Peter waren beinahe die Tränen gekommen, als er von der Schwangerschaft seiner Schwester erfahren hatte. Einmal mehr war ihm bitter bewusst geworden, wie sehr er sich nach der Freiheit und seinem alten Leben sehnte.

Nachts waren sie alle in einen unruhigen Schlaf gefallen. Peter hatte sich unter das Fenster gelegt, in Sorge, dass Klara ihn wieder besuchen würde, obwohl Soldaten durch die Gassen von Reheim patrouillierten. Es war weit nach Mitternacht, als er tatsächlich die vertraute Stimme vernahm.

»Peter«, rief Klara leise. »Wach auf.«

Peter erhob sich vorsichtig. Er wollte keinen seiner Mitinsassen wecken.

»Du darfst nicht hier sein«, antwortete er kurz angebunden. Er vermied es absichtlich, ihren Namen zu nennen.

»Ich dachte, das hätten wir schon besprochen.«

»Die Umstände haben sich geändert«, flüsterte er besorgt. »Ich bin nicht mehr allein hier drinnen. Und draußen bewachen Soldaten die Wege nach Reheim. Wenn sie dich fassen, werfen sie dich auch ins Gefängnis.«

Klara gab ein verächtliches Schnauben von sich. »Ich passe schon auf«, sagte sie nur.

Peter richtete den Blick zum Himmel. Wann wurde sie endlich vernünftig?

»Auch hier ist es nicht sicher«, flüsterte Peter und verkniff sich seine zornige Erwiderung. »Jeder in diesem Gefängnis würde dich sofort an die Inquisition verraten, wenn er sich einen Vorteil davon versprechen würde. Ich flehe dich an, geh in dein Versteck und bleib dort.«

»Ich werde bei …«, fing Klara den Satz an.

»Sag es nicht«, fuhr Peter dazwischen, und seine Stimme hatte einen fast flehentlichen Klang. »Bitte trau keinem, und behalt dein Geheimnis für dich.«

Klara schwieg für einen Moment. Dann schien sie etwas aus einem kleinen Beutel herauszuziehen.

»Ich habe noch was zu essen für dich«, sagte sie und reichte Peter ein Stück gepökeltes Fleisch durch die Gitterstäbe.

»Danke«, sagte Peter und drückte kurz ihre Hand. Ihm kamen fast die Tränen. »Aber ich flehe dich an, geh jetzt. Sie haben schon meine Mutter ins Gefängnis geworfen. Dich in einer der Zellen zu sehen, könnte ich nicht ertragen. Zu wissen, dass du in Freiheit bist, ist die einzige Freude, die ich noch habe.«

Peter konnte kaum ihre Silhouette erkennen, aber sie schien nach seinen Worten mit dem Kopf zu nicken. Es fiel ihr sichtlich schwer zu gehen. Ihm kam es vor, als wollte sie ihm etwas Wichtiges sagen. Dann stand sie aber auf und sagte: »Gute Nacht, Peter.« Leise verklangen ihre Schritte in der Dunkelheit.

Nachdem Klara sich abgewandt hatte, wischte sie eine Träne von ihrer Wange. Sie wusste, dass er recht hatte, aber es war ihr so schwergefallen, sich von ihm zu trennen. Als sie den

Waldrand erreicht hatte, schlug sie sich bis zu einem überwachsenen Pfad durch.

Die fortgeschrittene Nacht und die Mühen der letzten Tage machten sich bemerkbar. Am liebsten hätte sie sich an einen Baum gelehnt und etwas geruht, aber die Nacht war feucht, sodass es besser war, auf der Pritsche in Agnes' Hütte zu schlafen. Sie rieb sich müde die Augen und ging weiter.

Noch bevor die Sonne aufgegangen war, wurde Peter von dem hellen Licht einer Lampe geweckt.

»Aufstehen!«, schrie eine Stimme und vertrieb die letzte Müdigkeit. Die Gefangenen erhoben sich von dem kalten Boden und wandten sich zu den Soldaten, die sich im Gang versammelt hatten. Zwei Wachen öffneten die Tür zu Peters Zelle. Sie gingen hinein, packten einen Mann und zerrten ihn heraus. Dann schlugen sie die Tür wieder zu und verschlossen die Zelle.

»Gnade!«, schrie der Mann ängstlich. »Ich bin kein Ketzer!«

Daraufhin lachten die Soldaten nur und schlugen dem Gefangenen mit der Faust ins Gesicht, dessen Nase mit einem dumpfen Knacken brach. Das Flehen verstummte, während ihm das Blut über sein Gesicht lief. Dann packten die Männer ihn an seinem schmutzigen Hemd und zogen ihn hinter sich her.

Peter kannte den Mann. Es war der Viehbauer Rembold. Er war ein mürrischer, alter Mann, der mit Edmund Fragner befreundet gewesen war. Wahrscheinlich war dies sein einziges Vergehen. Peter musste ein Zittern unterdrücken, als er darüber nachdachte, wohin Rembold jetzt gebracht werden würde. Wie lange würde der alte Mann die Folter überstehen?

Die Hand des Soldaten hatte den alten Mann hart im Gesicht getroffen. Seine Nase blutete stark, und sein Auge begann zuzuschwellen.

»Bauer Rembold«, sagte Thomas mit ruhiger Stimme. »Ihr wollt mir also erzählen, dass Ihr von den ketzerischen Umtrieben Edmund Fragners nichts gewusst habt, obwohl Ihr Nachbarn wart?«

Der alte Mann begann zu weinen. Sollte er »Nein« sagen, würde ihn die Wache wieder schlagen. Würde er schweigen, würde die Befragung nie zu Ende gehen.

»Wisst ihr«, sagte Thomas und faltete seine Hände. »Im Grunde wollen wir Euch nur helfen. Reheim scheint vom Teufel heimgesucht worden zu sein, wenn man bedenkt, wie wenige Menschen hier leben und wie viele Fälle von Ketzerei wir hier schon hatten. Also wären wir Euch sehr dankbar, wenn Ihr uns bei der Suche nach weiteren Gotteslästerern helfen würdet.«

»Warum fragt Ihr nicht Klara Ulner?«, fragte der Bauer mit dem letzten Mut, der ihm noch verblieben war. »Die war doch immer bei dieser Hexe Agnes.«

»Das würde ich gerne«, antwortete Thomas, »aber sie hat sich irgendwo im Wald verborgen, daher wird es schwer sein, sie zu fassen.«

»Gestern hat sie noch den jungen Birsch besucht.«

»Was meint Ihr?«, fuhr Thomas auf. Er packte Rembold am Kragen seines blutigen Hemds. »Sprecht, oder ich lasse alles aus Euch herauspeitschen.«

»Ich habe nicht viel verstanden, aber ich bin mir sicher, am Gitter des Gefängnisses die Stimme der jungen Ulner gehört zu haben«, antwortete der alte Mann verzweifelt.

»Seid Ihr sicher?«

»Fragt doch den Birsch, und lasst mich in Ruhe.«

Thomas spürte, wie sein Körper zu zittern anfing. »Bringt ihn zurück«, sagte Thomas zu dem Soldaten, »und holt mir unseren ersten Gast.«

Als der Soldat gegangen war, konnte sich Thomas ein Lächeln nicht verkneifen. Er setzte sich zufrieden auf einen kleinen Schemel und wartete. Er hatte mit dem jungen Mann noch eine Rechnung zu begleichen.

13
Peter

Peter saß an die Wand gelehnt und verlor sich in Gedanken an die Zeit, bevor die Inquisition nach Reheim gekommen war. Wie sich sein Vater über seine amourösen Abenteuer ausgelassen hatte und wie er immer wieder von Verantwortung gesprochen hatte. Abrupt öffnete sich die Tür zu seiner Zelle. Noch in Erinnerungen versunken, bemerkte er den Soldaten erst, als er ihn an seiner Jacke packte und auf den Gang hinauszog. Peter wollte sich wehren, aber dann griff ein zweiter Mann nach seinen Beinen und hob ihn hoch. Er schrie, spuckte und versuchte, sich aus dieser Lage zu befreien, aber die Soldaten verspotteten ihn nur. Peter ärgerte sich, dass er so unaufmerksam gewesen war. Wie gerne hätte er seine Wut über seine Gefangenschaft an einer der Wachen ausgelassen, auch wenn er dafür fürchterlich Prügel bezogen hätte.

Die zwei Soldaten brachten den zappelnden jungen Mann in das Verhörzimmer. Thomas' Grinsen wurde breiter, als er die Flüche und Beleidigungen des Gefangenen vernahm.

»Na, na«, sagte der Inquisitor mahnend. »Wer wird denn im Beisein eines Mannes der Kirche so schlimme Worte sagen.«

»Fahr zur Hölle, Bastard«, spie ihm Peter entgegen.

Thomas zeigte sich in keiner Weise beleidigt, sondern sah zu, wie die beiden Soldaten den Gefangenen an einen Stuhl banden. Er versuchte sich zu wehren, aber Thomas hatte für diese Aufgabe seine beiden stärksten Männer ausgewählt.

Kurz darauf war Peter gefesselt, auch wenn er sich mit aller Kraft gegen die eng angezogenen Stricke stemmte.

»Es ist völlig nutzlos, sich so anzustrengen«, sagte Thomas. »Wir haben schon weitaus kräftigere Männer als Euch verhört. Die einzige Möglichkeit, zurück in Eure Zelle zu kommen, besteht darin, dass Ihr mir alles sagt, was ich wissen will.«

»Ich kenne keine Ketzer«, spie ihm Peter entgegen. »Selbst wenn, wärt Ihr der Letzte, dem ich es sagen würde.«

Thomas hob die Hand. Sofort schlug einer der Soldaten Peter mit der Faust ins Gesicht. Die Wucht des Schlags war so stark, dass Peter mit dem Stuhl umgerissen wurde. Nach einem Moment richteten ihn die Wachen wieder auf.

Peter lief Blut aus dem Mundwinkel. Sein Kopf war auf die Brust gesunken. Der Soldat schüttelte ihn etwas und versetzte ihm eine Ohrfeige. Dann richtete Peter seinen Kopf wieder auf und blickte zu dem Inquisitor.

»Ich bitte Euch, nicht so zu schreien und auf meine Fragen zu antworten«, sagte Thomas lächelnd. »Wir können noch den ganzen Tag so weitermachen, aber am Ende sagt Ihr mir trotzdem, was ich hören möchte.« Der Inquisitor faltete seine Hände und fuhr mit seiner Befragung fort. »Wer hat Euch gestern Nacht besucht?«

»Gestern Nacht?«, fragte Peter verwundert.

Thomas hob wieder seine Hand, und der Soldat schlug erneut zu. Der Stuhl fiel wieder um, und Peters Kopf prallte hart auf dem Boden auf. Dann wurde er wieder aufgerichtet. Blut lief aus einer Platzwunde an der Stirn.

»Wir wissen, dass Ihr gestern Nacht Besuch hattet. Bitte erspart uns Eure Lügen. Ich frage nochmals«, sagte Thomas ruhig. »Wer hat gestern alle unsere Anweisungen missachtet und Euch aufgesucht?«

»Niemand«, sagte Peter. Ein weiterer Schlag ließ ihn wieder zu Boden gehen. Als die beiden Soldaten ihn erneut aufgerichtet hatten, war Peters Kopf auf seine Brust gesunken. Auch eine leichte Ohrfeige ließ ihn nicht wieder wach werden. Eine der Wachen ging nach draußen und kam kurz darauf mit einem gefüllten Eimer zurück. Er schüttete das Wasser in Peters Gesicht, der daraufhin aus seiner Ohnmacht aufschreckte.

Thomas wandte sich an den Soldaten. »Bitte schlagt ihn nicht mehr so hart ins Gesicht. Dieses ständige Aufwecken behindert meine Arbeit.«

Der Soldat nickte nur und stellte sich wieder neben den Gefangenen.

Peter hob seinen Kopf und sah in das noch immer lächelnde Gesicht des jungen Inquisitors.

»Wo waren wir stehen geblieben?«, fragte Thomas scheinbar zerstreut. »Ach ja. Ihr wolltet mir sagen, wer Euch gestern Nacht aufgesucht hat.« Der Inquisitor blickte Peter ruhig an. Das erste Mal sah er Zweifel in seinen Augen. Nicht mehr lange, und der Ausdruck würde sich in blanke Angst verwandeln. Dann würde er alles sagen, was er wusste.

Da der junge Mann noch immer schwieg, hob Thomas wieder die Hand. Der Soldat schlug dieses Mal in die Magengegend. Peter stieß keuchend die Luft aus seinen Lungen und krümmte sich unter Schmerzen zusammen.

Thomas faltete geduldig die Hände und wartete, bis sein Gegenüber wieder bei Atem war. Dann ging er einen Schritt auf ihn zu und blickte ihm tief in die Augen. »Ihr werdet reden, verfluchter Ketzersohn«, sagte er mit blitzenden Augen, »und wenn ich Euch jeden Knochen einzeln brechen lassen muss.«

Er entfernte sich wieder ein Stück und fuhr fort. »Von wem hattet Ihr also letzte Nacht Besuch?«

Es war früher Mittag, als Klara ihr Frühstück einnahm. Sie hatte sehr lange geschlafen, war aber trotzdem noch müde. Die junge Frau gähnte herzhaft und trank einen Schluck Kamillentee, als sie ein ungewöhnliches Geräusch vernahm. Der Wald war nie leise, aber es fiel ihr sofort auf, wenn etwas nicht hier hineinpasste. Sie stand auf und öffnete das vordere Fenster. Sie sah nichts Ungewöhnliches, daher schloss sie die Augen und verließ sich nur auf ihre Ohren. Dann hörte sie es wieder. Das Geräusch von Pferdehufen.

Klara rannte zum Tisch, nahm ihren Umhang und einen kleinen Beutel, den sie für Notfälle vorbereitet hatte, und lief hinaus in den nahen Wald. Das Geräusch der Pferdehufe kam schnell näher. Irgendjemand musste in vollem Galopp den Waldweg hochreiten. Kein gewöhnlicher Reisender würde dieses Risiko eingehen. Der Weg war steil, holprig und voller Schlaglöcher. Als sie die Bäume erreicht hatte, hörte sie die ersten Rufe. Es waren raue, laute Stimmen.

Soldaten, dachte sie und beschleunigte ihre Schritte. Früher einmal hatte sie geglaubt, dass niemand sie fangen könnte, wenn sie erst einmal im Wald war, aber seit es ihrem Onkel gelungen war, ihr in so vielen Nächten zu folgen, ohne dass sie etwas bemerkt hatte, war sie verunsichert. Vielleicht waren diese Männer auch Späher, wie ihr Onkel es einst gewesen war.

Klara hörte ein helles Sirren und warf sich auf den Boden. Sie kannte das Geräusch von Pfeilen, aber das Geschoss flog weit über sie hinweg. Es war nur ein blinder Versuch gewesen, sie durch das dichte Gehölz zu treffen. Sie stand wieder auf und rannte weiter. Als ein weiterer Pfeil die Luft durchschnitt, musste sie den Impuls unterdrücken, sich zu Boden zu werfen. Auch dieses todbringende Stück Holz ging weit fehl, aber Klara verstand die Taktik: Sie sollte ihre Flucht verzögern.

Pfeil um Pfeil sirrte über den Wald, manche flogen weit an ihr vorbei, andere schlugen keine drei Schritte vor ihr ein. Klara spürte, wie ihr Herz vor Aufregung raste. Sie konnte kaum einen klaren Gedanken fassen, aber sie wusste, dass die Männer wahrscheinlich schneller und ausdauernder waren als sie. Ihre einzige Hoffnung lag in ihrem Wissen um diesen Wald.

Während ihr der Schweiß über die Stirn rann, versuchte sie, sich an das Waldstück vor ihr zu erinnern. Bald würde sie zum Kiefernwald kommen. Vielleicht war dies die Möglichkeit, ihre Verfolger abzuhängen. Sie traute sich nicht, nach hinten zu sehen, aber sie wusste, dass die Männer hinter ihr waren. Sie würde dieses Tempo nicht mehr lange durchhalten, daher war ihre einzige Hoffnung, dass die Bäume dort sehr dicht standen und das Unterholz ein Fortkommen mühsam machte. Meist umging sie das Stück, aber bei einem Spaziergang hatte sie einen kleinen Pfad hindurch gefunden. Er war schwer zu entdecken gewesen, aber sollte sie ihn wiederfinden, so könnte sie schnell vorankommen, während jeder Verfolger, der einen anderen Weg wählte, sich mühsam zwischen den eng stehenden Bäumen durchschlagen müsste oder aber ihre Spur verlieren würde.

Der Ruf eines Soldaten hallte durch den Wald. Klara war fast am Ende ihrer Kräfte, aber die Angst vor den Männern ließ sie noch schneller rennen. Als sie die Kiefern erreicht hatte, zwängte sie sich zwischen zwei großen Bäumen hindurch. Ihr Rock verfing sich im Unterholz, aber sie raffte ihr Kleid hoch und drängte sich durch ein Meer an kleinen Ästen. Die Nadeln stachen ihr ins Gesicht, und sie wurde mit jedem Schritt langsamer. Als sie sich fast hilflos im Unterholz verfangen hatte, wurde der Bewuchs weniger und gab die Sicht auf einen kleinen Pfad frei.

Klara hätte vor Freude beinahe geweint. Wenn ihre Verfolger nicht gesehen hatten, wo sie in den Kiefernwald gerannt war, würden sie kaum durch den dichten Bewuchs kommen. Sie gönnte sich keinen Moment des Verschnaufens und rannte weiter.

Thomas beobachtete, wie Peter auf den Marktplatz gezogen wurde. Sein linkes Auge war zugeschwollen, und Blut hatte sein Hemd rot getränkt. Er wehrte sich kaum noch gegen den harten Griff des Soldaten, der ihn vom Gefängnis hierher getrieben hatte. Er konnte sich nur noch mit Mühe auf den Beinen halten. Während der Befragung war er mehrfach in Ohnmacht gefallen, aber am Ende hatte er doch alles erzählt, was er wusste.

Auf einem Podest hatte Thomas einen Schandpfahl aufbauen lassen. Ein großer metallener Fuß hielt einen schweren Holzblock, in den drei Löcher hineingebohrt worden waren. Der Soldat zog Peter die Stufen zum Podest hoch und nahm den oberen Teil des Prangers ab. Dann legte er Peters Kopf und Arme in die Aussparungen hinein und schloss den Holzblock wieder. Links und rechts steckte er zwei Metallstifte in die Ösen und machte es Peter so unmöglich, aus dieser Konstruktion zu entkommen.

Thomas hatte den Pranger noch ein Stück erhöhen lassen, sodass Peter weder richtig stehen noch knien konnte.

Immer mehr Bürger strömten zum Marktplatz und beobachteten das Schauspiel. Dann wandte sich der Inquisitor an die Wartenden.

»Bürger von Reheim«, sagte er laut. »Der hier an den Pranger gestellte Peter Birsch hat sich der Ketzerei verdächtig und des Angriffs auf einen Kirchenmann schuldig gemacht. Zur Strafe wird er für die Dauer des heutigen Tages und der kommenden Nacht an den Pranger gestellt, bevor er sich vor der Gerichtsbarkeit der Inquisition zu verantworten hat. Es ist euch untersagt, mit dem Verurteilten zu sprechen, aber natürlich steht es euch frei, eurem Unmut über diese Tat Ausdruck zu verleihen«, sagte Thomas mit einem provozierenden Lächeln. Dann verließ er das Podest und ging zurück zum Wirtshaus.

Peters Sicht war immer noch verschwommen. Sein linkes Auge war zugeschwollen, und sein Gesicht schmerzte höllisch. Ein ständiger Blutgeschmack war in seinem Mund, und sein kleiner Finger an der rechten Hand war in einem grotesken Winkel verdreht. Er sah vor Scham auf den Boden. Er hatte Klara verraten. Als sie seinen ersten Finger mit einer großen Zange gebrochen hatten, war sein Widerstand erlahmt. Die Schmerzen waren zu groß gewesen, als dass er ihren Namen länger hätte zurückhalten können. Er hatte ihnen alles erzählt. Wie oft sie ihn besucht hatte, dass sie immer etwas zu essen gebracht hatte und wie leicht sie die Wachen umgangen hatte. Einzig ihre Zweifel, dass sein Vater, Edmund und Jakob wirklich Ketzer waren, hatte er verbergen können.

Der Pranger, der angekündigte Prozess und der danach folgende Tod auf dem Scheiterhaufen hatten keinen Schrecken mehr für ihn. Er hatte Klara verraten, und vielleicht würden die Wachen auch sie festnehmen und in den Kerker werfen. Dann wäre er Schuld an ihrem Elend.

Eine raue Stimme holte ihn aus seiner Verzweiflung. »Hallo Peter«, sagte ein älterer Mann, der sich vor dem Podest aufgestellt hatte. »Endlich hast du bekommen, was du verdient hast.«

Peter konnte den Mann nicht deutlich sehen, aber die Stimme gehörte dem alten Bauern Kolrater. Er hatte Peter vor Kurzem mit seiner Tochter erwischt und ihm schlimme Prügel angedroht, sollte er ihn zu fassen bekommen.

Der Mann hob die Hand, holte aus und warf Peter aus kurzer Distanz einen Apfel ins Gesicht. Der Apfel war schon weich und verdorben, aber Peters Gesicht schien vor Schmerz zu bersten. Er schrie sein Leid heraus, aber das schien den Mann nur noch weiter anzustacheln. Peter hatte die Augen geschlossen und versuchte die Qual, die jedes geworfene Stück Obst verursachte, zu ignorieren, doch die Schmerzen nahmen kein Ende. Als Peter kurz davor war, wieder das Bewusstsein zu verlieren, ließ der Mann von ihm ab.

»So, jetzt ist mir das Obst ausgegangen, aber keine Sorge, ich komme heute Abend noch einmal vorbei und besuche dich.«

Blut lief Peter aus der Nase. Obwohl sie gebrochen war, roch er den Gestank faulen Obstes. Sein Magen rebellierte, und er erbrach sich auf das Podest.

Thomas ging leisen Schrittes in das Zimmer von Baselius und schloss die Tür hinter sich. Es roch nach Schweiß und Exkrementen. Er hielt den Becher mit Kräutertee näher an seine Nase und atmete den herben Geruch ein. Der Prior hatte sich noch auf den Boden erbrochen. In seiner unmittelbaren Nähe war der Gestank beinahe unerträglich. Angewidert stellte Thomas den Kräutertee neben das Bett und ging hinaus.

»Du brauchst keinen Kräutertee mehr, alter Mann«, sagte er leise und schloss die Tür.

Klara verharrte in den Schatten der schmalen Gasse, die zum Gefängnis führte. Nachdem sie ihren Verfolgern entkommen war, hatte sie sich in einer kleinen Höhle versteckt und gewartet, bis es dunkel geworden war. Ihre Flucht hatte sie ermüdet, aber sie musste Peter sehen, unbedingt, und so war sie zurückgekommen. Sie wollte zum Gefängnis schleichen, als ein Gefühl sie stocken ließ.

Vorsichtig schlich sie sich zum Ende der Gasse und blickte sich um. Plötzlich stach ihr ein ledriger Geruch in die Nase, der von einem Hauch Öl durchzogen war. Sie kannte diesen Duft. Er kam von einem Lederwams, den die Soldaten der Inquisition unter ihren Kettenhemden trugen. Das Öl sollte das Leder geschmeidig halten und hinterließ einen leicht ranzigen Geruch. Nirgendwo sonst hatte sie so etwas gerochen. Klara erstarrte. Nur wenige Schritte entfernt verbarg sich eine Wache in der Dunkelheit. Einem ausgewachsenen Mann konnte sie nicht davonlaufen. Sie fasste an ihren Gürtel und schloss die Hand um den Dolchgriff. Das kalte Metall beruhigte sie, während sie sich immer weiter vom Gefängnis zurückzog. Erst als sie am Ende der Gasse angekommen war, spürte sie, wie sehr ihr Herz raste.

Nachdem sie sich etwas beruhigt hatte, stand sie auf, nahm einen Stein zur Hand und warf ihn im hohen Bogen über die Häuser. Er sprang klackernd an die Wand des Gefängnisses. Nur einen Augenblick später hörte sie, wie eine Klinge aus einem Heft gezogen wurde. Auch wenn sie von ihrer Position aus nichts sehen konnte, so hörte sie Schritte, nicht weit von der Stelle, wo sie bis vor Kurzem noch gestanden hatte. Beinahe wäre sie in die Falle gegangen. Peter hatte recht gehabt. Irgendjemand in der Zelle musste von ihrem nächtlichen Besuch erzählt haben. Sie wandte sich um und wollte wieder zurück in den Wald, als sie Schritte vom anderen Ende der Gasse vernahm. Anscheinend war der Wächter am Gefängnis nicht allein gewesen. Ein Licht leuchtete auf und erhellte die Nacht.

Klara drehte sich um und rannte. Sie fluchte leise. Ihr einziger Fluchtweg brachte sie näher an den Marktplatz heran.

Thomas überprüfte nochmals die Fesseln des jungen Birschs. Dann wandte er sich einer Wache zu.

»Bitte stellt noch eine Lampe neben den Gefangenen. Ich möchte ihn von meinem Zimmer aus genau sehen können.«

»Das Licht wird aber viele Insekten anlocken«, bemerkte die Wache.

Thomas zuckte nur die Schultern. Er machte sich gerade auf den Weg ins Wirtshaus, als die Rufe eines Wachmanns unweit des Gefängnisses durch die Nacht hallten. Der junge Inquisitor wandte sich wieder dem Soldaten zu.

»Wer immer dort ist«, sagte er eindringlich, »fasst ihn, und lasst ihn nicht entkommen. Wenn es die junge Hexendienerin ist, dann bringt sie sofort zu mir.«

Der Mann salutierte und lief zum Gefängnis. Thomas blickte ihm einen Moment nach und ging dann ins Wirtshaus. Dort angekommen, wandte er sich an den Wirt.

»Bringt mir einen großen Krug Wein«, befahl er. »Ich will mich an das Fenster setzen und zusehen, wie der nächste Ketzer seine gerechte Strafe empfängt.«

Dann ging er in sein Zimmer.

Klara sprang über einen kleinen Zaun und drückte sich an eine dunkle Hauswand. Auch wenn am Marktplatz viele Soldaten waren, so hatte sie Glück, dass sie den Weg dorthin eingeschlagen hatte. Die Soldaten riegelten alle Wege ab und suchten in der näheren Umgebung des Dorfes. Das Licht ihrer Lampen schien wie ein Leuchtfeuer durch die Waldwege. Keiner hatte damit gerechnet, dass sie nach Reheim hineinlaufen würde.

Klara versuchte, wieder zu Atem zu kommen, als der Wind die Unterhaltung zweier Soldaten an sie herantrug. Es waren zwei Wachen, die vor dem Wirtshaus Patrouille gingen.

»Der Junge sieht nicht aus, als hätte er einen vergnüglichen Abend«, sagte der erste Mann und lachte leise.

»Am Pranger stehen is' nich' lustig«, antwortete der andere. »Mein Hauptmann hat mich mal betrunken bei der Wache erwischt. Drei Tage hab ich da gekniet und musste mir den Spott meiner Kameraden anhören.«

»Na ja, der Kleine hat es ja bald hinter sich. Morgen ist die Verhandlung, und dann wird er brennen.«

»Tja, einem Inquisitor eine aufs Gesicht zu hauen is' keine gute Idee.«

Die Männer lachten wieder leise. Dann wandten sie sich anderen Themen zu.

Klara war starr von Entsetzen. Der Marktplatz war auf der anderen Seite des Gebäudes, aber auch wenn sie nicht sah, wer dort am Pranger stand, so wusste sie, dass es sich um Peter handeln musste. Ihre Hände zitterten, und Schweiß trat auf ihre Stirn. Sie wollte sofort aufspringen und zu ihm laufen, aber ihr Verstand konnte ihr Herz im letzten Moment noch stoppen. Leise schlich sie um das Gebäude.

Als sie Peter an dem Pranger sah, drohte ihr Herz zu zerspringen. Er kniete auf dem Podest, während zahllose Fliegen um das Licht zu seinen Füßen herumschwirrten. Sein Gesicht war geschwollen, und eine kleine Lache Blut hatte sich vor ihm gebildet.

Sie krallte ihre Hände in ihr Kleid. Am liebsten wäre sie auf den Boden gesunken und hätte sich der Verzweiflung hingegeben. Es war, als hätte man ihr die letzte Hoffnung auf ein Leben geraubt. Peter war der einzige Mensch, der ihr noch etwas bedeutete. Morgen würden sie ihn zum Tode verurteilen und auf den Scheiterhaufen bringen. Das Licht um den Pranger und die Wachen machten es ihr unmöglich, ihn zu befreien. Sie spürte, dass dies das Ende war.

Klara zog den Dolch und hob ihn hoch in die Luft. Sie beobachtete, wie sich das fahle Mondlicht in der Klinge spiegelte.

»Es tut mir leid, Onkel«, sagte sie leise und ging zur Rückseite des Wirtshauses zurück.

Peter konnte kaum noch etwas sehen. Die Schmerzen waren unerträglich, und die Welt drehte sich um ihn. Er flehte zu Gott, diese Qual endlich enden zu lassen, doch die Nacht zog sich endlos dahin. Während er sich den Schwärmen von Mücken erwehrte, nahm er am Rande seines Blickfelds eine Gestalt war.

»Klara«, flüsterte er leise. Er fühlte sie mehr, als dass er sie sah. Für einen Moment schien sein Herz vor Freude zu rasen, doch dann überwältigte ihn wieder Sorge um ihr Wohl. Kaum drei Schritte von ihr standen zwei Wachen. Er konnte sie nicht warnen, also verhielt er sich ruhig und ließ den Kopf hängen.

Als er sich wieder nach ihr umsah, war die Gestalt an der Ecke verschwunden. Peter war sich nicht sicher, ob er sich das alles nicht nur eingebildet hatte, aber für diesen kurzen Augenblick waren der Schmerz und das Leid vergessen gewesen. Er schloss die Augen und dankte Gott, dass er ihm dieses kurze Glück gewährt hatte.

Thomas stellte den leeren Becher ab, ohne die Augen von der Straße abzuwenden. Die Soldaten bezogen wieder Posten, also war die Suche nicht von Erfolg gekrönt gewesen. Er trank noch einen Schluck Wein und wandte sich vom Fenster ab. Gerade als er zu seinem Bett ging, wurde die Tür zu seinem Zimmer aufgerissen. Eine Gestalt in einem dunklen Umhang rannte auf ihn zu, in ihrer Hand hielt sie einen Dolch.

Thomas war vor Entsetzen wie gelähmt. Er sah den Dolch kommen, ehe er in seine Kutte eindrang und hart an seiner linken Seite entlangschrammte. Der Inquisitor schrie vor Schmerzen auf. Sein Gegner wollte die Klinge wieder aus dem Gewand herausziehen, doch sie verfing sich in dem dichten Stoff. Thomas umklammerte die Hand des Angreifers und schrie hysterisch nach der Wache. Er trat um sich, kratzte und biss, aber schließlich war der Dolch wieder frei. Die Hand hob sich erneut. Thomas stieß die Gestalt von sich und kroch von ihr fort. Den Tod vor Augen, schrie er und klammerte ängstlich seine Arme um seinen Kopf. Der Blick des Angreifers fiel kurz auf seine nackten Beine und die große, sternförmige Narbe an seinem Fußgelenk. Der Dolch senkte sich ein Stück, als wären die Gedanken des Attentäters abgelenkt.

Dann kam eine Wache in das Zimmer gestürmt. Sie erfasste die Lage sofort und schlug den Angreifer mit dem Stiel ihrer Hellebarde nieder. Dieser fiel mit einem dumpfen Aufstöhnen zu Boden. Thomas rutschte auf dem Boden von der Gestalt weg. Er zitterte und schluchzte hemmungslos.

»Wo wart Ihr so lange?«, schrie er den Soldaten an.

Der Mann senkte demütig den Kopf. Er zog der Gestalt das Gewand weg, das ihr Gesicht verborgen und nur die Augen freigelassen hatte. Thomas kam vorsichtig näher. Vor ihm lag eine junge Frau. Ihr langes, blondes Haar fiel ihr über das Gesicht. Blut lief aus einer Wunde am Hinterkopf.

»Das ist doch die Jüngerin dieser Hexe Agnes«, sagte er zu dem Soldaten und stand auf. Er trat näher und stieß sie mit dem Fuß an. »Lebt sie noch?«

Der Soldat beugte sich zu Klara hinunter und überprüfte ihren Atem. Dann nickte er kurz.

»Werft die Hexe in den Kerker. In die kleine Zelle, die noch frei ist, damit sie niemanden mit ihrer schwarzen Magie bezaubern kann. Wir werden sie morgen früh mit ihrem Freund verurteilen und verbrennen.«

»Sehr wohl«, sagte der Soldat, bückte sich und warf sich die Frau über die Schulter.

Klara lag auf einem kalten Lehmboden und spürte, wie der Untergrund ihr langsam die Wärme aus dem Körper zog. Sie schmeckte Erbrochenes in ihrem Mund, und ihr Kopf schmerzte qualvoll. Sie öffnete die Augen, aber ihr wurde sofort schwindelig, und sie presste sich die Hände auf die Augen. Der Raum war klein und düster. Nur ein wenig Mondlicht erhellte ihn. Sie hatte die Umrisse einer Zellentür gesehen, daher vermutete sie, dass sie ins Gefängnis geworfen worden war.

Ihre Hände wanderten zu ihrem Hinterkopf. Sie spürte getrocknetes Blut an ihren Haaren und konnte eine Wunde erfühlen. Kurz bevor sie den Inquisitor erstechen wollte, hatte sie etwas am Kopf getroffen. Dann war alles schwarz geworden, und sie war hier aufgewacht.

Sie öffnete die Augen erneut und versuchte, das Schwindelgefühl zu verdrängen. Die Ereignisse der letzten Nacht kamen ihr wieder ins Bewusstsein. Sie sah Peter am Pranger. Sie erinnerte sich, wie sie durch das hintere Fenster in das Wirtshaus gestiegen und an den Wachen vorbeigeschlichen war, um den Inquisitor zu töten. Die Verblüffung über ihre Entdeckung hatte ihr einen verheerenden Moment der Unaufmerksamkeit beschert, aber endlich war es ihr gelungen, das Rätsel um die Ketzersymbole in Reheim zu lösen. Es war die ganze Zeit vor ihren Augen gewesen. Sie hatte es nur nicht erkennen können.

14

Das Vergessene kommt ans Licht

Der Morgen war noch jung, als die Glocken wieder zur Versammlung riefen. Schon der erste Schlag des Klöppels erzeugte bei vielen Bürgern eine Gänsehaut. Früher hatten die Glocken zur Zusammenkunft in der Kirche gerufen, jetzt kündigten sie eine Versammlung an, an deren Ende immer der Tod eines Bürgers stand.

Der Versammlungssaal füllte sich. Die Bürger gingen schweigend hinein. An diesem Morgen würde ein Todesurteil gesprochen werden.

Klara wachte auf, als sich der Schlüssel in ihrer Zellentür drehte. Das knirschende, metallene Geräusch riss sie aus ihrer Ohnmacht. Eine Lampe warf ihren Schein blendend in den kleinen Raum. Klara schirmte ihre Augen ab. Sie konnte nur zwei Schemen sehen, die sich vom Licht der Lampe etwas abhoben.

»Mitkommen«, sagte eine raue Stimme. Dann fassten zwei kräftige Hände sie links und rechts am Arm und hoben sie hoch, und sie wurde hinausgezerrt.

Die Helligkeit des Tages ließ ihre Augen tränen. Sie hatte immer noch starke Kopfschmerzen, und ihr war schwindelig, aber die Männer zerrten sie unbarmherzig voran. Die vergitterten Räume, an denen sie vorbeikamen, waren voll mit Bürgern aus Reheim, die sie mit traurigen Augen ansahen. Eine Frau hob in einer schüchternen Geste die Hand, als wollte sie ihr auf diese Art Lebewohl sagen.

Sie hörte die letzten Glockenschläge verklingen, die immer die Versammlungen einberufen hatten. Nun würde man also auch ihr den Prozess machen, um sie auf den Scheiterhaufen zu schicken. Klara genehmigte sich ein Lächeln. Sie war bereit.

Peter öffnete die Augen und hob seinen Kopf zur aufgehenden Sonne. Sein Gesicht schmerzte noch immer, und seine Arme juckten von den unzähligen Mückenstichen. Seine Kehle war ausgetrocknet, und er konnte seine Füße kaum mehr spüren. Er sehnte sich nach seiner Gefängniszelle, die ihm jetzt wie das Paradies vorkam. Er hatte die Soldaten nicht bemerkt, die an das Podest herangetreten waren und den Pranger aufschlossen. Als sein Kopf und seine Arme aus den Öffnungen herausglitten, gaben seine Beine nach, und Peter schlug hart auf den Boden. Er bekam einen Eimer brackigen Wassers ins Gesicht geschüttet. Gierig leckte er sich die Flüssigkeit von den Lippen.

Die Männer schleppten ihn am Versammlungssaal vorbei zum hinteren Eingang. Sein Blick war von Müdigkeit und den Entbehrungen der letzten Nacht noch getrübt, aber dann sah er Klara, die ebenfalls von zwei Soldaten festgehalten wurde. Eigentlich sollte er traurig sein, dass sie am Ende doch gefasst worden war, aber in diesem Moment war er glücklich, sie zu sehen. Er blickte ihr in die Augen, und für einen Moment spiegelte sich ihr Entsetzen über sein Aussehen in ihrem Gesicht. Dann wurden ihre Züge wieder milder, und sie lächelte ihn an.

»Ich glaube, jetzt kriegen wir richtig Ärger«, sagte Peter mit heiserer Stimme.

Klara antwortete nicht, sondern fasste nur seine Hand und richtete den Blick nach vorne, als könnte sie es kaum erwarten, in den Versammlungssaal geführt zu werden. Peter lächelte über ihre Ungeduld. Seine Angst war verflogen und seine Schmerzen nur noch eine ferne Erinnerung. Klara war bei ihm, und was immer passieren würde, sie würden es zusammen durchstehen.

Der Wächter klopfte mit dem Ende seiner Hellebarde auf den Boden. Die Anwesenden erhoben sich. Thomas kam in den Saal gelaufen und versuchte, ein würdevolles, ernstes Gesicht zu machen. Er genoss diesen Auftritt sichtlich. Der junge Inquisitor ließ seinen Blick über die Anwesenden schweifen und nickte dann dem Soldaten zu. Mit einem weiteren Klopfen wurden die Bürger aufgefordert, wieder Platz zu nehmen. Thomas blieb stehen und erhob seine Stimme.

»Ich bin heute in Vertretung des ehrenwerten Priors Baselius hier. Er ist erkrankt, daher obliegt es mir, diese Versammlung zu leiten.« Er setzte sich. »Bringt die Gefangenen«, rief er den Soldaten zu.

Einen Augenblick später ging eine Tür im hinteren Teil des Saals auf. Zwei Soldaten brachten Peter und Klara hinein. Die Menge im Versammlungssaal wurde unruhig. Thomas blickte auf die geschundenen Gefangenen und hatte Mühe, ein Lächeln zu unterdrücken. Ein hübsches Pärchen. Peter und Klara wurden vor den Tisch geführt, und die Soldaten traten zur Seite.

Thomas ließ die beiden Gefangenen noch einen Moment stehen und labte sich an den Schmerzen, die der junge Birsch allem Anschein nach hatte. Er konnte sich kaum auf den Füßen halten und musste von Klara gestützt werden.

»Peter Birsch und Klara Ulner«, sagte Thomas und stand auf. »Ihr habt euch dem Widerstand gegen die heilige Inquisition schuldig gemacht. Ihr habt unsere Arbeit behindert und euch der Verhaftung widersetzt.« Er machte eine kurze Pause. »Peter Birsch. Ihr habt Euch dem Angriff auf einen Inquisitor schuldig gemacht, was einem Angriff auf die heilige Mutter Kirche gleichkommt. Außerdem habt Ihr eine gesuchte Hexe geschützt.«

Peter blieb regungslos. Seine Augen waren ruhig auf den Priester gerichtet.

»Klara Ulner«, fuhr Thomas fort. »Ihr habt mit einer verurteilten Hexe Umgang gehabt und schwarze Magie praktiziert. Ihr werdet verdächtigt, Euch der Ketzerei schuldig gemacht und mit dem Teufel verkehrt zu haben. Ihr habt entgegen unserer Anweisung mit dem Gefangenen Peter Birsch gesprochen und ihn des Nachts besucht.«

Thomas setzte sich wieder.

»Dies war nur ein Teil der Beschuldigungen. Jede von ihnen ist ernst genug, um euren sofortigen Tod zu befehlen. Was habt ihr hiergegen vorzubringen?«

Peter und Klara schwiegen. Thomas wartete einen Moment, bevor er fortfuhr.

»Wenn ihr nichts zu sagen habt«, sagte Thomas, »dann werde ich den ersten Zeugen aufrufen.« Er wollte den Wachen ein Zeichen geben, als Klara leise zu sprechen anfing.

»Warum habt Ihr das getan?«, fragte sie.

»Was sagt Ihr?«

»Warum habt Ihr diese Menschen in den Tod getrieben?«, sagte Klara lauter und hob den Kopf. »Ist Euer Hass noch nicht befriedigt, Balduin?«

»Ich heiße nicht Balduin«, fuhr Thomas dazwischen. »Mein Name ist Thomas, Priester des Dominikanerordens. Wie könnt Ihr es wagen?«

»Warum leugnet Ihr Eure Herkunft?«, fragte Klara.

»Schweig, Hexe«, schrie Thomas und sprang aus seinem Stuhl auf. »Hört auf mit Euren ketzerischen Worten, oder ich lasse Euch die Zunge herausschneiden.«

Klara schüttelte den Kopf. »Sie sind alle tot, Balduin. Warum hört Ihr nicht auf?«

»Es reicht«, brüllte Thomas und schlug mit der Faust auf den Tisch. »Die Versammlung ist beendet. Ich verurteile Euch zum Tod auf dem Scheiterhaufen, wegen Ungehorsam gegenüber der heiligen Inquisition, Ketzerei und Verkehr mit dem Teufel. Das Urteil wird noch heute vollstreckt.«

Thomas wandte sich zu den Soldaten.

»Wachen. Bringt sie zurück in das Gefängnis und bereitet die Scheiterhaufen vor. Ich will sie noch heute brennen sehen.«

»Das werdet Ihr nicht«, sagte eine leise Stimme hinter Thomas. Der junge Mann drehte sich um und sah Prior Baselius an der Hintertür stehen. Er hielt sich mit einem Arm an einem Soldaten fest und stützte sich mit der anderen auf einen Stock.

»Prior«, sagte Thomas mit milder Stimme. Er konnte seine Überraschung nur schwer verbergen. »Ihr seid noch zu schwach. Ihr müsst Euch erholen. Kehrt zurück in Euer Zimmer, und belastet Euch nicht mit den Sünden dieser Menschen.«

»Schweigt, Thomas«, sagte Baselius mit schwacher Stimme, aber energisch. Dann drehte er sich zu dem Soldaten um, der ihn in den Versammlungssaal geführt hatte. »Bringt mich nach vorne.« Der Mann nickte und führte den Prior vorsichtig zum Tisch. Dort setzte er ihn auf Thomas' Stuhl, der noch immer stand.

»Prior«, begann Thomas leise auf seinen Mentor einzureden. »Ich bitte Euch nochmals, Euren Gesundheitszustand zu beachten und …«

Eine schnelle Geste von Baselius' Hand ließ Thomas verstummen. Der alte Mann drehte den Kopf zu ihm. »Ihr werdet jetzt schweigen, bis ich Euch wieder erlaube zu sprechen.«

Ohne eine Antwort abzuwarten, wandte sich Baselius den Gefangenen zu. »Erzählt mir Eure Geschichte, Klara Ulner.«

Klara schürzte die Lippen und überlegte, wie sie anfangen sollte. »Alles begann vor über zehn Jahren, ich war noch sehr jung. In dieser Zeit gab es in dieser Region immer wieder Fälle von Aussatz. Anfänglich noch klein in der Zahl, entschloss sich der Vogt zu härteren Maßnahmen, um die Bevölkerung vor dieser Krankheit zu schützen. Er richtete ein Lager für Aussätzige ein. Jede Person, bei der sich die Anzeichen zeigten, wurde von einem kundigen Heiler untersucht und in das Lager gebracht. Dieser Beschluss umfasste aber auch die unmittelbaren Familienmitglieder. Sie mussten mit in das Lager gehen, auch wenn sie nicht erkrankt waren.«

»Ich erinnere mich daran«, sagte Baselius. »Vielen mag eine solche Maßnahme hart und grausam erscheinen, aber ich wuchs in einer Zeit auf, als täglich die Leichenwagen durch die Städte fuhren, um die Toten einzusammeln. Schon damals verstand man, dass die anderen bald folgen würden, wenn nur ein Mitglied einer Familie erkrankt war. Erst die Schaffung von Aussatzlagern und Aussatzhäusern hemmte die Ausbreitung dieser Krankheit.«

Baselius schwieg und schien sich für einen Moment in Erinnerungen zu verlieren.

»Vor dreizehn Jahren gab es einen Fall von Aussatz in Reheim«, fuhr Klara fort. »Bei Volmar und Mechthild Lewenstein zeigten sich die ersten Anzeichen dieser Krankheit. Die damaligen Stadträte entschlossen sich daraufhin, eine Anhörung anzusetzen, bei der sie gemeinsam über das Schicksal der Familie Lewenstein entscheiden wollten. Um sicherzugehen, dass Volmar und Mechthild wirklich an Aussatz erkrankt waren, baten sie die Heilerin Agnes Barand, sich diese Fälle anzusehen. Sie hatte lange im Hospiz in Mainz gearbeitet und wusste, was auf dem Spiel stand.« Klara schwieg einen Moment beklommen, als sie an ihre alte Mentorin dachte.

»Die Krankheit wurde festgestellt, also blieb den Stadträten nichts weiter übrig, als die Familie Lewenstein aus der Stadt zu verbannen und in ein Aussatzlager zu bringen.«

Baselius nickte. »Es ist nicht leicht, einen Menschen zu verbannen oder seinen Tod zu befehlen«, sagte er. »Auch wenn ich es schon oft gemacht habe, so belastet es trotzdem die Seele ein Leben lang.«

Der Inquisitor senkte den Kopf, und für einen Moment schien ihn diese Bürde niederzudrücken. Dann wandte er sich wieder Klara zu.

»Das ist alles sehr tragisch, aber warum habt Ihr Priester Thomas vorhin Balduin genannt?«

»Die Lewensteins hatten einen Sohn«, sagte Klara und richtete ihren Blick auf Thomas. »Balduin Lewenstein.«

Für einen Moment wurden die Zuschauer unruhig. Baselius ließ die Bürger gewähren und wartete, bis es wieder leiser geworden war.

»Woher wisst Ihr das?«, fragte er. »Ihr wart damals kaum vier oder fünf Jahre alt?«

»Es gehört mit zu den ersten Kindheitserinnerungen, die ich habe«, antwortete Klara. »Nicht weit von unserem Haus gab es eine kleine Lichtung, auf der ein großer umgestürzter Baum lag. Oft versammelten sich die Kinder des Dorfes dort und tollten auf dem Stamm herum. Eines Tages hatte es aber in der Nacht zuvor geregnet, und der Baum war glitschig geworden. Einer der Jungen wagte sich trotzdem hinauf. Als er hinuntersprang, rutschte er ab und schlug mit seinem Fuß auf einen Stein. Sein Schreien war bis ins Dorf zu hören. Mein Onkel Markus war in der Nähe und kam sofort gelaufen. Er sah, dass der Junge sich den Fuß gebrochen hatte, hob ihn auf und brachte ihn nach Hause. Man rief die Heilerin Agnes, die den Fuß richtete und die Wunde nähte. Er konnte lange nicht richtig gehen, aber schließlich schloss sich der Bruch wieder. Zurück blieb eine auffällige sternförmige Narbe, die der Junge mit Stolz trug. Dieser Junge war Balduin Lewenstein, der sich heute Thomas nennt.«

Klara richtete ihren Blick auf den Inquisitor, der immer noch neben Baselius stand. Sein Gesicht war trotzig verzogen, und seine Augen glühten vor Zorn. Baselius lehnte sich auf seinem Stuhl zurück und begann zu sprechen.

»Thomas war noch ein Kind, als er von einem Händler in unser Kloster gebracht wurde. Der Mann hatte den Jungen halb erfroren und hungernd im Wald gefunden. Er war vielleicht zehn Jahre alt. Seine Haare waren lang und ungepflegt, und er war schmutzverkrustet. Das war zu einer Zeit, als der Herr mir noch ein wenig von meinem Augenlicht gewährte, daher unterrichtete ich den schweigsamen und ängstlichen Burschen. Ich sah, dass er Schreckliches durchgemacht haben musste. Bis heute habe ich ihn nicht gefragt, woher er gekommen und was mit ihm passiert war. Er entwickelte sich zu einem guten und fleißigen Mitbruder und wurde zum Priester geweiht, als die Zeit gekommen war.«

Baselius drehte sich zu Thomas um, der seinen Blick zu Boden gerichtet hielt. »Ich erinnere mich an die Narbe«, fuhr er fort. »Ich habe mich immer gefragt, woher sie wohl kommen mochte, aber er hat nie darüber gesprochen.«

Dann wandte sich der Inquisitor wieder zu Klara.

»Was hat dies alles mit den Vorfällen von Ketzerei in Reheim zu tun?«

»Die Bürger von Reheim waren gute Menschen«, fuhr Klara fort. »Sie hatten ihre Eigenarten, aber ich hatte nie das Gefühl, dass wir ein Dorf von Ketzern sind. Auch Agnes Barand war eine gütige und liebe Frau«, sagte Klara mit trauriger Stimme. »Sie kannte unzählige Kräuter und konnte sehr sicher Krankheiten erkennen und die Heilmittel dafür benennen. Manche Menschen mochten das für Hexerei halten, aber in Wirklichkeit war Agnes mit einer großen Gabe gesegnet.« Ihre Augen schienen für einen Moment in die Ferne zu blicken, als würde sie die Erinnerung an ihre Mentorin wieder heimsuchen. Dann sprach sie weiter.

»Als in Friedrich Birschs Scheune das tote Huhn und die Ketzersymbole gefunden wurden, wurde ich misstrauisch. Friedrich war korrekt und nahezu fehlerlos. Er war im Gottesdienst und nahm die christlichen Gebote ernst, sehr ernst. Selbst wenn er ein Ketzer gewesen wäre, hätte er dies niemals so plump und offen gezeigt. Außerdem«, sagte Klara mit einem Seitenblick auf Peter, »wäre es seinem Sohn nicht entgangen. Peter mag ein Herumtreiber sein, aber er sieht alles. Da ich ihn schon seit meiner Kindheit kenne, weiß ich auch, wann er mich anlügt. Als er mir schwor, dass sein Vater nichts mit den Schmierereien in dem Stall zu tun hatte, gab es keinen Zweifel für mich, dass jemand anderes diese

Ketzersymbole angebracht und Friedrich dann bei Euch verraten haben musste.

Dass man bei Edmund Fragner und Jakob Zauer die gleichen Symbole fand, bestätigte mich in meiner Ansicht. Was ich nicht verstand, war der Grund, warum jemand diese alten Leute umbringen wollte, die doch so viel Gutes für Reheim getan hatten. Ich erinnerte mich an einige Aufzeichnungen, die im Rathaus lagerten.« Klara zögerte. Wie sollte sie berichten, ohne sich selbst weiter in Bedrängnis zu bringen? Andererseits – was hatte sie zu verlieren? Entschlossen fuhr sie fort.

»In meiner Not brach ich nachts dort ein und sah die Schriftstücke durch. Endlich stieß ich auf ein Protokoll, das auf eine Anhörung wegen des Aussatzes der Familie Lewenstein hinwies. Ich ging der Sache nach und fand heraus, dass die Stadträte zu dieser Zeit Friedrich Birsch, Edmund Fragner und Jakob Zauer gewesen waren.«

»Ihr behauptet also«, fragte Baselius dazwischen, »dass jemand die Symbole absichtlich angebracht hat, um die drei Personen der Ketzerei zu überführen?«

»So ist es«, sagte Klara. Die Unruhe im Saal wuchs wieder. Baselius lehnte sich zurück und dachte über die Worte nach. Als er schließlich nickte, sprach Klara weiter.

»Alles fügte sich zusammen. Der Tod von Agnes und die Verhaftungen der drei damals im Amt befindlichen Stadträte.«

Baselius kannte die Antwort auf seine nächste Frage schon, aber er stellte sie trotzdem. »Wen verdächtigt Ihr also, die Ketzersymbole an die Wände geschmiert zu haben?«

»Den Inquisitor, den Ihr als Thomas kennt«, sagte Klara und deutete auf den jungen Priester.

»Das ist eine Lüge«, schrie der und wich einen Schritt zurück. »Glaubt der Hexe kein Wort.«

Baselius beachtete Thomas mit keinem Blick, sondern wandte sich wieder an Klara.

»Wer hat Vater Liborius ermordet? Und warum?«

»Vater Liborius war in der Zeit der Anhörung schon Priester in Reheim. Er kannte die Familie Lewenstein und hatte auch von der Verletzung Balduins gehört. Als er vor ein paar Tagen durch Zufall Thomas' Narbe sah, konnte er seine Überraschung nicht verbergen. Aus Angst, dass Vater Liborius sein Geheimnis lüften würde, hat Thomas ihn getötet.«

Klara blickte zu Thomas. Sie rechnete damit, dass er diese Tat leugnen würde, aber er sah sie nur hasserfüllt an und schwieg. Baselius schüttelte den Kopf. Es schien ihm schwerzufallen, sich einzugestehen, wie sehr er sich in seinem Schüler geirrt hatte.

»Dann fehlt uns nur noch der Mörder des Soldaten Ruther«, sagte Baselius.

»Das war mein Onkel«, sagte Klara. Baselius runzelte die Stirn.

»Euer Soldat«, fuhr Klara mit verächtlicher Stimme fort, »hat mich in die Scheune gezerrt und versucht, mich zu schänden. Mein Onkel war in der Nähe und ließ Eure Wache dafür mit dem Leben bezahlen.« Sie blickte Baselius mit harten Augen an. »Ich denke, das war recht so.«

Gemurmel erhob sich im Versammlungssaal ob dieses offenen Geständnisses, aber Baselius schien auf die letzten Worte nicht zu reagieren. Dann drehte er den Kopf zu Thomas.

»Was habt Ihr zu den Anschuldigungen zu sagen?«

Thomas sprühte vor Zorn über Klaras Worte. Für einen Moment zeigte er eine Regung des Trotzes, als würde er eine Rechtfertigung verweigern. Dann begann er aber, leise zu sprechen.

»Ihr könnt das nicht verstehen. Ihr alle habt keine Ahnung, was es heißt, wenn man von seinem geliebten Heim vertrieben wird und in der Hölle landet.«

Es wurde ruhig im Saal. Niemand regte sich, als Thomas weitersprach. Selbst Klara schwieg.

»Meine Eltern waren gute Menschen«, sagte er mit gebrochener Stimme. »Gute Menschen! Sie hatten immer davon geträumt, ein Stück Land bebauen und in Frieden leben zu können. Das Haus in Reheim haben sie mit ihren eigenen Händen errichtet und dem steinigen Boden jeden Schritt an fruchtbarer Erde abgerungen. Im Frühjahr haben wir gesät und uns im Herbst auf die harten Winter vorbereitet. Unsere Nachbarn haben uns geschätzt. Wir waren gute Christen und haben keine Messe verpasst. Ich war das einzige Kind, und meine Eltern liebten mich, wie man ein Kind nur lieben kann.«

Thomas erhob seinen Blick und ließ ihn über die anwesenden Bürger schweifen.

»Wir haben hier sehr gerne gelebt. Wir wollten hier alt werden und haben uns gewünscht, dass dies für viele Generationen unsere Heimat werden würde. Wir haben niemandem etwas getan, aber doch habt Ihr uns verbannt und dem sicheren Tod übergeben.«

»Aber Ihr hattet Aussatz«, warf Prior Baselius nach einem Moment des Schweigens ein. »Ihr hättet das ganze Dorf mit dieser Krankheit anstecken können.«

»Warum bin ich dann noch am Leben?«, schrie Thomas seinen Mentor an. »Wenn diese Krankheit so ansteckend ist, warum bin ich dann davon verschont geblieben?«

»Vielleicht hatte Gott andere Pläne mit Euch«, antwortete Baselius, »und hat seine schützende Hand über Euch gehalten.«

Thomas lächelte grimmig. »Gott hatte wirklich andere Pläne mit mir, denn er ließ mich am Leben und gab mir die Kraft, alle zu bestrafen, die uns aus Reheim vertrieben haben.«

»Nein«, Baselius schüttelte den Kopf. »Rache und Mord sind nicht der Weg Gottes. Wenn Euch der Herr vor dem Aussatz bewahrt hat, dann sicher nicht dafür, dass Ihr unschuldige Menschen ermordet.«

»Sie waren nicht unschuldig«, fuhr Thomas auf. »Sie haben meine Eltern und mich dem sicheren Tod übergeben.«

»Es war ihre Pflicht.«

»Es war ihre Pflicht, alles für ihre Bürger zu tun und sie nicht beim kleinsten Anzeichen einer Krankheit zu verbannen!«

»Der Aussatz hat schon Tausenden von Menschen das Leben geraubt. Dieses konsequente Handeln ist die einzige Möglichkeit, der Seuche Herr zu werden.«

»Indem Ihr die Kranken tötet, rettet Ihr das Leben der Gesunden?«

»Die Kranken wurden nicht getötet. Sie wurden nur in Lager und Häuser verlegt, damit sich der Aussatz nicht verbreiten konnte.«

»Eine Verbannung in ein solches Lager ist der Tod«, fuhr Thomas dazwischen. »Ihr habt keine Ahnung, welches Leben einen dort erwartet.

Die Lager haben zu wenig Hütten und Unterkünfte für die vielen Menschen, die dort leben müssen. Wir mussten im Freien übernachten. Mein Vater war ein geschickter Handwerker und konnte uns wenigstens einen kleinen Unterschlupf aus Ästen bauen. Wenn es regnete, stand uns das Wasser bis zu den Knöcheln. Im Winter wurden wir fast wahnsinnig vor Kälte. Kaum ein Schwacher überlebte diese kalte Zeit, und mit jedem Toten dankten wir Gott, denn wir konnten seine Kleider nehmen, die uns ein wenig Wärme schenkten.

An besonders eisigen Tagen«, sagte Thomas mit zitternder Stimme, »haben sich die Männer zu Gruppen zusammengeschlossen. Dann sind sie umhergezogen, haben den Hilflosen alle Kleider geraubt und sie nackt in der Kälte liegen lassen. Manche von ihnen starben schnell, aber einige schrien ihren Schmerz heraus, bis sie der Kältetod fand.«

Er wandte sich wieder Baselius zu. »Habt Ihr einmal das Flehen eines Sterbenden gehört, der die ganze Nacht vor eurer Unterkunft liegt und um Hilfe ruft? In einem Dorf wie Reheim würden die Bürger auf die Straße kommen und den Leidenden aufheben, aber in dem Lager liegt man eng zusammen und betet, dass die Schreie endlich aufhören. Man fleht Gott an, den Sterbenden endlich zu sich zu holen, damit man ein wenig Schlaf bekommt. Dieses Flehen verfolgt mich noch heute«, schrie Thomas und schlug seine Hände vors Gesicht. »Die Toten suchen mich heim, wie ein Fluch, und treiben mich in den Wahnsinn.«

Dann begann Thomas zu weinen. Das Schluchzen rührte selbst Klara. Niemand sagte ein Wort, und es schien eine Ewigkeit zu dauern, bis der junge Inquisitor wieder weitersprach.

»Wie lebten drei Jahre in diesem Albtraum. Von Jahr zu Jahr wurden mehr Kranke in dieses Lager geschafft. Es stank nach Exkrementen und dem fauligen Geruch des Aussatzes. Jetzt waren nicht mehr nur die Krankheit und die Kälte unser Feind. Es gesellte sich noch der Hunger hinzu.

Hunger macht eine Mutter zur Kindsmörderin und einen Sohn zum Mörder seines Vaters. Er löscht alles Menschliche aus und lässt nur noch ein wildes Tier zurück. Wir bekamen viel zu wenig zu essen, und bei jeder Lieferung prügelten wir uns darum. Oft wurde einer der Hungrigen Opfer eines schnellen Messers oder eines brutalen Stockhiebes. Der Tod eines Menschen störte keinen, es machte uns sogar froh, denn es war ein Maul weniger zu stopfen.

Am Ende kam ein schrecklicher Winter. Es schneite tagelang, und die Straßen zum Lager waren meterhoch mit Schnee bedeckt. Keine Lieferung mit Essen erreichte uns mehr. Um die wenigen Lebensmittel begann ein blutiger Kampf. Irgendwann war selbst das letzte Stück schimmligen Brots aufgebraucht. Dann«, sagte Thomas mit angewidertem Gesicht, »in den Nächten, stahlen wir uns aus den Unterkünften und suchten nach den frisch Verstorbenen. Wir nahmen unsere Messer und schnitten das Fleisch aus ihnen heraus.«

Seine Stimme wurde verzweifelt. »Wir mussten die Toten essen, um am Leben zu bleiben. Bis heute habe ich noch den Geschmack des zähen, bitteren Fleischs im Mund. Wenn ich daran denke, dreht sich noch immer mein Magen um.«

Die Menschen in dem Versammlungssaal waren still, aber vielen schien der Bericht des Inquisitors nahezugehen.

»In jenem Jahr starben meine Eltern. Der Aussatz hatte ihren ganzen Körper befallen und schwächte sie mit jedem Tag. Ich hatte ihnen Fleisch gebracht und Kleidung für sie gestohlen, aber ihr Tod war nicht mehr aufzuhalten. In einer kalten Nacht, kurz vor dem Jahreswechsel, verbrannte ich ihre Körper mit dem Holz unserer kleinen Unterkunft. Ich wollte nicht, dass jemand ihre Leichen aufaß. Dann floh ich aus dem Lager und fand im Dominikanerkloster bei Prior Baselius Unterschlupf.«

Thomas wischte sich die letzten Tränen von den Wangen und blickte über die Anwesenden. Im ersten Moment wirkte er müde, aber dann fand sein zorniger Ausdruck wieder den Weg auf sein Gesicht.

»Was schaut ihr mich so an?«, schrie er den Männern und Frauen entgegen. Es war, als würde er sich von ihren mitleidigen Blicken angegriffen fühlen. »Es war mein verdammtes Recht, diese Menschen zu töten. Sie hatten den Tod verdient. Sie haben mich in eine Hölle geschickt, deren Schrecknisse ihr euch nicht einmal vorstellen könnt.

Es war Gottes Wille«, brüllte Thomas Prior Baselius an. Seine Stimme überschlug sich fast vor Hysterie. »Er hat mich am Leben gelassen, um mich an den Mördern meiner Eltern zu rächen.«

Baselius schüttelte den Kopf. Dann stand er auf und sah zu seinem Schüler. In seinen blinden Augen stand eine tiefe Traurigkeit, die den Prior alt und müde wirken ließ. Dann wandte er sich zu Klara und Peter.

»Alle Verfahren wegen Ketzerei werden eingestellt.« Er drehte den Kopf zu dem Soldaten an seiner Seite. »Die Gefangenen sind freizulassen. Packt unsere Sachen zusammen, und holt die Kutsche. Wir fahren zurück in unser Kloster, wo wir über das Verhalten von Priester Thomas urteilen werden.«

Die Anwesenden schwiegen. Sie schienen unsicher zu sein, wie sie reagieren sollten. Als die Inquisitoren und Soldaten den Raum verlassen hatten, begann Klara zu weinen. Die Schmerzen und Anspannung der letzten Tage entluden sich in bitteren Tränen. Peter umarmte die junge Frau und legte seinen Kopf auf ihre Schulter. Er schloss die Augen und ballte die Faust. Er hätte gerne Worte der Hoffnung gesprochen, aber ihm fiel nichts ein, was ihre Verzweiflung hätte lindern können. Die innige Umarmung war alles, was ihnen geblieben war. Klara klammerte sich an Peter. Sie drückte sich eng an ihn, als wollte sie verhindern, dass man ihn ihr wieder wegnahm.

Die Bürger standen auf und gingen nach Hause. Als der Saal leer war, standen Klara und Peter noch immer an der gleichen Stelle und hielten sich in den Armen. Früher war er ein Ort der Freude gewesen, bevor das Feuer seine Schatten auf Reheim geworfen hatte.

Epilog

Peter und Klara beobachteten den Aufbruch der Soldaten. Die Männer hatten ihre Pferde bestiegen und eskortierten den Wagen der Inquisitoren in ihrer Mitte. Thomas saß schon in der Kutsche, während ein Soldat Baselius in das Gefährt half. Der Inquisitor wollte gerade in die Kutsche steigen, als er plötzlich innehielt und sich zu Klara umdrehte. Es schien, als könnte er die junge Frau spüren. Er verneigte sich vor Klara und hob seine Hand ein wenig, als wollte er sich verabschieden. Für einen Augenblick meinte Klara, Bedauern in seinem Gesicht zu entdecken.

Dann drehte er sich um und bestieg die Kutsche. Nur einen Augenblick später schrie der Hauptmann einen Befehl, und das Gefährt fuhr los. Klara schaute den Reitern noch lange hinterher, als könnte sie es nicht glauben, dass sie wirklich weg waren.

»Warum hat sich der Prior vor dir verneigt?«, fragte Peter.

»Weil ich ihm das Leben gerettet habe.«

»Wie hast du das denn gemacht?«, wollte er verwundert wissen.

»Wenn du etwas mehr über Kräuter wissen würdest, dann könnte ich es dir ja erklären«, antwortete Klara lächelnd, »aber da du deine Zeit lieber mit den Dorfliebchen verschwendet hast, würdest du es nicht verstehen.«

»Ich würde nicht sagen, dass die Zeit verschwendet war«, sagte Peter grinsend. Seine gebrochene Nase und sein geschwollenes Gesicht machten ihm das Lächeln schwer, aber hinter all diesen Wunden glaubte Klara, wieder den alten Peter zu erkennen.

»Darüber reden wir noch«, sagte sie ernst. Dann nahm sie ihn bei der Hand und ging mit ihm in den Wald, hin zu der Stelle, an der sie früher immer so gerne gesessen hatten. Oben auf dem kleinen Hügel.